사랑할 수 있는
사람은 *Hermann Hesse*
행복하다

사랑할 수 있는 사람은 행복하다

Hermann Hesse

헤르만 헤세 지음 | 임용호 옮김

종문화사

시간마저 극복한 헤세의 인간 사랑

 '세계 문학 전집'에 빠지지 않고 반드시 끼곤 하던 소위 고전이라고 일컬어지던 작품들이 지금은 젊은이들로부터 외면당하고 있는 느낌이 강하게 든다. 볼 거리, 즐길 거리, 들을 거리가 너무 많아진 탓일 게다. 하지만 한때 『노인과 바다』 『제인 에어』 『전쟁과 평화』 『좁은 문』 등을 읽지 않고는 책깨나 읽었다고 나설 수 없는 시절이 있었다. 물론 여전히 어딘가에서 열심히 읽히고 있겠지만 말이다. 그런데 그런 작품들 가운데에서도 단연 으뜸은 『데미안』이었고, 그 속의 "새는 알을 깨고 나온다. 알은 새의 세계이다. 태어나려는 자는 한 세계를 파괴해야만 한다. 새는 신에게로 날아간다. 그 신의 이름은 아프락사스이다"라는 구절은 젊은이들의 가슴을 뜨겁게 달구었다.

 바로 이 『데미안』의 저자 헤르만 헤세는 어떤 수식어로도 전부 설명할 수 없는 작가로서, 자신의 마음에 따라 충실하게 살다 간 작가이다. 어려서는 오로지 시인이 되고 싶다는 마음 때문에 학교를 그만두고 견습공과 견습 점원 일을 하면서도 그 뜻을 접지 않았고, 중

년과 노년이 되어서는 자신의 마음이 용납할 수 없는 두 번에 걸친 전쟁을 치르며 온몸으로 저항했다.

그래서 2차 세계대전 당시 그의 조국 독일에서는 헤세의 작품을 출간하는 데 필요한 종이의 사용을 금지하는 한편 비밀 경찰은 헤세 책 출판업자를 체포했다. 이런 고난에도 불구하고 무엇이 그로 하여금 독일을 열병처럼 휩쓴 나치즘에 반대하여 유대인 학살에 맞서고 망명자를 돕는 일에 적극적으로 나서게 했을까? 평화주의자로서의 본성을 타고난 때문이었다. 하지만 그가 노년에 이르러 발견한 '인간에 대한 사랑'이 그의 행동의 원동력이 되지 않았을까 생각한다.

『사랑할 수 있는 사람은 행복하다』는 헤세의 수많은 작품 가운데 '사랑'을 주제로 단편 20편, 시 27편, 동화 1편, 서간 1편, 단상 40편을 엮은 것이다. 여기에는 처음 공개되는 시와 미공개 서간도 있다. 헤세 문학 연구의 세계적인 권위자이자 편집자인 폴커 미헬스는 이 책에서 인간이 성숙해 감에 따라 변모해 가는 사랑의 모습을 엿볼 수 있는 글들을 절묘하게 배열하고 있다.

나이를 먹음에 따라, 세월이 흐름에 따라 헤세에게 있어 사랑은 어떻게 달라져 갔을까? 소년 시절에는 처음으로 이성에게 동경을 품고 외곬로 사랑을 하며, 청년 시절에는 로맨틱하고 격렬한 정열이 담긴 사랑을 하고 그 사랑을 허무하게 잃기도 한다. 그리고 중년에 이르러서는 애욕에 찬 사랑을 한다. 이 같은 사랑들을 경험한 끝에 만년의 헤세는 "사랑은 어떤 교양도, 어떤 지성도, 어떤 비평도 해내지 못하는 것을 가능케 한다.

　…… 사랑은 모든 것을 자기 중심에 결부함으로써 시간을 극복한다. 사랑만이 인간의 확실한 지주가 된다. 사랑만이 정당성을 주장하지 않는 까닭에 정당성을 가진다"라며 사랑이야말로 인간의 중심이어야 한다는 확신을 갖기에 이른다.

　우리가 요즘 보는 영화의 주제는 늘 사랑이다. 유행가도, 텔레비전 드라마도, 광고도 주제는 늘 사랑이다. 그러나 정작 사람과 사람 사이의 사랑이 부재하는 시대를 살고 있다.

며칠 전 비가 오고 나더니 여름의 기운이 완연하다. 헤세의 숨김없이 솔직한 사랑의 경험이 배어 있는 글을 통해 그의 인간적인 고뇌와 인간으로서의 본성을 만남으로 자신의 내면이 풍요로워지고 우리 사이가 좀더 친밀해지는 사랑이라는 이름의 묘약을 찾아 길을 나서보자.

그리고 여름의 무성한 녹음 속에서 자연이 품고 있는 짙은 향기를 헤세의 문학에서 느껴보자.

개정판 출간에 즈음하여

2013년 9월

차 례

옮긴이의 글 _ 4

제1장   나는 여인들을 사랑한다

얼음 위에서 _ 15

너무 늦다 _ 22

단상 1~5 _ 23

한스 디어람의 수업 시대 _ 25

단상 6~9 _ 75

회오리바람 _ 77

단상 10 _ 104

나는 여인들을 사랑한다 _ 105

제2장   아름다우면 아름다울수록
내게는 멀게만 느껴졌다

그 여름의 저녁 _ 109

엘리자베트 _ 123

아름다우면 아름다울수록 내게는 멀게만 느껴졌다* _ 125

그처럼 별들은 운행한다 _ 132

사랑을 이해할 수 있습니까? _ 133

불꽃 _ 140

단상 11~12 _ 141

내가 열여섯 살이 되었을 때* _ 142

추운 봄 연인에게 바치는 노래 _ 148

제3장　픽토르의 변신

추억 _ 151

얼마나 이 나날은 …… _ 154

사랑 _ 155

단상 13 _ 163

장난으로 _ 164

단상 14~16 _ 166

인생의 권태 _ 169

사랑의 노래 _ 194

사월의 저녁 _ 196

사랑의 모험에 대한 기대 _ 197

어느 여인에게 _ 201

그 옛날, 사랑하는 남자가……* _ 203

내가 자주 꾸는 꿈 _ 205

에디트에게 보내는 클링조르의 편지 _ 206

번개 _ 209

단상 17∼19 _ 211

재회 _ 213

사랑하는 남자 _ 214

픽토르의 변신 _ 216

사랑의 노래 _ 225

일탈자의 일기에서 _ 226

낙원의 꿈 _ 231

제4장　예술 속 사랑의 변화

사랑의 전주곡* _ 235

사랑 _ 239

카사노바 _ 240

유혹자 _ 248

댄스 파티의 밤* _ 250

카네이션 _ 253

생활에 반하여* _ 254

단상 20~22 _ 259

어머니에의 길 _ 261

단상 23 _ 263

예술 속 사랑의 변화* _ 264

신비에 가득 찬 사람 _ 267

사랑할 수 있는 사람은 행복하다* _ 269

신음하며 휘몰아치는 바람처럼 _ 274

시인은 저녁에 무엇을 보았나* _ 275

꽃가지 _ 283

단상 24~28 _ 284

깊은 생각 _ 288

단상 29~33 _ 290

전쟁 사 년째에 _ 295

단상 34~35 _ 296

평화를 맞으며 _ 298

단상 36~40 _ 300

헤르만 헤세 연보 _ 303

일러두기
....
1. 각주 가운데 ○는 원제와 출전이며 엮은이가 밝힌 주입니다.
2. 각주 가운데 숫자로 표시된 것은 옮긴이 주입니다.
3. 단편과 시는 원제와 출전을 밝혀 두었으나 단상은 편집상 생략했습니다.
4. 차례에서 ● 표시가 있는 것은 원전에서 발췌하여 엮은이가 제목을 붙인 것입니다.

제1장

나는 여인들을 사랑한다

얼음 위에서

지루하고 혹독한 겨울이었다. 아름다운 슈바르츠발트강은 몇 주일이나 꽁꽁 얼어 있었다. 몹시 추운 날 아침 그 강에 처음 갔을 때 느꼈던, 불쾌하면서도 넋을 빼앗기는 듯한 기묘한 기분을 잊을 수가 없다. 강은 깊고 얼음이 매우 투명해서 발밑의 얇은 유리 아래로 초록색 물과 돌이 흩어진 모래땅의 강바닥과 환상처럼 서로 뒤얽힌 수초, 등이 거무스레한 물고기가 더러 보였던 것이다.

거의 하루 종일 나는 친구들과 얼음을 지치며 보냈다. 볼이 빨개지고 손은 꽁꽁 얼었지만, 씽씽 달리는 스케이트의 부드럽게 미끌어지는 듯한 움직임에 마음을 빼앗긴 우리는 무턱대고 우쭐거리고 싶어하는 소년 특유의 자만심에 빠져 속도를 겨루는가 하면 넓이뛰기나 높이뛰기 혹은 술래잡기를 했다.

친구들 중에는 아직도 장화에 구닥다리 골제(骨製) 스케이트를 끈으로 동여매어 신고 있는 녀석이 있었는데, 그렇다고 해서 그 녀석이 반드시 가장 미숙한 스케이터라고 할 수는 없었다. 단 한 사람, 어느 공장주의 아들만이 '하리파크스'를 신고 있었다. 하리파크스는 끈이나 띠로 구두에 묶는 것이 아니어서 순식간에 신거나 벗을 수 있었다. 하리파크스라는 말은 그후 여러 해 동안 우리의 크리스마스 소원 카드에 빠지지 않고 들어갔으나, 소원은 이루어지지 않았다.

십이 년이 지난 어느 날 질 좋은 고급 스케이트화를 사고 싶어 상점에 가서 하리파크스를 달라고 했을 때 하리파크스는 이미 한물간 데다가 최상의 제품이 아니라는 말을 듣고, 나는 그동안의 동경과 어린 시절의 신앙 하나를 잃어버린 슬픔에 잠겼다.

나는 혼자서 스케이트 타는 것을 아주 좋아해서 날이 어둑어둑해질 무렵까지 타곤 했다. 그리고 질주하여 속도가 최고로 빨라졌을 때 어디에서든 마음대로 멈추거나 돌 수 있었고, 균형을 잡으면서 멋진 원을 그리며 가뿐히 공중에 떠올라 비행가의 즐거움을 맛보기도 했다.

또 친구들 중에는 얼음 위에서 보내는 시간을 이용해 여자 아이들을 쫓아다니다가 말을 거는 녀석이 꽤 있었다. 나는 여자 아이들에게는 관심이 없었다. 다른 친구들이 소녀들에게 기사처럼 봉사하거나 선망에 차 그녀들 주변을 머뭇거리며 미끄러지거나 두 소녀의 손을 잡고 대담하고 경쾌하게 이끌어 주는 사이, 나는 혼자 활주의 자유로운 즐거움을 맛보았다.

소녀들을 이끌어 주고 있는 녀석들에게 나는 단지 동정이나 비웃음의 기분밖에 갖고 있지 않았다. 친구 몇 명의 고백을 통해 소녀들과 어울리는 재미가 사실 얼마나 불안한 것인지를 잘 알고 있었기 때문이다.

그런데 겨울이 끝나 가려는 어느 날, 노르트카퍼가 스케이트화를 벗고 있는 엠마에게 입을 맞추었다는 소문이 귀에 들어왔다. 그 소문을 듣자 갑자기 내 머리의 피가 들끓었다.

입을 맞추었다! 그것은 소녀들을 끌어 줄 때 잠깐 대화를 나누었다거나 주뼛거리며 손을 잡는 것이 최고의 즐거움이라는 이야기와는 전혀 다른 것이었다.

입을 맞추었다! 그것은 나에게는 닫혀진, 조심스레 상상하던 세계에서 울려 오는 음악이었고, 그것은 금단의 열매의 달콤한 향기를 풍기고 있었고, 그것은 조용하고 시정(詩情)이 풍부하며 말로 표현할 수 없는 울림이 있었다. 우리 모두가 암묵 속에 상상으로만 알고 있고, 여자 아이들을 농락하다 퇴학당한 못된 아이들의 전설적인 연애 이야기로나 어렴풋이 알고 있던 굉장히 달콤하고 몸서리칠 만큼 유혹적인 세계에 속하는 것이었다.

이제 나이 열네 살인 노르트카퍼가 어떻게 우리 학교에 왔는지 아무도 모르는 함부르크 태생의 학생인데, 나는 그를 매우 존경하고 있었다. 학교 밖에서 더 유명한 그의 명성 때문에 나는 이따금 잠을 이루지 못하기까지 했다. 엠마 마이어는 게르버스아우 중학교에서는 두말할 나위도 없이 가장 멋진 여학생으로, 나와 동갑이며 금발에다 민첩하고 자존심이 강한 소녀였다.

그날 이후, 나의 마음속에서는 갖가지 생각과 불안이 가시지 않았다. 여자 아이에게 입을 맞춘다는 것은 학교 규칙에 위배되고 해서는 안되는 행동으로 믿고 있던 지금까지의 나로서는 꿈도 꾸지 못한 일이었다.

그러나 입을 맞추려면 스케이트장에서 소녀의 손을 잡고 이끌어 주는 것이 유일한 기회라는 사실을 나는 금방 알게 되었다. 나는 우선될 수 있는 한 옷차림을 단정히 하도록 주의했다. 머리 모양에 시간을 들이며 세심한 주의를 기울였고 옷이 늘 깨끗하도록 구석구석까지 신경을 썼으며, 모피 모자를 보기 좋게 이마 중간까지 쓰고 누나들에게 졸라 붉은 장밋빛 실크 스카프를 빌렸다. 동시에 얼음 위에서 상대가될 만한 소녀들에게 정중히 인사하기 시작했다. 평상시와는 다른, 경의를 표하는 이 행위가 놀라움과 함께 소녀들에게 좋은 인상을 심어 주었을 것으로 생각했다.

이보다 훨씬 어려웠던 것은 첫 번째 계기를 만드는 일이었다. 여태껏 한 번도 여자 아이와 사귄 적이 없었기 때문이다. 나는 이 중대한 의식을 행하고 있는 친구들을 몰래 관찰하는 데에 열중했다.

그저 절만 꾸벅 하고 손을 내미는 친구도 있었고, 더듬거리느라 무슨 소리인지 알 수 없는 말을 하는 친구도 있었다. 하지만 가장 많은 친구들이 사용하는 방법은 "영광을 주시겠습니까?"라는 우아하지만 상투적인 말을 하는 것이었다. 이 말에 나는 무척 감탄했다. 그래서 의식의 냄새가 물씬 풍기는 이 문구를 외우고는 내 방 난로 앞에 서서 인사를 꾸벅하면서 말을 건네는 연습을 하고 또 했다.

드디어 이 어려운 첫걸음을 내디딜 그날이 왔다. 하루 전날 나는 여자 아이에게 신청을 하려고 생각했었다. 그러나 용기가 나지 않아 의기소침해서 집으로 돌아왔다. 그날 나는 그처럼 두려우면서도 동경하고 있던 일을 반드시 실행하리라, 마음속으로 굳게 결심하고 있었다. 스케이트장에 도착했지만 여전히 가슴이 답답하고 죄지은 사람같이 두근거렸다. 스케이트화를 신을 때 내 손은 떨리고 있었다.

나는 커다란 원을 그리면서 사람들이 몰려 있는 속으로 뛰어들었다. 그리고 될 수 있으면 평소처럼 침착한 표정을 지으려고 애썼다. 긴 활주로를 가능한 한 빠른 속도로 두 바퀴 돌았다. 살을 에는 듯한 차가운 공기와 격렬한 운동으로 기분이 상쾌해졌다.

그런데 갑자기 바로 다리 밑에서 무서운 기세로 누군가에게 부딪쳤다. 나는 깜짝 놀라고 당황하여 옆으로 비틀거렸다. 얼음 위에는 아름다운 엠마가 이를 악물고 고통을 참으며 책망하는 듯한 눈초리로 나를 쏘아보며 주저앉아 있었다. 내 눈앞에서 세계가 빙빙 돌고 있었다.

"일어서는 걸 좀 도와줘!"

엠마가 제 친구들을 향해 말했다. 나는 얼굴이 새빨갛게 된 채 모자를 벗고 그녀 옆에 무릎을 꿇은 다음 그녀를 일으켜 세웠다.

이렇게 우리는 서로에게 놀란 나머지 그대로 서 있었다. 그리고 한마디 말도 하지 않았다. 아름다운 소녀의 모피 코트와 얼굴, 머리카락이 아주 가까이에 있었기에 내 감각은 마비되었다. 나는 마음속으로 사과의 말을 찾았지만, 무슨 말을 해야 할지 떠오르지 않아 여전히 모자만 꽉 쥐고 있었다. 그러다가 눈은 아직 몽롱한 채 나는 갑자기 기계적으로 깊숙이 고개를 숙이고 나서 어물어물 말했다.

"영광을 주시겠습니까?"

그녀는 대답하지 않았다. 대신 내 두 손을 가느다란 손가락으로 잡았다. 그 온기를 나는 장갑을 통해 느꼈다. 그리고 그녀는 나와 함께 미끄러지기 시작했다. 신비로운 꿈속에 있는 듯한 느낌이 나를 감쌌다. 행복, 수줍음, 따스함, 기쁨, 당혹의 감정에 숨이 막힐 지경이었다.

십오 분 정도 우리는 함께 얼음 위를 지쳤다. 그녀는 어느 대피소에서 자그마한 손을 살짝 놓으며 "고마웠어요"라고 말한 후 혼자 미끄러져 갔다. 나는 뒤늦게 모피 모자를 벗고 오랫동안 그 자리에 서 있었다. 한참 뒤에야 비로소 나는 그녀가 활주하고 있는 동안 줄곧 아무 말도 하지 않았다는 것을 깨달았다.

　얼음은 녹았다. 그리고 나는 이 시도를 다시는 해볼 수 없었다. 그것은 최초의 사랑의 모험이었다. 하지만 나의 꿈이 실현되어 내 입술이 엠마의 붉은 입술 위에 포개지기까지는 그후 몇 년의 시간이 더 필요했다.

○『무위의 예술(*Die Kunst des Mußiggangs*)』(1973)에 수록된 「*Auf dem Eise*」
　(1900년경).

너무 늦다

청춘의 사랑에 괴로워하고 수줍어하면서
그대에게 머뭇거리며 사랑을 고백했을 때
그대는 웃었다.
그리고 나의 사랑을
농락했다.

지금 그대는 지쳐 이미 희롱하지도 못하고,
어두운 눈길로 나를 보고
괴로움 속에서
그리고 사랑을 원하고 있다.
예전에 내가 그대에게 바친 사랑을.

아, 그것은 이미 모두 타버려
두 번 다시 돌아오지 않는다.
예전에 그것은 그대의 것이었다!
지금 그것은 이미 누구의 이름도 모르고
혼자 있기를 원하고 있다.

○『시집(*Die Gedichte*)』(1977)에 수록된「*Zu spät*」(1909).

단상 01

성적으로 성숙하기 전, 젊은 사랑의 능력은 남녀 양쪽의 성뿐 아니라 감성과 정신 등 온갖 것을 가지고 있다. 그리고 모든 것에 사랑의 마력과 동화의 세계 같은 변신의 능력을 부여한다. 그것은 훗날 선택된 사람들과 시인들에게만 때때로 돌아온다.

— 『황야의 이리』에서

단상 02

사랑은 우리를 행복하게 만들어 주기 위해 있는 것이 아닙니다. 사랑은 괴로워하거나 참고 견딜 때 우리가 어느 만큼 강해질 수 있는가를 우리에게 보여 주기 위해 있는 것이라고, 나는 믿고 있습니다.

— 『페터 카멘친트』에서

단상 03

사람은 사랑 때문에 괴로워합니다. 그러나 사랑에 몸을 바칠수록 사랑은 우리를 강하게 만들어 줍니다.

— 미공개 서간에서

단상 04

사람은 손에 넣기 가장 어려운 것을 가장 갖고 싶어하게 마련이다.

—『게르트루트』에서

단상 05

사랑이란, 이 세상 어떤 것보다 훌륭한 것이며, 모든 것을 이해할 수 있는 것이며, 아무리 괴로울 때에도 미소 지을 수 있는 것이다. 우리 자신을 사랑하는 것, 우리의 운명을 사랑하는 것, 운명이 우리에게 요구하고 우리를 위해 계획하고 있는 것을 설령 우리가 아직 알아채지 못하고 이해하지 못하더라도 스스로 기꺼이 따르는 것, 우리가 지향하고 있는 것은 이것이다.

—「사랑의 길」에서

한스 디어람의 수업 시대

피혁 장인('갖바치'라는 명칭은 이미 오래전에 사라졌다)인 에발트 디어람에게는 한스라는 아들이 있는데, 이 아들 때문에 그는 무척 골치가 아팠다. 한스는 슈투트가르트의 실업고등학교에 다니고 있었다. 그런데 발육이 좋고 원기 왕성한 이 젊은이는 나이만 먹었지 성적이나 평판은 말이 아니었다. 그는 학년마다 두 번씩 거치면서도 연극을 관람하고 맥주집에 드나드는 등 만족스러운 생활을 보냈다. 그러는 동안 어느새 열여덟 살이 되어, 동급생들은 아직 수염도 나지 않은 미숙한 소년이지만 그는 벌써 신체만은 당당한 젊은 어른으로 자라 있었다.

결국 그는 마지막 학년 역시 그리 오래가지 못했는데, 즐거움과 향상심의 무대를 오로지 학문과는 거리가 먼 사교와 사치한 생활에서 찾고 있었기에 학교에서는 그의 아버지에게 이 태평한 젊은이를 자퇴시키도록 권유했다. 학교에서는 다른 학생들에게 나쁜 영향을 주기 때문이기도 하지만, 본인을 위해서도 어쩔 수 없다고 했다.

어느 화창하게 갠 봄날, 한스는 침울해 있는 아버지와 함께 게르버스아우로 돌아왔다. 곧 이 못난 아들을 앞으로 어떻게 해야 좋은가 하는 것이 문제가 되었다. 군대에 보내는 것이 가족 모두의 바람이었으나, 그것마저 올해 봄에는 이미 시기를 놓친 뒤였다.

그러자 젊은 한스는 기계 공장에 견습공으로 가게 해달라고 하여 부모를 놀라게 했다. 한스는 기사가 되고 싶으며 그럴 만한 재능이 있다고 생각한다고 했다. 물론 자기 딴에는 진지하게 생각하고 있었지만, 동시에 대도시로 갈 수 있다는 기대를 내심 품고 있었다. 대도시에는 좋은 공장이 많이 있고, 공장 일을 배우는 본업 말고 기분 전환이나 젊음을 만끽할 기회가 얼마든지 있으리라고 생각했던 것이다. 그러나 그의 예상은 빗나갔다. 이것저것 의논을 한 뒤 아버지는 이렇게 말했다.

"네 말을 들어주려고 잘 생각해 봤다. 하지만 당분간 이곳에 그대로 두는 편이 좋을 것 같구나. 여기에는 특출나게 훌륭한 공장이나 견습할 만한 곳은 없을지도 모르지만, 그 대신 유혹을 받거나 옆길로 샐 염려가 없으니까……"

나중에 알 수 있는 것처럼 마지막 문제에 관해서는 아버지의 생각이 완전히 옳았다고는 말할 수 없으나, 그래도 그것은 좋은 생각이었다. 이렇게 해서 한스 디어람은 고향의 작은 도시에서 아버지의 감독 아래 새로운 인생길을 걸을 결심을 해야만 했다.

기계공 하거가 한스를 받아들이겠다고 하여 마음 편한 젊은이는 얼떨떨해 하며 매일 기계공이 입는 푸른 리넨 작업복을 입고 뮌츠갓세에서 하류에 있는 모래톱까지 일하러 가게 되었다. 그에게 출퇴근은 처음 겪는 고달픈 일이었다. 그때까지 그는 우아한 차림으로 외출하는 것에 익숙해져 있었기 때문이다. 그러나 작업복은 의외로 쉽게 익숙해졌다. 그는 이 리넨 옷을 가장무도회의 의상인 듯 그럭저럭 즐겁게 입고 다녔다.

일은 오랫동안 학교에서 헛된 시간을 보낸 그의 기분을 정말로 상쾌하게 했다. 게다가 마음에도 들었다. 일은 처음에는 호기심을, 다음에는 향상심을, 마지막에는 그의 마음에 진정한 기쁨을 솟구치게 해 주었다.

하거의 작업장은 제법 큰 공장 옆에 바짝 붙어 있었다. 젊은 주인 하거의 일과 수입원은 주로 큰 공장 기계의 보수와 수선이었다. 하거의 사업장은 좁고 낡았다. 학력 따위는 전혀 없는 완고한 기술자였던 하거의 아버지가 몇 년 전까지 이곳의 주인이었고 돈을 아주 많이 벌었다. 아버지의 일을 이어받은 아들은 확장이나 수리를 계획한 적이 있었지만, 고지식하고 엄격한 기술자의 신중한 아들로서 소박하게 소규

모 공장에서 출발했다. 그래서 증기 기관이라든가 엔진, 기계 조작장 등을 즐겨 화제로 삼으면서 근면하게 옛날 방식 그대로 일했고, 한 대의 영국제 철재용 선반 외에는 내세울 만한 새로운 설비는 사들이지 않았다.

공장에는 직공 두 명과 견습공 한 명이 있었다. 여기에 비어 있던 작업대와 바이스[1]에 새로운 무급 견습공 한스가 들어가자 이 다섯 사람만으로도 좁은 작업장은 꽉 차 버렸다. 그 덕분에 편력 직인[2]들로부터 일자리를 부탁받아도 이것저것 거절할 말을 생각할 필요가 없었다.

밑바닥부터 일을 배워 온 견습공은 소심하고 마음씨 좋은 열네 살의 소년인데, 새로 들어온 무급 견습공 한스는 이 견습공에게는 관심이 없었다. 직공 가운데 하나인 요한 셈베크는 머리카락이 검고 몸이 야윈 남자로서, 소극적이고 일만 하는 노력가였다. 또 다른 직공인 니클라스 트레프츠는 스물여덟 살의 아름답고 헌걸찬 사나이였다. 그는 공장 주인의 친구였는데, 그래서 두 사람은 서로 말을 놓고 지냈다. 니클라스는 공장주의 동의 하에 당연하다는 듯이 작업장의 실권을 쥐고 있었다. 그는 체격과 태도가 늠름했을 뿐만 아니라 현명하고 성실한 기계공으로, 기술자가 될 능력을 충분히 갖추고 있었다. 작업장의 소유주 하거는 사람들 앞에 나서면 조심스럽고 늘 바쁜 척했다. 그리고 한스에게서 적잖은 돈을 받고 있어 매우 만족하고 있었다. 디어람 노인이 아들을 위해 상당한 액수의 수업료를 지불했기 때문이다.

한스 디어람의 동료가 된 이들은 적어도 그의 눈에는 이렇게 보였다. 처음에는 새로운 일이 새로운 사람들보다 한스의 에너지를 훨씬 많이 빼앗았다. 그는 금속판으로 톱니 만들기, 숫돌과 바이스를 취급하는 방법, 금속을 분별하는 방법을 배우고 익혔다. 또한 대장간에서 불을 피우는 방법, 대장용 큰 해머를 휘두르는 방법, 금속을 처음에 줄로 자르는 방법도 배웠다. 그는 드릴 혹은 끌을 부러뜨리고, 거친 쇠와 줄로 악전고투하고도 볼품없는 것을 만들어 내고, 검댕이나 줄밥이나 기계 기름으로 몸을 더럽히고, 망치로 손가락을 쳐서 상처를 입고, 선반에 손가락이 끼는 작은 사고를 당하기도 했다. 이 모든 것이 주변 사람들의 조소 어린 침묵 속에서 행해졌는데, 그들은 이미 성인이 다 된 부잣집 아들이 공장에서 견습 일을 할 수밖에 없는 상황을 즐기며 바라보았다.

그러나 한스는 침착했다. 동료들의 일을 주의 깊게 관찰하고 오후의 휴식 시간에는 공장주에게 이것저것 질문을 하고 여러 가지로 시험을 해보며 흥미를 가지고 일을 했다. 그리고 얼마 지나지 않아 간단한 일을 제대로 마무리함으로써, 이 견습공의 능력을 전혀 신용하지 않고 있던 하거에게 이익을 안겨 주어 그를 경탄시켰다.

"나는 자네가 그저 잠깐 동안 기계공 흉내를 내고 싶어하는 거라고 생각하고 있었다네. 그런데 이런 식으로 계속하면 정말로 기계공이 될 수 있겠어."

학교에 다닐 때는 선생님이 칭찬을 하든 질책을 하든 전혀 관심이 없었던 한스는, 굶주린 자가 맛있는 음식을 먹듯이 최초의 칭찬을 맛보았다. 기술자들도 점차 그를 인정하게 되어 더 이상 얼간이를 보는 것 같은 시선으로 바라보지 않게 되자, 한스는 자신이 이제야 제구실을 하는 사람이 되었다고 생각했다. 그리고 비로소 주위 사람들을 관심과 호기심을 가지고 관찰하기 시작했다.

가장 마음에 든 것은 총명한 회색 눈과 짙은 금발의 조용하고 덩치 큰 사나이, 직공장 니클라스 트레프츠였다. 그러나 그는 신참인 한스가 가까이 가기에는 조금 어려운 사람이었다. 얼마 동안 니클라스는 이 명사의 아들에게 다소의 불신감을 갖고 말을 걸지 않았다. 그에 비해 차석 직공인 요한 셈베크는 다가가기가 좀 수월했다. 그는 때때로 한스로부터 담배와 맥주 한잔을 받고 일을 할 때 약간의 편의를 보아 주었다. 동시에 직공으로서의 체면을 전혀 손상시키지 않은 채 이 젊은이를 자기 편으로 끌어들이려는 노력을 했다.

어느 날 한스가 저녁을 같이 보내자고 하자 셈베크는 기다렸다는 듯이 여덟 시에 중간 다리 옆에 있는 작은 선술집으로 오라고 말했다. 이렇게 해서 그들은 선술집에 앉게 되었다. 열려진 창문을 통해 강둑에서 나는 윙윙거리는 소리가 들렸다. 이 리터째의 운터렌더와인[3]으로 이 직공은 말수가 많아졌다. 그는 고급 담배를 피우며 순한 담홍색 포도주를 마시면서 소리를 낮추어 하거 공장의 장사와 가정의 비밀을 한스에게 들려주었다.

"주인이 불쌍해. 그는 니클라스 트레프츠가 하라는 대로 하고 있는 거야. 그 녀석은 폭력꾼이야. 오래전에 아버지 밑에서 일하고 있었던 주인과 붙어서 그를 무참히 때려눕힌 적이 있어. 그는 물론 분명히 훌륭한 직공이지. 적어도 좋은 일을 할 마음이 되었을 때는 말이야. 하지만 현재 그는 공장 전체를 자기 뜻대로 움직이고 있고, 돈은 하나도 없는 주제에 공장주보다 더 으스대고 있어."

"봉급을 많이 받고 있지 않습니까?"

한스의 말에 셈베크는 웃으며 무릎을 쳤다.

"천만의 말씀."

그는 주위를 살피더니 말을 이었다.

"니클라스는 나보다 겨우 1마르크 더 받아. 그리고 거기에는 그럴 만한 이유가 있어. 마리아 테스톨리니를 알고 있겠지?"

"모래톱 지역의 이탈리아 사람 말입니까?"

"맞아. 마리아와 니클라스는 사귄 지 꽤 되었지. 그 여자는 우리 맞은편에 있는 방직 공장에서 일하고 있는데, 나는 그 여자가 녀석을 그토록 연모하고 있다고는 생각하지 않아. 그 녀석은 키가 크다는 거 말고는 볼 게 하나도 없는데 계집아이들은 왜 모두 그 녀석을 좋아하나 몰라. 어쨌든 마리아가 니클라스를 진실로 사랑하지 않는다는 것만은 분명해."

"그런데 그것과 급료가 무슨 관계가 있습니까?"

"급료? 아, 그렇지. 니클라스는 마리아 때문에 여기에 있는 거거든. 그렇지 않았으면 그 녀석은 벌써 더 좋은 지위에 올랐을 거야. 공장주에게는 천만다행한 일이지. 급료 인상이란 공장주 사전에 없는 말이고, 니클라스는 마리아에게서 떠날 생각이 없으니까 그만두지 않는 거야. 게르버스아우의 기계공은 출세와 거리가 멀고 급료도 많이 받지 못해. 나는 올해 연말보다 더 길게 여기에 있을 마음이 없거든. 하지만 니클라스는 계속 눌러앉아 있을걸."

그리고 한스는 별로 관심이 없는 이런저런 이야기들을 들었다. 셈베크는 젊은 하거 부인의 가족에 관한 이야기, 그녀의 지참금에 관한 이야기. 지참금의 나머지를 장인이 주려고 하지 않아 부부 사이에 불화가 생겼다는 것 등 정말로 여러 가지 일을 알고 있었다. 이 모든 것을 한스 디어람은 강한 인내심을 발휘하며 가만히 듣고 있다가 밀물 때가 되자, 자리에서 일어나 셈베크를 남은 포도주과 함께 거기에 남겨 두고 집으로 돌아갔다.

따스한 오월의 밤, 집으로 돌아가는 길에 한스는 조금 전 니클라스 트레프츠에 관해 들은 이야기에 대해 생각했다. 니클라스가 애정 문제 때문에 출세의 기회를 놓치고 있다고 해서 도저히 그가 얼간이라고는 여겨지지 않았다. 오히려 매우 당연한 일로 여겨졌고 너무나 잘 이해되었다.

한스는 머릿결이 검은 직공의 이야기를 모두 믿은 것은 아니지만, 그 소녀의 이야기는 정말이라고 생각했다. 그 이야기는 그의 마음에 무척 절실하게 와 닿았다. 처음 몇 주일처럼 새로운 일로 인한 고생이나 기대에 쫓기지 않게 된 이후, 조용한 봄밤이면 연인이 그리워지는 은근한 소망이 그를 적잖게 괴롭히고 있었던 것이다. 비록 대단히 순진한 것이었지만, 학교에 다니던 때는 초보적 연애를 몇 차례 경험했었다. 그러나 푸른 작업복을 입고 서민의 하층부로 내려온 지금, 서민의 소박하고 어기찬 생활 습관에 참여하는 것이 퍽 매력적인 일로 여겨졌다. 하지만 연애 부분만큼은 좀처럼 진전되지 않았다. 누나의 소개로 알게 된 시민층 아가씨들과는 댄스 살롱이나 클럽 주최의 파티에서밖에 이야기할 수 없었는데, 그럴 경우에는 어머니들의 감시의 눈길이 뒤를 좇았다. 그리고 직공이나 공장 노동자의 모임에는 아직 동료로 받아들여지지 않았다.

그는 마리아 테스톨리니를 떠올려 보려고 했지만, 생각해 낼 수가 없었다. 테스톨리니 가족은 비참한 빈민 거주 지역에서 살고 있는 복잡하게 구성된 대가족으로, 이탈리아계 이름의 상당히 많은 가족과 더불어 헤아릴 수 없을 정도의 무리를 짓고 모래톱 근처에 있는 낡고 초라한 집에서 살고 있었다. 한스는 어린 시절부터 그곳 아이들이 새해를 맞을 무렵은 물론 그렇지 않을 때도 그의 집에 구걸하러 오던 것을 떠올렸다. 그곳에는 늘 아이들이 우글거렸던 것이 기억났다. 그런 아주 초라한 모습을 한 아이들 중 하나가 지금의 마리아일 것이다. 그래서 그는 검은 머리와 큰 눈의 호리호리한 이탈리아 소녀를, 머리가 헝클어지고 지저분한 옷을 입은 이탈리아 소녀로 상상했다. 그가 매일 보는 작업장 옆을 지나가는 여공들 가운데 하나가 마리아 테스톨리나라고는 상상할 수가 없었다. 젊은 여공들 중 몇몇은 매우 깨끗해 보였기 때문이다.

실제로 마리아의 용모는 한스의 상상과는 전혀 달랐다. 그리고 이 주일도 채 지나지 않아 그는 뜻밖에 그녀와 알게 되었다.

그가 다니는 공장 근처에 있는 무척 낡은 건물들 가운데 강가에 있는 어둠침침한 판잣집에는 다양한 종류의 재고품이 보관되어 있었다. 유월의 어느 따뜻한 오후, 한스는 그곳에서 일을 하게 되었다. 수백 개나 되는 쇠막대기를 다시 헤아리는 일이었다. 약 한 시간 가량 더운 작업장에서 벗어나 서늘한 판잣집 안에서 보내는 것에 이의가 있을리 없었다. 그는 쇠막대기를 강도에 따라 정리한 다음 숫자를 헤아리기 시작했다. 때때로 그는 숫자를 검은 판자벽에 분필로 적으며 작은 소리로 숫자를 셌다.

"93, 94……."

그런데 낮은 여자 목소리 하나가 웃음을 머금고 작게 따라 하는 것이었다.

"95, 96, ……, 100, ……."

그는 깜짝 놀라 화를 내며 획 돌아보았다. 유리가 끼여 있지 않은 낮은 창문 가에 키 큰 금발의 젊은 아가씨가 서서 고개를 끄덕이며 웃고 있었다.

"어떻게 된 겁니까?"

그는 화가 난 듯이 물었다.

"좋은 날씨예요. 저 공장의 새로 온 견습생이죠?"

그녀가 크고 맑게 대답했다.

"그래요. 그런데 당신은 도대체 누구입니까?"

"나를 보고 '당신'이라고요? 언제나 그렇게 품위 있게 말하나요?"

"아, 괜찮다면 '너'라고 말할 수도 있어."

그녀는 그가 있는 곳에 들어와 어둡고 좁은 방 안을 둘러보더니 집게손가락에 침을 발라 그가 분필로 써둔 숫자를 지워 버렸다.

"그만둬! 뭘 하는 거야?"

그가 소리쳤다.

"이봐요, 이 정도도 외우지 못해요?"

"분필이 있는데 왜 그래? 그렇게 지우면 전부 다시 헤아려야 하잖아."

"그럼 도와줄까요?"

"그래, 부탁해."

"그건 알겠지만, 나는 달리 할 일이 있어요."

"도대체 무엇을? 그렇게 보이지 않는데."

"그래요? 갑자기 실례의 말을 하는군요. 이봐요, 좀 상냥할 수 없어요?"

"음. 어떻게 하는지 네가 보여 줘봐."

그녀는 살짝 웃으며 그의 곁에 바싹 다가와 포동포동하고 따뜻한 손으로 그의 머리카락을 쓰다듬고 볼을 어루만진 다음 미소를 띠며 그의 눈을 들여다보았다. 이런 일을 한 번도 경험한 적이 없었던 그는 순간 숨이 막히고 눈이 아찔해졌다.

"멋있어요. 사랑스러워."

그녀가 말했다.

그는 '너도 그래'라고 말하려 했지만 심장이 두근거려 한마디도 입 밖으로 낼 수가 없었다. 그는 그녀의 손을 잡고 꼭 쥐었다.

"아얏! 그렇게 꽉 잡지 말아요. 손가락이 아파요."

그녀가 작은 소리로 말했다.

"미안해."

그녀는 탐스러운 머리카락을 그의 어깨에 기댄 채 응석 부리듯 다정하게 그를 올려다보았다. 그리고 다시 한 번 따스함이 밴 낮은 소리로 웃고 나서 친근한 사람을 대하는 것처럼 고개를 끄덕이고는 뛰어갔다. 그녀를 배웅하기 위해 그가 문밖으로 나왔을 때 이미 그녀의 모습은 보이지 않았다.

한스는 오랫동안 쇠막대기들 사이에 서 있었다. 처음에는 도무지 혼란스런 기분이 가라앉지 않은 채 가슴속에 뜨거운 기운이 가득 차 아무것도 생각할 수가 없어 한숨을 내쉬면서 멍하니 하늘만 쳐다보았다. 그러나 곧 그는 이 흥분 상태를 극복했다. 그러자 이번에는 놀라움이 섞인, 억제할 수 없는 큰 기쁨이 솟구쳤다. 사랑의 모험! 아름답고 키 큰 소녀가 그에게 와서 달콤한 말을 속삭이고 애무해 준 것이다. 그런데 그는 어떻게 해야 좋을지 몰랐다. 그는 아무 말도 하지 못했고 그녀의 이름조차 모르며, 그녀에게 키스조차 할 수 없었다! 그 일이 그날 하루 종일 그를 괴롭히고 억울한 생각마저 들게 했다. 하지만 그는 굳은 결의를 가지고 더없이 행복한 기분으로, 다음에 또다시 기회가 온다면 이 모든 것을 보충하기 위해 더 이상 그런 얼빠진 짓은 하지 않겠다고 맹세했다.

그는 이제 이탈리아 여자에 대한 어떤 일도 생각하지 않았다. 그는 끊임없이 '다음 기회'만 생각했다. 다음날 한스는 온갖 기회를 이용하여 몇 분 동안 작업장 밖으로 나와 주변을 살펴보았다.

그러나 그 금발 소녀는 보이지 않았다. 저녁 무렵 그녀는 여자 친구 한 명과 함께 시치미 뗀 얼굴로 아주 태연히 그의 작업장에 들어와, 방직기 부품의 하나인 가느다란 레일 한 개를 갈아 달라고 했다. 그녀는 한스 따위는 알지도 못하고 안중에도 없는 것처럼 행동했다. 그녀는 공장주와 조금 농담을 나눈 후, 레일을 갈고 있는 니클라스 트레프츠에게 다가가서 작은 소리로 이야기를 나누었다.

그녀는 돌아갈 때 "안녕"이라고 말한 뒤에야 문에서 다시 한 번 돌아보며 따스한 눈길로 한스를 잠시 바라보았다. 그녀는 이마에 약간 주름살을 지으며, '당신과의 비밀을 잊지 않고 있어요. 당신도 그것을 소중하게 간직해 주세요'라고 말하는 것처럼 눈꺼풀을 꿈틀거렸다. 그리고 그녀는 가버렸다.

그녀가 나가자마자 요한 셈베크가 한스의 바이스 곁을 지나가면서 빙긋 웃으며 속삭였다.

"저 여자가 테스톨리니야."

"작은 쪽?"

한스가 물었다.

"아니, 키 큰 금발."

한스는 일거리 위에 몸을 웅크리고 격렬한 기세로 줄질을 하기 시작했다. 그는 줄이 피리 소리를 내고 작업장이 흔들릴 것 같은 기세로 줄질을 했다. 이것이 내 사랑의 모험인가! 속고 있는 것은 누구인가? 직공장인가, 나인가? 그렇다면 어떻게 해야 하는가?

연애 사건이 처음부터 이렇게 뒤엉켜서 시작되리라고는 생각해 보지 않았다. 그날 그는 저녁 무렵부터 한밤중까지 그 일 외에는 아무것도 생각할 수가 없었다.

사실 당장 단념해야 한다는 것이 맨 먼저 든 생각이었다. 생각은 그랬지만 온종일 멋진 소녀에게 빠져 그녀만 생각하며 보냈다. 그리고 그녀에게 키스하고 싶다, 애무받고 싶다는 욕구가 그의 마음 안에서 터무니없이 커져 갔다. 여자에게 그런 식으로 애무를 받고 달콤한 말을 들은 것은 처음 있는 일이었다. 이성과 책임감은 어제 갓 생긴 연모의 정에 그만 져버렸다. 이 연모의 정은 양심의 가책이라는 그늘 때문에 감미로움을 더하진 못했지만 약해지지 않았다. 될 대로 되라는 심정이 되었고, 마리아는 자신을 좋아하고 있고 자신 역시 그녀의 사랑에 부응하고 싶다는 쪽으로 기울었다.

이런 상태로는 당연히 쾌적한 기분이 될 수 없었다. 바람이 잘 통하는 공장의 계단에서 마리아를 만났을 때 그는 대뜸 이렇게 말했다.

"이봐, 니클라스 트레프츠와 너는 어떤 관계야? 그가 진짜 네 애인이야?"

"그래요. 그런데 나한테 듣고 싶은 것이 고작 그런 것밖에 없어요?" 그녀는 웃으면서 말했다.

"있고말고. 네가 그를 좋아하면 나를 좋아할 수 없는 거 아니야?"

"왜 그래야 하는데? 니클라스는 내 애인이야. 벌써 오래전부터 그랬고, 앞으로도 그럴 거야. 하지만 나는 당신도 좋아. 당신은 매우 멋지고 귀여운 사람이거든. 니클라스는 아주 엄격하고 무뚝뚝해. 나는 당신에게 키스하고 귀여워해 주고 싶어. 알겠어? 귀여운 사람. 그런 것은 싫어해?"

물론 한스는 이의가 없었다. 그는 조용히 마음을 다해 그의 입술을 꽃이 핀 듯한 그녀의 입술 위에 포갰다. 그녀는 그가 키스에 경험이 없다는 것을 눈치채고 웃었지만, 그를 포근히 감싸 주며 한층 더 그를 좋아하게 되었다.

2

지금까지 니클라스 트레프츠는 직공장으로서 젊은 공장 주인과 친구로서 사이 좋게 지내고 있었다. 게다가 그는 자기가 살고 있는 공장 주인의 집과 직장에서 완전히 지배권을 쥐고 있었다. 그런데 최근 친밀한 관계에 약간 금이 가기 시작했다. 그리고 여름이 될 즈음에는 직공장에 대한 하거의 태도가 더욱 험악해졌다. 하거는 직공장에게 때때로 자기가 공장 주인임을 분명히 하고 더 이상 조언을 구하지 않으며, 기회가 있을 때마다 지금까지의 관계를 지속하고 싶지 않다는 속뜻을 내비쳤다.

하거에 대해 우월감을 가지고 있던 니클라스는 그의 태도에 그다지 마음 상해 하지 않았다. 처음에 그는 이 싸늘한 처사를 이상하게 여겼지만, 평소와 다른 공장 주인의 변덕이라고 생각하여 미소를 지으며 침착하게 참고 견뎠다. 그래도 하거가 계속 신경질적으로 짜증을 내자 니클라스는 원인을 찾지 않을 수 없었고, 주의 깊게 관찰한 결과 이유를 알게 되었다고 생각했다.

하거 부부 사이가 원만하지 않다는 사실을 비로소 눈치챈 것이다. 그들은 큰소리로 싸움을 하는 일이 결코 없었다. 그러기에는 아내가 무척 영리했다. 다만 부부는 서로를 피하느라 아내는 결코 작업장에 나타나지 않았고, 남편은 밤에 결코 집에 있지 않았다. 이 부부의 불화가 요한 셈베크의 말처럼, 친정아버지에게 나머지 지참금을 모두 내놓도록 설득할 수 없는 것이 원인인지 부부의 개인적인 불화가 뒤에 숨어 있는 것인지는 알 수 없었지만, 아무튼 가정 안에는 답답한 공기가 가득 차 있었다. 아내는 자주 우는 모양이어서 곧잘 눈이 부은 화난 얼굴을 하고 있었다. 남편 또한 아내에 관해 좋지 못한 무엇인가를 알고 있다는 듯한 태도를 취했다.

니클라스는 모든 것이 가정 내의 불화 탓이라고 확신하며, 하거의 신경질적인 언동이나 거친 처사에 앙갚음을 하지 않았다. 오히려 그를 남몰래 괴롭히고 분노하게 만든 것은 이 감정의 갈등을 음흉하고 교활한 방법으로 이용한 셈베크였다. 직공장이 공장 주인의 불만을 사게 된 것을 안 셈베크는 비굴하게도 열심히 아첨하여 공장 주인의 마음에 들려고 했다. 그런데 하거가 거기에 넘어가 음모가의 손을 들어 준 것이 니클라스에게는 큰 타격이 되었다.

이 불쾌한 시기에 한스 디어람은 단호하게 니클라스 편을 들었다. 첫째로, 니클라스는 대단히 힘찬 남성적 기질로 한스에게 감명을 주었다. 둘째로, 한스는 아첨꾼인 셈베크가 점점 언짢게 여겨졌다. 그리고 마지막으로, 한스는 니클라스에 대해 자신이 몰래 저지르고 있는 죄를 그러한 태도로써 보상하고 있다는 기분을 가지고 있었다.

한스와 마리아의 교제는 짧고 어수선한 만남이었고 몇 번의 키스와 애무 정도에 그쳤지만, 한스는 자기가 부정한 짓을 저지르고 있다고 의식하고 있으므로 완전히 결백하다는 양심을 가지고 있지 못했다. 그래서 그는 더욱더 단호하게 셈베크의 험담을 뒤로하고 강렬한 찬탄과 동정을 섞어 니클라스의 편을 들었다. 니클라스가 그것을 깨닫기까지는 그다지 오랜 시간이 걸리지 않았다. 그때까지만 해도 니클라스 트레프츠는 이 견습공에게 거의 관심을 보이지 않았다. 그는 한스에 대해 아버지의 후광만 내세우는 한심한 청년이라고 생각하고 있었다. 이제 그는 이 견습공을 친근한 시선으로 바라보고 이따금 한스가 오후의 휴식 시간에 자기 옆에 앉는 것을 허락했다. 그뿐 아니라 어느 날 밤 그는 한스에게 시간을 같이 보내자고 했다.

"오늘이 내 생일이야. 누군가와 포도주 한 병을 마시고 싶었지. 공장 주인은 악마에게 홀려 있고 셈베크에겐 볼 일이 없어. 저 병신 같은 녀석에겐 말이야. 한스 디어람, 괜찮다면 오늘 나와 함께하지 않겠나. 저녁을 먹고 저 가로수 길에서 만나지. 올 수 있겠나?"

한스는 매우 기뻐하며 그 시간에 갈 것을 약속했다. 칠월 초의 따뜻한 밤이었다. 한스는 집에서 서둘러 저녁을 먹고 깨끗이 몸을 씻은 다음 급히 가로수 길로 갔다. 니클라스는 벌써 나와 있었다.

휴일의 나들이옷을 입고 있던 니클라스는 한스가 푸른 작업복을 입고 온 것을 보고 가벼운 비난 조로 말했다.

"아니, 아직도 작업복을 입고 있나?"

한스는 너무 서둘렀기 때문이라고 변명했다. 그러자 니클라스는 웃었다.

"변명은 필요 없어! 자네는 아직 견습공이고, 이 지저분한 작업복에 아직 익숙해져 있지 않기 때문에 그것을 입는 것이 즐겁겠지. 기술자들은 작업을 끝내고 나갈 때는 대개 작업복을 벗고 싶어하거든."

그들은 어깨를 나란히 하고 중심가를 벗어나 어두운 마로니에 가로수 길로 내려갔다. 가로수 길이 거의 끝나 갈 무렵 마지막 나무 뒤에서 키 큰 소녀가 걸어 나오더니 니클라스의 팔에 매달렸다. 마리아 테스톨리니였다. 니클라스는 그녀에게 한마디도 말을 건네지 않은 채 태연히 그녀와 함께 걸어갔다. 한스는 그녀가 니클라스에게서 오라는 말을 들은 것인지, 자기 스스로 온 것인지 알 수가 없었다. 한스의 심장은 불안으로 뛰었다.

"젊은 디어람도 왔어."

니클라스가 말했다.

"아, 그렇군요."

마리아가 큰소리로 웃으면서 말했다.

"네, 니클라스 씨가 초대해 주셨습니다."

"그래요? 잘 왔어요, 멋진 젊은 양반!"

"쓸데없는 소리 하지 마. 디어람은 내 동료야. 그리고 지금부터 생일을 축하하려는 거야."

니클라스가 소리쳤다.

그들은 조그마한 정원이 딸린 '세 마리 까마귀 정자' 라는 강가에 있는 레스토랑에 도착했다. 실내에서 마차꾼들이 트럼프를 즐기며 이야기를 나누는 소리가 들렸다. 바깥 자리에는 아무도 없었다.

니클라스는 창으로 안을 들여다보며 가게 주인에게 램프를 달라고 큰소리로 부탁하고는 조잡한 판자 테이블 앞에 자리를 잡고 앉았다. 마리아는 그의 옆에, 한스는 그들의 맞은편에 앉았다. 가게 주인은 좀 어두운 복도의 램프를 가지고 나와 테이블 위에 있는 철사에 걸었다. 니클라스는 제일 좋은 포도주 1 리터와 빵, 치즈, 담배를 주문했다.

"여기는 너무 쓸쓸해. 안으로 들어가면 좋겠어. 여기에는 사람이 없잖아."

마리아가 실망한 듯이 말했다.

"우리만으로 충분해."

니클라스는 신경질적으로 말했다.

그는 포도주를 두툼한 물통 모양의 잔에 따르고, 마리아 앞에 빵과 포도주를 놓은 다음 한스에게 담배를 내밀고 자기도 담배에 불을 붙였다. 그들은 서로 잔을 부딪쳤다. 그리고 나서 니클라스는 마치 마리아는 그 자리에 없는 것처럼 한스에게 기술에 대해 자질구레한 이야기를 시작했다. 그는 한쪽 팔꿈치를 테이블에 짚고 앞으로 상반신을 약간 구부린 자세로 앉아 있었다. 마리아는 그의 옆에서 벤치의 등받이에 기대어 팔짱을 끼고는 어둑어둑한 가운데 침착하고 만족스러운 눈길로 한스의 얼굴을 가만히 응시하고 있었다. 그 때문에 한스는 더욱 거북한 기분이 되었다. 그는 당혹스러워 담배 연기를 잔뜩 내뿜어 자기를 감싸 버렸다.

한스는 세 사람이 같은 테이블에 나란히 앉게 될 상황을 상상조차 하지 못했다. 그리고 한편으로는 눈앞의 두 사람이 전혀 장난치지 않는 것을 기뻐하며 일부러 직공장과의 대화에 열중했다.

정원 위로 창백한 밤의 구름이 별이 떠 있는 하늘을 흘러가고, 레스토랑 안에서는 이따금 이야기소리와 큰 웃음소리가 울리고, 창밖에는 검은 강이 흐르고 있었다. 마리아는 가만히 앉아 두 사람의 말소리가 어둠 속에서 낮게 웅얼거리면서 천천히 흘러가는 것을 들으며 눈길을 돌리지 않은 채 내내 한스를 바라보고 있었다. 마리아 쪽을 보지 않아도 한스는 그녀의 시선을 느낄 수 있었다. 그 눈길은 그에게 유혹의 신호를 보내고 있는 것처럼 여겨지는가 하면 조소하고 있는 것처럼 여겨졌으며, 냉철하게 관찰하고 있는 것처럼 여겨지기도 했다.

그렇게 한 시간 가량이 지났다. 대화는 점점 속도가 떨어지고 탄력이 없어지더니 마침내 끊기고 말았다. 얼마 동안 세 사람 모두 말없이 앉아 있었다. 그러자 마리아 테스톨리니가 상체를 일으켰다. 니클라스는 그녀의 잔에 포도주을 따르려고 했다. 그녀는 잔을 끌어당기며 쌀쌀맞게 말했다.

"됐어요, 니클라스."

"왜 그래?"

"생일이라고 했죠? 나는 당신 애인이고요. 애인이 옆에 앉아 있는데 아무 말도 하지 않고, 키스도 하지 않고, 포도주 한 잔과 빵 한 조각밖에는 아무것도 없잖아요. 졸려 죽겠어요. 돌로 된 남자라고 해도 이보다는 즐거울 거예요!"

"아, 그만둬!"

니클라스가 마음에 안 든다는 듯 말했다.

"네, 그만둘 거예요! 당신과도 그만둘 거예요. 당신 말고도 나를 좋아하는 사람은 얼마든지 있으니까요."

"무슨 말을 하는 거야?"

니클라스가 팔꿈치를 짚은 상반신을 일으켰다.

"진실을 말하고 있는 거예요."

"그래? 그게 사실이라면 지금 당장 이름을 대는 게 좋을 거야. 너를 따라다니는 녀석이 누구인지 지금 당장 말해!"

"세상에, 그 많은 사람을 다 알고 싶다고요?"

"그래. 이름을 알아야겠어. 감히 내 여자에게 집적대다니. 보나마나 불량배 나부랭이겠지. 나하고 겨루어 보자고 해."

"내가 당신 여자라면 당신은 내 남자겠네요. 하지만 그렇다고 그렇게 난폭해져서는 안 돼요. 우리가 부부는 아니잖아요."

"그래 맞아, 마리아. 유감스럽지만 그 말대로야. 그리고 나는 어떻게 할 수도 없어. 그것은 네가 더 잘 알고 있잖아."

"좋아요. 그렇다면 좀 더 다정해져요. 그리고 그렇게 금방 화 좀 내지 마세요. 도대체 요즘 어떻게 된 거예요!"

"화가 나는 일이 있어. 화가 치미는 일뿐이야. 한 잔 더 마시고 즐기자고. 그렇잖으면 한스 디어람이 우리가 언제나 이렇게 아옹다옹하는 줄 알 거야. 어이, 까마귀 주인! 어이, 포도주 한 병 더 가져와!"

한스는 몹시 불안했으며 갑자기 말다툼이 일어났다가 순식간에 진정되는 것을 보고 놀랐다. 최후의 한 잔을 즐겁고 평안한 가운데 함께 마시는 것에는 물론 이의가 없었다.

"건배!"

니클라스 트레프츠는 호기롭게 두 사람과 잔을 부딪힌 다음 단숨에 포도주를 마셨다. 그리고 나서 잠깐 웃더니 목소리의 톤을 바꾸어 말했다.

"자, 좋아 좋다고. 그러나 분명히 말해 두는데, 내 애인이 다른 누군가와 엉뚱한 일을 벌이는 날에는 재미없는 일이 일어날 거야."

"바보 같으니라고. 또 무슨 생각을 하는 거예요."

마리아가 작은 소리로 말했다.

"그저 그렇다는 것뿐이야."

니클라스는 조용히 말했다. 그는 기분이 좋은지 벤치의 등받이에 기대어 조끼의 단추를 풀더니 노래 부르기 시작했다.

"한 기계공에게 한 친구가 있었네……."

한스는 중간쯤에서 같이 노래했다. 노래를 부르며 그는 이제 마리아와 다시는 만나지 말자고 마음속으로 결심했다. 두려움이 생긴 것이다.

돌아가는 길에 마리아는 아래쪽 다리 옆에서 멈추어 섰다.

"나는 집에 갈래요. 같이 가겠어요?"

그녀가 말했다.

"그렇고말고."

직공장은 고개를 끄덕이고 한스와 악수를 했다.

한스는 "안녕히 가세요"라고 인사를 한 뒤 안도의 한숨을 내쉬고 계속 걸었다. 그날 밤 소름 끼치는 공포가 그를 덮쳐 마음에서 떠나지 않았다. 직공장이 자신과 마리아가 함께 있는 현장을 불시에 덮친다면 하는 상상을 하니 두려움이 가시지 않았다. 이 소름 끼치는 상상이 일단 새로운 결심을 하게 만들자, 마음속에서 이 결심을 도덕적인 것으로 미화하기란 간단한 일이었다. 일 주일 후 그는 이미 마리아와의 장난을 니클라스에 대한 고결한 마음과 우정을 위해 자기 스스로 단념한 것이라고 믿고 있었다. 중요한 것은 그가 정말로 마리아를 피했다는 점이다.

며칠 뒤 그는 우연히 마리아와 만났다.

"이제 너와 만날 수 없어."

서둘러 말했다. 그녀는 한스와 만날 수 없다는 사실을 슬퍼하는 것처럼 보였다. 그녀는 그에게 매달려 몇 번이나 입을 맞추며 그의 마음을 바꾸려고 했다. 그의 마음은 무겁게 가라앉았다. 하지만 그는 그녀에게 전혀 키스를 하지 않고, 애써 침착을 가장하며 몸을 떼었다. 그런데도 그녀가 포기하지 않았기 때문에, 그는 지독한 불안 속에서 니클라스에게 모든 것을 말하겠다며 그녀에게 겁을 주었다. 그러자 그녀는 고함를 지르며 말했다.

"이봐요, 그러지 말아요. 그렇게 하면 나는 죽게 될 거야."

"너, 역시 그를 좋아하는구나?"

한스는 씁쓸하게 말했다. 그녀는 한숨을 내쉬었다.

"바보같이 그게 무슨 말이야. 내가 당신을 좋아한다는 걸 잘 알고 있잖아. 그게 아니라 니클라스가 나를 죽일 거라는 말이야. 그는 그런 사람이야. 그에게 아무 말 하지 않겠다고 내게 맹세해 줘!"

"좋아. 하지만 너도 나를 가만히 놔둔다고 약속해야 돼."

"벌써 그렇게 나한테 싫증이 났어?"

"그렇게 말하지 마. 나는 이젠 그를 속일 수가 없어. 나는 더 이상 그렇게 할 수가 없어. 제발 이해해 줘. 그러니 약속해 달라고, 응?"

그녀는 그에게 악수를 청했다. 그는 그녀의 눈을 보지 않았다. 그는 조용히 떠났다. 그녀는 머리를 좌우로 흔들면서 마음속으로 화를 내며 그를 보냈다.

'비겁한 겁쟁이!'

이렇게 해서 한스에게는 또다시 가슴 아픈 나날이 찾아왔다. 마리아에 의해 마구 휘저어졌다가 언제나 한순간만은 진정되었던 애욕이 또다시 충족될 수 없게 되자, 그의 마음은 격렬하게 어지럽혀지는 동경으로 가득해지고 오직 혹독한 노동만이 그날그날의 쓰라림에서 헤어날 수 있게 해주었다. 그 노동은 여름의 더위가 극성을 부리면서 두 배나 그를 지치게 만들었다. 작업장 안은 무덥고 후텁지근했고, 몹시 힘든 작업은 반라의 몸으로 이루어지기 때문에 시종 기름 냄새와 코를 찌르는 듯한 땀의 악취가 뒤엉켜 있었다.

저녁때 한스는 이따금 니클라스 트레프츠와 함께 도시의 위쪽에 있는 차가운 강물에서 멱을 감았다. 지친 그는 집에 돌아오면 죽은 듯이 지쳐서 침대에 쓰러졌다. 매일 아침이면 그를 깨우기 위해 식구들이 애를 먹었다.

셈베크를 제외한 모두에게는 작업장에서의 생활이 매우 힘겨웠다. 견습공은 밥 먹듯이 야단을 맞았는데 심한 경우에는 따귀도 맞았다.

공장 주인은 늘 사납게 격앙되어 있고, 니클라스는 공장 주인의 변덕과 성급한 성질을 억지로 견뎌 내는 중이었다. 하지만 그는 점점 기분이 나빠지기 시작하더니 마침내 폭발하고 말았다. 어느 날 점심 식사를 마친 뒤 그는 공장 주인을 안뜰로 불러냈다.

"무슨 일이야?"

하거가 무뚝뚝하게 말했다.

"자네와 얘기를 해야 할 것 같아서. 자네는 알고 있을 거 아냐. 나는 자네가 바라는 만큼 제대로 일을 하고 있어. 아니라고 말할 텐가?"

"그 말 그대로야."

"그런데 자네는 나를 견습공처럼 취급하고 있어. 내가 갑자기 자네에게 무시당하게 된 데에는 뭔가 이유가 있을 거 아닌가? 전엔 잘 지내지 않았나."

"맙소사. 도대체 뭘 말하라는 거야? 나는 예전이나 지금이나 그냥 나일 뿐이야. 별 생각을 다 하는군."

"그렇겠지, 하거. 그러나 괜히 이러는 게 아닐세. 분명한 건 자네가 스스로 장사를 그르치고 있다는 거야."

"그건 내 문제지 자네 문제가 아냐."

"그런가? 나는 자네가 안됐다고 생각하네. 하지만 자네 생각이 그렇다면 더 이상 아무 말 하지 않겠어. 아마 언젠가 저절로 사태는 바뀌겠지."

그는 그 자리를 떠났다. 작업장 입구에서 니클라스는 두 사람의 말을 듣고 있었던 듯 살며시 웃고 있는 셈베크를 보았다. 그는 이 녀석을 내팽개치고 싶다는 강한 충동을 느꼈지만, 자제하며 침착하게 그 옆을 지나갔다.

그는 지금 하거와 자기 사이에는 감정의 갈등 아닌 그 무엇이 틀림없이 있다는 것을 느꼈다. 그리고 그것이 무엇인지 알아내겠다고 마음속으로 결심했다. 물론 이런 상태로 일을 계속하기보다는 차라리 오늘 안으로 당장 그만두고 싶은 마음이 간절했다. 그러나 그는 게르버스아우를 떠날 수 없었고, 떠나기도 싫었다. 마리아 때문이었다. 자신이 공장을 떠나는 것이 하거에게는 아주 큰 불이익이 될 것이 분명하나, 그것이 조금도 중요한 일이 아닌 것처럼 보이는 것 또한 의아했다. 시계가 한 시를 쳤을 때 니클라스는 화를 삭이며 안뜰을 가로질러 작업장으로 들어갔다.

그날 오후 건너편 방직 공장에서 대단찮은 수리 작업이 있었다. 방직 공장의 공장주가 기계 몇 대를 개조하여 어떤 실험을 하고 있고 그일에 하거가 관계하고 있었는데, 이러한 것은 자주 있는 일이었다. 예전에 이러한 수리나 개조는 대체로 니클라스 트레프츠가 했었다. 그러나 최근에는 언제나 공장 주인 하거가 나갔고, 조수가 필요할 때는 셈베크나 무급 견습공 한스를 데리고 갔다. 그것에 대해 니클라스는 아무 말도 하지 않았지만, 마음속으로는 자신에 대한 불신의 표현이라고 생각하여 상처를 입었다. 니클라스는 이런 기회가 있으면 늘 그 공장에서 일하고 있는 마리아를 만났다. 그래서 그 공장의 일을 마리아와 만나기 위한 방편으로 삼고 있는 듯한 인상을 주지 않기 위해, 자기가 직접 그 일을 하러 가겠다고 말할 처지가 못 되었다.

오늘 역시 공장 주인이 셈베크와 함께 가고 니클라스에게는 작업장의 감독을 맡겼다. 한 시간쯤 지나고 셈베크가 몇 가지 도구를 가지고 돌아왔다.

"어느 기계를 수리하고 있습니까?"

그 공장에서의 수리에 관심을 가지고 있던 한스가 물었다.

"세 번째야. 구석 창문에 있는……."

셈베크는 잠시 말을 멈추고 니클라스 트레프츠 쪽을 보았다.

"모두 나 혼자 했어. 공장 주인은 이야기하느라 정신이 없어서 말이야."

셈베크의 말에 니클라스는 귀를 쫑긋 세웠다. 그 기계가 있는 곳에서 마리아가 일하고 있기 때문이었다. 니클라스는 마음을 다스리며 셈베크와는 상종하지 않겠다고 생각하고 있었지만, 그런 의지와는 반대로 무심코 질문이 튀어나오고 말았다.

"누구와 그랬나, 도대체? 마리아 테스톨리니인가?"

셈베크가 웃으며 대답했다.

"안 봐도 다 아는군. 공장 주인이 그녀에게 본격적으로 말을 걸던

걸? 물론 그녀도 공장 주인에게 호감이 있으니 이상할 게 없지만."

니클라스는 입을 다물었다. 그는 마리아의 이름을 이런 식으로 셈베크의 입을 통해 듣고 싶지 않았다. 그는 무서운 기세로 줄을 움직이기 시작했다. 그리고 그것을 모두 끝냈을 때, 모든 생각을 일에 집중하고 있는 것처럼 내경계측(內徑計測) 게이지로 열심히 계측했다. 하지만 마음속에는 다른 것이 들어 있었다. 불쾌한 의혹이 그를 괴롭혔다. 게다가 생각하면 할수록, 여태까지 있었던 모든 일이 이 의혹과 꼭 들어맞는 것만 같았다.

'마리아를 끈질기게 따라다니는 사람이 바로 하거였던 거야. 그래서 얼마 전부터 늘 직접 방직 공장에 가고, 내가 가는 것을 허용하지 않았던 거야. 그래서 질투 때문에 그처럼 돌변하여 거칠고 신경질적으로 대했던 거지. 내가 공장을 나가 버리도록 하려는 거였군. 하지만 나는 나가지 않을 거야.'

사실을 알게 된 지금으로서는 더 더욱 나갈 수 없다고 생각했다. 그날 밤 그는 마리아의 집을 찾아갔다. 그녀는 집에 없었다. 그는 마리아 집 앞의 벤치에 앉아 젊은이들의 한가로운 잡담을 들으며 열 시까지 기다렸다. 그녀가 돌아오자 그는 그녀와 함께 집으로 올라갔다.

"오래 기다렸어요?"

그녀는 계단을 올라가면서 물었다. 그러나 니클라스 트레프츠는 대답을 하지 않았다. 아무 말없이 그는 그녀의 뒤를 따라 방에 들어가 손을 뒤로 해서 문을 잠갔다. 그녀는 돌아보며 물었다.

"이봐요, 머리가 어떻게 되었어요? 대체 뭐가 부족해요?"

그는 그녀를 가만히 응시했다.

"어디 갔다 왔어?"

"밖에요. 리나와 크리스티아네와 함께 있었어요."

"그래?"

"당신은요?"

"나는 아래에서 기다리고 있었어. 너와 얘기할 게 좀 있어."

"아, 또요? 그럼 얘기해 보세요."

"우리 공장 주인 하거에 관한 일이야. 그가 너를 쫓아다니고 있지?"

"그 남자? 하거 말이에요? 맙소사, 그냥 내버려 둬요."

"그렇게는 안 돼, 절대로. 어떻게 된 일인지 알고 싶어. 요즘 하거는 너희 공장에 일이 있으면 언제나 자기가 직접 나가. 오늘도 오후 내내 너희 공장에 있었어. 자, 말해 봐. 그는 너와 어떻게 되어 가고 있지?"

"아무 일도 없어요. 나와 말은 했어요. 당신이 그것까지 못하게 할 수는 없잖아요. 당신이 원하는 대로 한다면, 나는 항상 유리 상자 속에 앉아 있어야 할 거예요!"

"지금 농담하고 있는 거 아니야. 하거가 너한테 무슨 말을 떠들어대는지 그것을 알고 싶은 거야."

그녀는 침대에 걸터앉아 진저리치며 한숨을 내쉬고는 신경질적으로 소리쳤다.

"하거 따위는 그냥 내버려 둬요! 도대체 그와 무슨 일이 있었다고 이러는 거예요? 그가 나한테 반해서 말을 걸어오는 거예요."

"그래서, 그 녀석의 뺨을 후려갈기지 그랬어?"

"아이고 맙소사. 그를 창에서 내던지라는 말이에요? 어째서 그래야 하죠? 나는 그가 지껄이게 놔두어 웃음거리로 만들고 있을 뿐이에요. 오늘 그 사람이 내게 브로치를 선물하겠다고 하대요."

"뭐라고? 정말이야? 그래서 뭐라고 했는데?"

"브로치 같은 건 필요 없다고요. 그리고 집의 마나님께나 돌아가시라고. 이제 제발 그만둬요! 질투도 질투 나름이지. 당신 설마 제정신으로 그런 걸 생각하고 있는 건 아니겠지요."

"그래. 그럼 잘 자. 나도 돌아가야지."

그는 마리아의 집에서 나왔다. 그러나 그는 마리아가 한 말을 의심하지도 않았지만 안심한 것도 아니었다. 다만 그녀가 자기에게 성실한 것은 자기를 무서워하기 때문이라는 사실을 비록 어슴푸레하게나마 느꼈다.

'내가 여기에 있는 한 그녀가 나를 사랑하고 있는 것에 확신을 가질 수 있지. 그러나 편력하게 되면 끝장이야. 마리아는 자부심이 강하고 달콤한 말을 듣기 좋아해서 이미 어린 시절에 사랑을 경험했거든. 게다가 하거는 공장 주인이고 부자지. 대단한 구두쇠인 그가 그녀에게

브로치를 선물하겠다고 말했다니…….'

니클라스는 한 시간 정도 이 골목 저 골목 헤매고 다녔다. 그러는 동안 창이 하나둘 어두워지고, 결국 선술집만 불이 켜져 있게 되었다. 그는 아직 아무것도 나쁜 일은 일어나지 않았다고 생각하려고 애썼다. 그러나 그로서는 미래가, 내일이 불안했다. 공장 주인이 마리아를 집요하게 따라다니고 있다는 것을 알면서도 그와 함께 지내며 일을 하고 이야기를 하지 않을 수 없는 나날이 불안했다. 도대체 어떻게 될 것인가.

지치고 마음의 평형을 잃은 그는 어느 선술집으로 들어가 맥주를 한 병 주문했다. 맥주를 잔에 가득 채워 단숨에 마시고 나자 조금씩 기분이 상쾌해지고 마음이 진정되었다. 그는 평소에는 전혀 술을 마시지 않다가 아주 화가 나거나 아주 신날 때만 마셨다. 그래서 지난 일 년 동안 술에 취한 적이 거의 없었다. 하지만 지금은 될 대로 되라는 기분으로 계속 마셨다. 술집에서 나왔을 때 그는 몹시 취해 있었으나, 이런 상태로 하거의 집에 들어가는 것을 피할 만한 분별력은 남아 있었다. 그는 가로수 길 아래쪽에 어제 막 풀을 베어 낸 목장이 있다는 것을 알고 있었다. 비틀거리는 걸음으로 그곳에 간 그는 쌓여 있는 마른 풀 속에 쓰러져 곧장 깊은 잠에 빠지고 말았다.

3

다음날 아침 니클라스 트레프츠가 지치고 파리한 얼굴로 제대로 시간에 맞추어 작업장에 들어가자, 공장 주인과 솀베크가 웬일로 벌써 와 있었다. 니클라스는 침착하게 자기 자리에 가서 일을 시작했다. 그러자 공장 주인이 그에게 소리를 질렀다.

"자네 왔나?"

"시계를 봐. 나는 언제나처럼 일 분도 늦지 않게 왔어."

니클라스는 간신히 태연을 가장하며 말했다.

"도대체 하룻밤 내내 어디에 있었나?"

"그것이 자네와 무슨 관계가 있지?"

"무슨 관계가 있느냐고? 자네는 우리 집에서 살고 있어. 집안에는 규율이 필요한 거야."

니클라스는 큰소리로 웃었다. 이제 아무래도 좋다는 생각이 들었다. 그는 하거와 그 바보스런 독선과 모든 것에 실망해 버렸다.

"왜 웃는 건가?"

하거가 화를 내며 소리쳤다.

"어떻게 웃지 않을 수 있겠나, 하거. 재미있는 말을 들으면 누구나 웃게 되어 있어."

"뭐가 재밌다는 거야? 정신 차려."

"규율이라니, 자네도 농담을 다 할 줄 아는군. 집안에는 규율이 필요하다고 말이야. 말은 참 그럴듯한데 정말 웃기는군. 규율을 말하면서 정작 본인은 지키지 않으니 말일세.”

“뭐라고? 내가 어쨌는데?”

“집에서 전혀 규율을 지키고 있지 않잖은가. 우리와 자네는 싸움을 하고, 아무리 시시한 일이라도 소동을 벌이니 말이야. 이를테면 자네 부인과는 도대체 어떻게 되어 먹은 건가?”

“닥쳐! 개자식! 너는 개만도 못한 놈이야!”

하거는 달려와서 겁을 주려는 듯 직공장 앞에 섰다. 그러나 그보다 세 배나 강한 니클라스는 침착한 시선으로 그를 저지했다.

“침착하게나! 대화를 할 때는 정중해야지. 자네는 조금 전 내게 모두 말하게 하지 않았나. 나는 자네 부인을 불쌍하게 여기고 있지만, 물론 내가 알 바는 아니야.”

그는 천천히 말했다.

“입 닥쳐, 그렇지 않으면…….”

“나중에 그렇게 하지. 얘기가 끝나면 말이야. 그런데 자네 부인은, 분명히 말해 두지만 나하고는 아무 관계가 없어. 자네가 공장의 여러 처녀들을 쫓아다니는 것도 나와는 상관없어. 자네가 호색가인 거야 모두가 다 아는 사실이니까. 그러나 마리아는 나와 관계가 있어. 그것은 잘 알고 있겠지. 그래서 경고하는데, 만일 자네가 내 여자에게 손가락 하나라도 건드리면 용서할 수 없네. 그것만은 명심해 두게나. 내가 말하고 싶은 것은 이뿐이야."

공장 주인은 분노한 나머지 얼굴이 새파랗게 되었으나, 니클라스에게 폭행을 가하는 짓은 감히 하지 못했다.

이렇게 옥신각신하는 사이에 한스 디어람과 견습공이 출근했는데, 아침부터 벌어진 커다란 소동에 놀라 한참 동안 입구에 가만히 서 있었다. 공장 주인은 더 이상 문제를 일으키지 않는 편이 좋겠다고 생각했다. 그래서 잠시 동안 분노와 떨림을 필사적으로 참았다.

그러고 나서 그는 큰소리로 침착하게 말했다.

"이것으로 다 끝났어. 자네는 다음 주에 그만두는 것이 좋겠어. 나는 새로운 기술자를 한 사람 고용할 작정이야. 자, 일을 해야지. 모두 시작하게."

니클라스는 고개를 끄덕였을 뿐 대답은 하지 않았다. 그는 선반에 번쩍번쩍 빛나는 금속 샤프트 하나를 조심스럽게 비틀어 넣고 천착 바이트를 걸어 보다가 다시 떼내어 숫돌이 있는 곳으로 가지고 갔다. 다른 사람들은 오로지 일에 전념했다. 오전 내내 작업장 안에서는 말소리가 거의 들리지 않았다. 휴식 시간이 되어서야 한스는 직공장에게 가서 정말로 그만둘 것인지 작은 소리로 물었다.

"물론이지."

니클라스는 짧게 대답했다.

점심 시간에 니클라스는 식사하러 가지 않고 창고의 대팻밥 위에서

자면서 시간을 보냈다. 그의 해고 뉴스는 셈베크를 통해 휴식 시간 동안 방직 공장의 노동자들 귀에 들어갔고, 마리아 테스톨리니는 오후에 친구들에게 그 소식을 들었다.

"니클라스가 그만둔대. 해고당했다는데."

"니클라스가? 거짓말!"

"정말이야. 셈베크가 최신 뉴스라며 전해 주었어. 그 사람을 볼 수 없다니 유감이야."

"하거 때문인가 보네. 하거는 난봉꾼이야. 전부터 나와 관계를 갖고 싶어했거든."

"그만둬! 나라면 그 녀석의 손에 침을 뱉어 줄 거야. 결혼한 남자와 처녀는 절대로 사귀어서는 안 돼. 나쁜 평판이 나돌 뿐이고 그후엔 누구도 너와 결혼해 주지 않아."

"그런 건 상관없어. 결혼이라면 벌써 열 번은 했을걸. 그것도 감독과 말이야. 내가 그런 마음이 생긴다면 말이지."

그녀는 하거와의 일은 되어 가는 형편에 맡길 작정이었다. 그가 그녀의 생각대로 되는 것은 확실했다. 그리고 그녀는 니클라스가 떠나가고 나면 젊은 디어람을 자기 것으로 만들고 싶었다. 디어람은 정말로 귀엽고 신선하며 예의를 갖추고 있었다. 디어람이 부잣집 아들이라는 사실은 그다지 염두에 두지 않았다. 돈이라면 하거나 그 밖에 다른 남자한테서 손에 넣을 수 있었다. 그녀는 그저 무급 견습공이 좋았다. 그는 잘생기고 늠름하면서도 아직 어린아이 같았다. 그녀는 니클라스를 딱하게 여기는 마음 한편으로 지금부터 그가 가버릴 때까지의 며칠이 두려웠다.

예전에는 니클라스를 사랑했었다. 물론 여전히 멋지고 훌륭하며 잘생겼다고 생각하고 있지만, 너무 자주 기분 나빠하고 쓸데없는 걱정을 하며 언제나 결혼을 꿈꾸고 있는 데다 최근에는 질투가 심해져서 그가 떠난다고 해도 그녀는 그다지 가슴 아플 것 같지 않았다.

그날 저녁 그녀는 하거의 집 근처에서 니클라스를 기다리고 있었다. 그는 저녁 식사를 하고 곧장 나왔다. 그녀는 그에게 팔짱을 꼈다. 그리고 천천히 교외 쪽으로 산책했다.

"그 사람이 당신을 해고했다던데 진짜예요?"

니클라스가 그 일에 대해 아무 말 하지 않자 그녀가 먼저 물었다.

"알고 있었어?"

"네. 그런데 당신의 본심은 뭐예요?"

"에스링겐으로 가려고. 오래전부터 오라고 하는 곳이 있거든. 만약 거기에 자리가 없다고 하면 편력을 할 생각이야."

"그런데 당신은 나에 대해서는 생각하지 않아요?"

"그런 말이 어딨어? 어떻게 참고 견뎌야 할지 벌써부터 걱정이야. 아예 너를 데려가고 싶다고 생각하고 있어."

"그럴 수만 있으면 말할 나위 없겠지만."

"도대체 왜 그것이 안된다는 거야?"

"제발 현실적으로 생각해요! 부랑자처럼 여자를 데리고 다니며 편력을 할 수는 없잖아요."

"그건 그래. 그러나 내가 일자리를 찾으면……."

"좋아요, 일자리만 찾아진다면. 문제는 일자리예요. 언제 떠날 작정이에요?"

"일요일."

"그렇게 정했다면 그전에 편지를 써서 수속을 해야겠네요. 그곳에서 일자리를 찾아 형편이 좋아지면 내게 편지를 주세요. 그 다음에 어떻게 될지는 기다려 보기로 해요."

"편지를 하면 꼭 바로 와야 해."

"그전에 먼저 당신이 그곳의 일자리가 좋은지 어떤지, 거기에서 계속 살 수 있을지 어떤지를 판단해야 돼요. 그러고 나면 아마 내 일자리를 발견할 수 있을 거예요. 그렇게 되어야 내가 가서 당신을 위로해 줄 수 있잖아요. 우리는 이제 잠시 동안 참고 견뎌야겠군요."

"맞아. 노래에 있는 것처럼 말야. '무엇이 젊은이에게 필요한가? 인내, 인내, 인내라!'…… 인내 따위는 악마에게나 줘버려! 그러나 네 말대로야. 그건 정말이야."

그녀는 그를 낙관적인 기분으로 만드는 데 성공했다. 그리고 여러 가지 달콤한 이야기를 들려주었다. 그를 따라간다는 것 따위는 털끝

만큼도 생각하고 있지 않았으나, 당장은 그에게 한껏 희망을 안겨 주어야 했다. 그렇지 않으면 그날부터 이어지는 나날이 견디기 어려워지기 때문이었다.

사실 그녀는 진작 마음속에서 그를 버리고 있었고, 또 머잖아 그가 에스링겐이나 다른 곳에서 자기를 잊고 다른 여성을 찾아낼 것이라는 확신을 가지고 있었지만, 그래도 역시 감정이 풍부한 그녀는 이별을 앞두고 감상적인 마음이 되어 참으로 오랫동안 그렇게 한 적이 없었을 정도로 그에게 부드럽고 따뜻하게 대했다. 결국 헤어질 무렵 니클라스는 마음이 아주 편안해졌다.

그러나 마음의 평안은 마리아가 그의 옆에 있는 동안밖에는 지속되지 않았다. 집에 돌아와 침대에 걸터앉는 순간 니클라스의 확신은 사라지고 말았다. 그는 또다시 불안과 불신에 괴로워했다. 그리고 그녀가 자신의 해고 소식을 실제로는 전혀 슬퍼하고 있지 않았다는 사실을 불현듯 깨달았다.

그녀는 자신의 해고를 조금도 심각하게 생각하지 않았고, 혹시 이곳에 계속 머물 수는 없는지 물어 보지 않았던 것이다. 물론 그는 머무를 수는 없지만, 그녀는 물어 볼 수도 있었을 터이다. 장래에 관한 그녀의 갖가지 계획 역시 그는 완전히 납득할 수 없었다.

니클라스는 그날 안으로 에스링겐에 편지를 써 보낼 생각이었다. 그러나 머리가 텅 비고 마음은 참혹한 데다 피로까지 몰려와 옷을 입은 채 그대로 쓰러져 눕고만 싶었다. 그는 힘없이 일어나 옷을 벗고 침대에 누웠다. 좀처럼 진정되지 않는 밤이었다.

벌써 며칠 동안이나 이 좁은 강변의 분지에 가라앉아 있는 무더위는 시간이 흐를수록 한층 더해졌다. 먼 뇌성이 산 저쪽에서 우르릉거리고 하늘에는 끊임없이 번갯불이 번쩍거렸으나, 뇌우나 소나기가 바람과 서늘함을 가져오려고는 하지 않았다.

다음날 아침 니클라스는 피로에 지친 채 깨어났고 기분이 매우 좋지 않았다. 어제의 반항심은 대부분 자취를 감추었다. 이곳을 떠나면 향수에 괴로워하게 될 것이라는 예감이 그를 짓누르기 시작했다. 여기저기에서 공장 주인과 기술자, 견습공, 공장 노동자, 여공 들이 여느 때나 다름없는 기분으로 작업장으로 향하고 저녁에는 다시 거기에서 나오는 모습이 보였다. 그뿐 아니라 개조차 자신의 고향과 집에 머무를 권리를 즐기고 있는 것처럼 보였다. 그런데 자신은 자기의 의지에 상관없이 납득할 만한 이유도 없이 자기가 좋아하는 일과 작은 도시를 떠나, 이곳에서 그토록 오랫동안 누구의 방해도 받지 않고 누리고 있었던 것을 이제는 다른 곳에서 구걸하며 얻어야 하는 상황에 처했다.

당당하던 이 사내는 나약해졌다. 니클라스 트레프츠는 묵묵히 자기 일에 전념하고, 하거와 셈베크에게까지 친근하게 아침 인사를 했다. 하거가 옆을 지나갈 때면 거의 애원하는 듯한 눈빛으로 바라보며, 자신의 온순한 태도가 혹여 해고 통고를 철회하는 데 도움이 되지 않을까 하는 한 가닥 희망을 가졌다.

그러나 하거는 니클라스의 시선을 피하면서, 니클라스는 이제 이곳에 있지 않으며 자기 집에도 작업장에도 소속되어 있지 않다는 듯한 태도를 취했다. 한스 디어람만이 니클라스의 편이 되었다. 디어람은 반항적인 태도로 자기는 공장 주인이나 셈베크 따위는 대수롭잖게 생각하고 있으며 이 작업장의 상황을 결코 승복하고 있지 않다는 것을 명백하게 보여 주었다. 그러나 그것이 니클라스를 돕는 일은 되지 못했다.

더군다나 니클라스가 그날 저녁 슬프고 암담한 기분으로 찾아간 마리아마저 그에게 전혀 위로가 되지 않았다. 그녀는 그를 애무하고 상냥한 말로 마음을 달래 주었지만, 그가 그만두는 일에 대해서는 이미 결정되어 변경될 수 없는 것으로 여겨 냉정하게 이야기했다.

심지어 니클라스가 자신에게는 그나마 위안이 되는 온갖 제안과 계획에 대해 이야기하기 시작했을 때, 그녀는 장단을 맞추기는 하지만 모든 것을 그다지 진지하게 생각하지 않는 것처럼 보였고, 그녀 자신이 꺼낸 제안 가운데 몇 가지는 벌써 잊어버리고 있음이 확실했다. 그날 밤 그는 그녀의 집에서 보낼 작정이었으나 생각을 바꾸어 일찌감치 나왔다.

니클라스는 슬프고 착잡한 마음으로 거리를 정처 없이 헤매고 다녔다. 고아였던 그는 남의 집에서 성장했는데, 지금은 다른 가족이 살고 있는 교외의 그 작은 집을 보았을 때 학창 시절과 도제 시절의 즐거웠던 추억 몇 가지가 떠올랐다. 하지만 그것은 아득히 먼 옛날의 일로, 이미 인연이 끊긴 일을 아련히 떠올리게 할 뿐이었다. 니클라스는 익숙하지 않은 이러한 감상에 젖는 것이 싫어졌다. 그래서 담배에 불을 붙이고 심심한 얼굴로 마당이 있는 어느 맥주집에 들어갔는데, 거기에서 방직 공장의 공원 몇 사람이 금방 그를 알아보고 불렀다.

"어떻게 된 일이야? 이별을 축하하며 우리에게 한턱 쓰지 그러나?"

한 사람이 이렇게 말했다. 니클라스는 웃으며 기꺼이 공원들과 한데 어울렸다. 그는 맥주를 두 잔씩 사겠다고 약속했다. 그러는 동안 그는 '이토록 인상 좋고 호감 가는 사람이 가버리다니 참으로 유감스러운 일이다. 지금은 간다고 하지만 결국 여기에 남을 것이다' 하는 말을 여기저기에서 들었다.

니클라스는 그때 공장을 그만두겠다는 이야기를 자기 쪽에서 먼저 꺼낸 척했다. 그리고 그가 자리잡게 될 몇 군데의 좋은 일자리를 자랑했다. 노래를 한 곡 부르고 모두 잔을 부딪히며 떠들고 큰소리로 웃었다. 니클라스는 사람들에게 둘러싸여 일부러 쾌활하게 떠들었지만, 자기에게는 어울리지 않는 이러한 행동을 마음속으로는 부끄럽게 생각했다. 하지만 그는 쾌활한 일행의 흉내를 내려고 했다. 그래서 흥을 돋우려고 가게 안으로 들어가서 담배를 샀다.

그가 다시 마당으로 돌아왔을 때, 그는 테이블에서 자기 이름이 오가고 있는 것을 들었다. 모두가 가볍게 취해 있어 테이블을 두들기고 지껄이면서 마구 웃어대고 있었다. 니클라스는 자기의 일이 화제가 되고 있음을 알고 나무 뒤에 숨어 귀를 기울였다. 자기를 향한 것이라고 생각되는 야비한 웃음소리를 듣자, 그의 들뜬 기분은 말끔히 사라져 버렸다. 그는 어둠 속에 서서 자기에 관해 떠들어대는 것을 씁쓸한 기분으로 주의 깊게 엿들었다.

"저 녀석은 바보야. 하지만 하거는 더 바보인지도 몰라. 어쩌면 니클라스 드레프츠는 이 기회에 이탈리아 여자와 헤어질 수 있는 것을 기쁘게 여기고 있을지도 모르지."

비교적 조용한 공원 한 사람이 말했다.

"그건 니클라스를 잘 몰라서 하는 말이야. 그는 그 여자한테 들러붙어서 떨어지려 하지 않아. 게다가 그는 머리가 둔해서 상황이 어떻게 돌아가고 있는지 제대로 모르고 있어. 나중에 한번 시험해 보라고. 약간 구슬러 보면 알 수 있거든."

또 한 사람이 말했다.

"하지만 조심해야 돼. 난폭하게 굴지도 몰라."

"알아보고 말고 할 것도 없어. 저 녀석은 당연히 아무것도 모를 거야. 어제 저녁 그는 그녀와 산책했어. 그리고 집에서 잘까 말까 하고 있는 시간에 하거가 와서 그녀와 함께 나갔는걸. 그 여자는 누구든 상대해 주는데 말이야. 그 여자가 오늘은 누구를 물고 있는지 알고 싶은데.”

“그래 맞아. 디어람도 그 여자와 관계를 하고 있어. 그 견습공 녀석 말이야. 언제나 상대는 기계공이 아니면 안되는 모양이야.”

“게다가 돈도 있어야 해! 디어람이라는 녀석의 일은 나도 몰랐어. 자네 눈으로 보았나?”

“그렇고말고. 포대를 두는 창고 안에서, 또 한 번은 계단에서야. 두 사람은 정신없이 키스하고 있었는데, 보기가 좀 그렇더라고. 그 녀석은 그 여자하고 똑같이 그런 짓을 시작하고 있는 셈이지.”

니클라스는 더 이상 참을 수가 없었다. 그들 속에 뛰어들어가 마구 두들겨 주고 싶은 충동을 느꼈지만, 그는 가만히 그 자리를 떠났다.

한스 디어람 역시 이 며칠 밤 제대로 잠을 잘 수가 없었다. 마리아를 향한 사모, 작업장에서의 불쾌한 사건과 무더위가 그를 괴롭혔다. 그래서 아침이면 이따금 작업장에 지각하는 일이 있었다.

다음날 디어람이 급히 커피를 마시고 계단을 내려갈 때, 니클라스 트레프츠가 그를 향해 오고 있었다.

“안녕하세요. 뭐 좋은 소식이 있습니까?”

한스가 먼저 말을 걸었다.

“교외의 제재소에 일이 있어. 같이 가주게나.”

한스는 니클라스의 말투가 갑자기 달라진 것을 이상하게 생각했다.

그리고 니클라스가 해머와 작은 도구 상자를 들고 있는 것을 보았다. 그는 니클라스 대신 도구 상자를 들었다. 그리고 두 사람은 나란히 강변을 거슬러 올라가 교외로 나와 몇몇 정원의 언저리를 지나 목장을 따라 걸어갔다.

그날 아침은 안개가 자욱하고 무더웠다. 상공에서는 서풍이 불고 있는 것 같은데 아래쪽 골짜기는 전혀 바람이 없었다.

니클라스는 무척 기분이 나쁘고 밤새 마신 술이 덜 깬 듯 지친 모습이었다. 한스가 몇 마디 잡담을 했지만 아무런 대답을 들을 수 없었다. 그는 니클라스가 안됐다고 느껴졌으나 더 이상 말을 걸 용기는 없었다.

절반 정도 되는 거리에 왔을 때, 마치 어린 오리나무들이 자라 있는 작은 반도(半島)를 강이 껴안듯 굽어져 있는 곳에서 니클라스 트레프츠는 갑자기 멈추어 섰다. 그는 오리나무숲 속으로 내려가 풀밭 위에 드러눕더니 한스에게 오라는 신호를 보냈다. 한스는 기쁘게 그것에 따랐고, 두 사람은 그로부터 오랫동안 한마디 말도 하지 않은 채 길게 몸을 뻗어 나란히 누워 있었다.

그러다가 한스는 잠이 들어 버렸다. 니클라스는 한스를 관찰하고 있었다. 한스가 잠들었을 때 그는 한스 옆에 웅크리고 앉아서 한참 얼굴을 들여다보면서 한숨을 쉬며 중얼중얼 혼잣말을 했다. 드디어 화가 치미는지 벌떡 일어섰다. 그러고는 잠자고 있는 한스를 걷어찼다.

한스는 깜짝 놀라 허둥대며 비틀비틀 일어섰다.

"왜 그러십니까? 제가 그토록 오래 잤습니까?"

한스가 의아스럽다는 듯이 물었다.

니클라스는 조금 전 바라보고 있었던 때와는 기묘하게 달라진 눈으로 한스를 바라보았다.

"잠이 깼나?"

한스는 불안스레 머리를 끄덕였다.

"그렇다면 잘 들어! 내 옆에 해머가 한 자루 놓여 있어. 보이나?"

"네."

"내가 왜 이것을 가져왔는지 알겠나?"

한스는 니클라스의 눈을 보고 말할 수 없이 놀랐다. 무서운 예감이 그의 마음속에 끓어올랐다. 그는 달아나려고 했으나 니클라스가 무서운 힘으로 붙잡았다.

"도망치지 마! 너는 내 말을 들어야 해. 그래서 이 해머를 가지고 왔어. 왜냐하면…… 말하자면…… 이 해머를……."

한스는 모든 것을 눈치챘다. 그리고 죽음과 같은 공포를 느끼며 고함을 내질렀다. 니클라스는 머리를 흔들었다.

"소리 지르지 마! 지금 내가 하는 말을 잘 들어."

"네……."

"넌 내가 무슨 말을 하려는지 이미 알고 있구나. 네 짐작대로 이 해머를 네 머리 위에 내려칠 작정이었지. 침착해! 그리고 잘 들어! 그러나 그렇게는 하지 않았어. 나는 할 수가 없었어. 잠자고 있을 때 그런 짓을 하는 건 비겁한 일이니까. 그러나 지금 넌 잠에서 깼고 나는 해머를 저기에 놓았어. 그러니 나와 한번 붙어 보자. 너는 강해. 같이 싸우는 거야. 상대를 때려눕히는 사람이 이 해머를 들고 내려치기로 하지. 너든 나든 한 사람은 죽는 거야."

한스는 고개를 저었다. 죽음의 공포는 없어졌다. 다만 살을 에는 듯한 맹렬한 슬픔과 도저히 참을 수 없는 동정을 느꼈다.

"조금 기다려 주세요. 말씀드릴 게 있어요. 잠깐 앉아도 될까요?"

한스는 간신히 말했다.

니클라스는 한스의 말대로 했다. 그는 한스도 할 말이 있다는 것과 모든 것이 그가 듣고 상상하던 대로만은 아니라는 사실을 문득 깨달았다.

"마리아에 관한 것이지요?"

한스가 말을 꺼냈다.

니클라스는 고개를 끄덕였다. 이렇게 해서 한스는 모든 것을 이야기했다. 한스는 무엇 하나 감추지 않았다. 그리고 무엇 하나 자신의 책임을 남에게 전가하지 않았다. 그러나 한스는 그 소녀를 용서하지 않았다. 마리아를 단념시키는 것이 니클라스에게 꼭 필요한 일이라는 것을 잘 알고 있었기 때문이다. 그는 니클라스의 생일을 축하하던 밤의 일과 그가 마리아를 마지막으로 만났던 때의 일을 이야기했다.

한스의 이야기가 끝나자 니클라스는 그의 손을 잡았다.

"네가 거짓말을 하지 않았다는 것을 알 수 있어. 이제 작업장으로 돌아가자?"

"안 됩니다. 저는 돌아가지만 니클라스 씨는 안 됩니다. 지금 당장 떠나는 편이 좋겠어요. 그것이 가장 좋은 길입니다."

한스가 말했다.

"그건 그래. 그러나 나는 노동 수첩과 공장 주인의 근무 증명서가 필요해."

"그건 제가 가져다 드리겠습니다. 저녁에 저희 집으로 오세요. 그때 모두 드리겠습니다. 니클라스 씨는 그사이에 짐을 꾸리면 되지 않겠습니까?"

그는 잠깐 생각한 다음 말했다.

"아니, 그건 올바른 행동이 아니야. 지금 작업장에 가서 하거에게 오늘 안에 그만두게 해달라고 부탁하겠어. 자네가 나를 위해 무엇이든지 해주겠다고 한 것은 진심으로 고맙네. 하지만 내가 직접 가는 편이 좋겠어."

그들은 함께 작업장에 돌아왔다. 그들이 돌아왔을 때는 이미 오전 노동 시간이 지나가 있었다. 그래서 하거는 그들에게 격렬한 비난의 말을 마구 퍼부었다.

니클라스는 하거에게 헤어지는 마당에 다시 한 번 사이좋게, 조용히 이야기하는 것이 좋겠다고 부탁했다. 이야기를 끝내고 돌아왔을 때 두 사람은 진정되어 각자의 자리에서 일하기 시작했다. 그러나 오후가 되자 니클라스 트레프츠의 모습은 더 이상 보이지 않았다. 그리고 그 다음 주에 공장 주인은 새로운 기술자를 한 사람 고용했다.

○ 『단편 전집(*Gesammelte Erzählungen*)』(1977)에 수록된 「*Hans Dierlamms Lehrzeit*」(1909).
1) 바이스 : 공작물을 나사로 죄어 고정시키는 기계.
2) 편력 직인 : 옛날 독일의 도제 제도에서 일정한 수업 기간을 마친 사람은 각지를 돌아다니며 전문적인 수업을 쌓는 것이 필수 조건이었는데, 편력 직인이란 이들을 일컫는 말이다.
3) 운터렌더와인 : 독일 슈투트가르트 이북의 네카강 인근 뷔르템베르크의 포도 재배지에서 나는 와인의 총칭.

단상 06

어떤 사랑이든 제각기 고유의 심각한 비극성을 지니고 있지만, 그것이
사랑하기를 단념하는 이유가 될 수는 없습니다.

— 『서간 전집』에서

단상 07

우리는 우리의 사랑을 언제든 아낌없이 나눌 수 있도록 사랑을 가능한
한 자유롭게 두어야 합니다. 우리는 사랑의 대상을 언제나 과대평가합
니다. 그리고 바로 거기에서 많은 고통이 생겨납니다.

— 미공개 서간에서

단상 08

젊은이여!
가슴속 사랑의 고뇌와 사랑의 희열을 느껴라.
그러나 자신만 다른 소년들보다
많은 감정을 갖고 있다고는 생각하지 말라.

— 『시집』에서

    사랑은 구걸해서는 안 됩니다. 요구해서도 안 됩니다. 사랑이 자신의
마음속에서 확신에 이르는 힘을 지녀야 합니다. 그렇게 되면 사랑은
상대에게 끌려가는 것이 아니라 상대를 끌어당기는 것이 됩니다.

— 「데미안」에서

회오리바람

1890년대 중반, 나는 고향 도시의 작은 공장에서 무급 견습공으로 일하고 있었다. 그러나 그해가 다 가기 전 그 도시를 떠나 다시는 돌아가지 않았다. 열여덟 살 무렵 나는 매일 청춘을 즐기고 작은 새가 공기를 느끼는 것처럼 청춘을 느끼고 있었지만, 내 청춘이 얼마나 멋진가는 전혀 이해하지 못했다. 그때가 언제였는지를 기억해 내지 못하는 사람들에게는, 내가 지금부터 이야기하는 해에 우리 고향에 전무후무할 만큼 엄청난 회오리바람이 몰아쳤다는 힌트를 주겠다. 그것만으로도 언제쯤 이야기를 하는 것인지 생각해 낼 수 있을 것이다.

바로 그해의 일이었다. 나는 그 이삼 일 전에 왼손을 끌에 다쳤다. 손에 구멍이 생기고 퉁퉁 부어 붕대를 감고 어깨에서 끈으로 고정시켜야 했으므로 공장에는 갈 수가 없었다.

그해 여름의 끝 무렵에 우리의 좁은 골짜기 마을은 일찍이 겪어 보지 못했던 무더위에 시달렸다. 때로는 며칠이나 잇따라 뇌우가 쏟아졌다. 자연계에는 뜨거움에 대한 어떤 불안감이 존재했다. 나는 당시 그것을 어렴풋이 무의식적으로 느끼고 있었을 뿐이나 지금도 자세한 것까지 기억이 생생하다.

예를 들어 저녁때 낚시하러 가면 뇌우를 머금은 후텁지근한 공기 때문에 물고기가 이상하게 허둥대는 것을 볼 수 있었다. 그리고 물고기가 서로 뒤엉켜 북적거리다가 미적지근한 물에서 뛰어올라 낚싯바늘에 걸리는 경우가 종종 있었다. 그러다 조금씩 시원해지고 뇌우가 뜸해지더니 이른 아침에는 벌써 가을다운 기색을 띠게 되었다.

어느 날 아침, 나는 책 한 권과 빵 한 조각을 챙겨 집을 나서 마음 내키는 대로 걸어갔다. 소년 시절에 늘 그랬듯이 우선 뒤뜰에 갔는데, 아직 햇살이 비치지 않고 있었다. 뒤뜰에는 아직 어린 나무였던 것으로 기억하고 있는, 아버지가 심은 전나무들이 튼튼하게 높이 솟아 있었고 그 아래에는 담갈색 침엽이 쌓여 있었다. 그곳에는 여러 해째 상록수가 자라고 있었다.

그 옆에 있는 좁은 가장자리를 꾸민 화단에는 어머니가 심은 숙근초(宿根草)가 풍요롭고 즐거운 듯이 꽃을 피우고 있었다. 그 꽃들로 일요일마다 커다란 꽃다발이 만들어졌다. 화단에는 '불타는 사랑' [1]이라고 불리는 붉은색의 작은 다발꽃이 피어 있었다. 그리고 가느다란 줄기에 하트 모양의 붉은색과 흰색의 꽃을 많이 매다는 부드러운 다년초가 하나 있었는데, 이것은 '여성의 하트'[2]라고 불렸다. 또 한 포기의 다년초는 '역겨운 자만심'이라고 불렸다. 그 가까이에 자라고 있는 키가 큰 과꽃은 아직 꽃을 피울 시기가 아니었다. 그것들 사이에 부드러운 가시가 있고 잎이 도톰한 돌나물 종류의 풀과 귀여운 채송화가 땅을 온통 뒤덮고 있었다.

이 길다랗고 좁은 화단은 우리가 무척 좋아하는 곳으로, 꿈의 정원이었다. 우리에게는 두 개의 둥근 화단에 자라고 있는 장미들보다 멋지고 사랑스럽게 여겨진 여러 가지 진귀한 꽃이 잔뜩 자라고 있었기 때문이다. 햇빛이 들어와 담쟁이덩굴로 가득 채워진 벽을 비추면, 풀꽃 하나하나가 제각기 독특한 정취와 아름다움을 보여 주었다.

글라디올러스는 선연한 빛깔로 풍만하게 꽃을 피우고, 푸른 헬리오트로프는 자신이 뿜어내는 강한 향기 때문에 마법에 걸린 듯하고, 줄맨드라미는 꺾인 듯 얌전하게 드리워져 있는가 하면, 매발톱은 마음껏 뻗어 올라 사중 구조로 된 여름의 종(鐘)을 울렸다. 미역취 주변과 플록스의 파란 꽃에는 꿀벌이 날개 소리 요란하게 떼지어 날고, 빽빽이 우거진 전나무 잎사귀 위에는 작은 갈색 거미가 언제나 바쁘게 움직이고 있었다. 스톡 위의 공중에서는 몸통이 제법 굵고 유리 같은 날개를 가진 나방이 기분 나쁜 소리를 내며 민첩하게 날아다녔다. 그 나방은 '유리날개나방' 또는 '꼬리박각시'라고 불렸다.

휴일의 유유자적한 기분으로 나는 꽃 사이를 걸어다니며 여기저기에서 아름다운 향기를 내뿜는 산형 화서의 냄새를 맡고 손끝으로 조심스레 꽃받침을 열어 들여다보며, 그 신비로운 하얀 꽃받침과 꽃잎의 맥이나 암꽃술, 부드러운 털이 있는 수꽃술, 투명한 물관 등의 신비한 배열을 관찰했다.

간혹 구름이 많은 아침 하늘을 바라보았다. 가느다란 줄무늬가 되어 길게 뻗쳐 있는 아지랑이와 양털처럼 둥실둥실 떠 있는 작은 비늘구름이 기묘하게 뒤섞여 있었다. 오늘도 틀림없이 뇌우가 올 것이라고 생각되어 나는 오후에 두세 시간 낚시를 하러 가기로 했다. 그래서 지렁이를 잡으려고 열심히 길가의 응회암을 몇 개 뒤집어 보았는데, 회색의 꺼칠꺼칠한 쥐며느리 떼가 기어 나와 성급히 사방팔방으로 달아날 뿐이었다.

이제부터 무엇을 할까 생각해 보았지만, 당장에는 아무 생각도 떠오를 것 같지 않았다. 일 년 전 내가 마지막 휴가를 보냈을 때 나는 소년에 지나지 않았다. 그 무렵 내가 가장 좋아했던 것은 개암나무 열매를 화살에 꿰어 과녁을 맞추거나 연을 날리거나 밭의 쥐구멍을 화약으로 폭파시키는 것 등이었다. 하지만 지금은 이러한 것들 모두 매력과 빛을 잃어, 마치 내 영혼의 일부가 지쳐 버린 나머지 예전에는 재미와 기쁨을 안겨 주던 갖가지 소리에 전혀 반응하려고 하지 않는 것 같았다.

가슴이 답답함을 느끼면서 나는 소년 시절에 즐거움을 맛보았던 낯익은 장소를 둘러보았다. 작은 정원, 꽃으로 장식된 발코니, 습하고 햇빛이 들지 않아 포석에 이끼가 끼어 초록색이 된 안뜰이 나를 응시했다. 그것들은 예전과는 다른 얼굴을 하고 있었다. 꽃들조차 다아는 법이 없는 매력을 얼마간 잃고 있었다. 정원 구석에는 낡고 큰 물통이 배수관과 함께 여전히 멋없이 서 있었다. 전에 나는 거기에 나무 물방아를 달아 반나절 동안이나 물을 품어대 아버지를 괴롭혔었다. 길 위에 댐이랑 운하를 만들어 대홍수를 일으켰던 것이다. 비바람에 낡은 그 물통은 나의 충실한 친구이며 기분 전환의 상대였다. 그것을 보고 있노라면 어릴 적에 맛보았던 기쁨의 여운이 금세 되새겨지곤 했다. 그러나 그것에서는 슬픈 맛이 났다. 그 물통은 이제 샘도 아니고 큰 강도 아니며 나이아가라 폭포도 아니었다.

생각에 잠기면서 나는 담을 기어올라 넘었다. 푸른 메꽃 한 송이가 내 얼굴에 가볍게 닿는 게 느껴져 그것을 꺾어 입에 물었다. 나는 산책을 하며 산 위에서 도시를 내려다보려고 마음먹었다. 물론 산책은 그다지 즐거운 계획이 아니었다. 예전 같으면 결코 생각하지 않았을 일이었다. 소년은 산책 따위는 하지 않는다. 소년은 숲으로 가면 도적이나 인디언이 되고, 강에 가면 뗏목 타는 사람이나 어부나 물방아 만드는 사람이 되고, 초원을 달리면 나비나 도마뱀을 잡으러 가는 것이다. 산책이란 무엇을 해야 좋을지 모르는 어른의 고상하지만 약간은 따분한 행위인 것처럼 여겨졌다.

푸른 메꽃은 곧 시들어 이번에는 너도밤나무의 작은 가지를 꺾어 씹었다. 쓰고 향기로운 맛이 났다. 금작화가 높다랗게 피어 있는 철길의 둑 위에서 녹색 도마뱀 한 마리가 발밑을 스치고 달아났다. 그러자 내 마음에 소년의 기분이 또다시 갑자기 눈을 떴다. 나는 가만히 있을 수 없어 달려갔다가 살며시 다가가 조용히 기다리기도 하며 마침내 햇볕을 쬐어 따뜻해진 겁쟁이 도마뱀을 두 손으로 잡았다. 그리고 작은 보석 같은 그 눈을 들여다보고 소년 시절에 늘 맛보던 사냥하는 즐거움의 여운을 만끽하며, 도마뱀의 보들보들하고 힘센 몸과 딱딱한 발이 내 손가락 사이에서 저항하며 뻗대는 것을 느꼈다.

그러나 즐거움은 순식간에 가셨다. 잡은 동물로 무엇을 하면 좋을지 전혀 생각나지 않았다. 할 일이 없었다. 잡은 동물을 가지고 있어도 이제는 행복하지 않았다. 나는 땅에 웅크리고 앉아 손을 폈다. 도마뱀은 놀라서 옆구리로 거칠게 숨을 쉬면서 가만히 있더니 한눈팔지 않고 곧장 풀 속으로 사라졌다.

햇빛에 빛나는 선로를 달려온 기차가 내 곁을 지나갔다. 기차가 사라진 뒤 나는 매우 명확하게 여기에서는 나의 진정한 즐거움이 꽃필 수 없다고 느꼈다. 그래서 저 열차를 타고 세상 속으로 가고 싶다고 생각했다. 철도 건널목 안내원이 근처에 있지 않을까 하고 주위를 둘러보았지만, 모습도 보이지 않고 소리도 들리지 않았다. 그래서 재빨리 선로를 뛰어넘어 맞은편에 있는 붉은 사암으로 된 높은 벼랑을 기어올랐다.

바위의 여기저기에 선로 공사를 할 때 폭파했던 검은 구멍이 보였다. 나는 위로 빠져나가는 길을 알고 있었다. 꽃이 진 단단한 금작화 줄기를 꽉 잡았다. 붉은 바위의 구멍 안에는 건조한 태양의 열기가 가득 차 있어, 기어오르는 내 소매 속으로 뜨거운 모래가 줄줄 흘러 들었다. 머리 위를 보니 수직 암벽 위에 선명하고 눈부신 하늘이 놀라울 만큼 가까이 펼쳐져 있었다. 어느 순간 내 몸이 위에 나와 있었다. 바위 가장자리에 몸을 지탱하고 무릎을 끌어당겨 가시가 있는 가느다란 아까시나무 줄기를 잡고 급경사진 황량한 초지로 나왔다.

이 고요하고 자그마한 황무지는 심심함을 달래곤 하던 곳인데, 깎아지른 듯한 절벽 위에 있어서 바로 밑을 지나가는 기차를 가깝게 볼 수 있었다. 여기에는 베어 낼 수 없을 정도로 멋대로 자란 풀 외에 키가 작고 잔가시가 있는 들장미들과 바람에 씨앗이 날려 자라난 발육이 나쁜 아까시나무 몇 그루가 자라고 있었다. 그 엷고 투명한 잎 사이로 빛나는 태양이 보였다.

나는 전에 붉은 사암의 띠로 단절되어 있는 이 초지의 섬에서 로빈슨 크루소인 척하며 지낸 적이 있었다. 이 쓸쓸한 지역은 수직으로 기어올라 정복하는 용기와 모험심을 가진 사람에게만 인연이 있는 장소였다. 나는 열두 살 때 끌로 이 바위에 내 이름을 새겼다. 또 나는 여기에서 「로자 폰 탄넨부르크」[3]를 읽거나 멸망해 가는 인디언의 용감한 추장을 다룬 어린아이다운 희곡을 쓰기도 했다.

햇볕에 탄 풀이 퇴색한 흰 털송이처럼 가파른 경사면에 늘어뜨려져 있고, 달구어진 금작화의 잎은 바람 없는 열기 속에서 고약한 냄새를 풍기고 있었다. 나는 바싹 마른 척박한 땅에 길게 누운 채, 아까시나무의 작은 잎들이 빈틈없이 귀엽게 늘어서서 햇빛에 반짝이며 더없이 푸른 하늘 속에서 꼼짝 않고 있는 것을 보면서 생각에 잠겼다. 지금이야말로 자신의 생활이나 앞날을 눈앞에 펼치며 생각해 보기에 적합한 시기라고 여겨졌다. 하지만 나는 새로운 것을 발견할 수가 없었다. 곳곳에서 나의 세계가 볼품없어지고 확실하다고 믿고 있던 즐거움이나 마음에 들었던 사고가 기분 나쁘게 바래고 시들어 가는 것을 보았을 따름이다. 어쩔 수 없이 포기해야만 했던 잃어버린 소년 시절의 모든 행복을 결코 직업이 메워 주지는 못했다. 내 직업을 사랑하지 않았고, 또 그다지 오래 그것에 충실하지도 않았다. 내게 직업이란 단지 세상 속으로 나가는 하나의 방편에 불과했다. 세상에 나가면 분명히 어딘가에서 새로운 만족을 얻을 수 있을 거라는 느낌이 들었다. 그런데 이 만족이란 어떤 종류였던가?

세상을 볼 수도 돈을 벌 수도 있었다. 무엇인가를 하거나 계획을 세우기 전에 아버지와 어머니에게 허락받을 필요가 없었고, 일요일에는 트럼프 놀이를 즐기거나 맥주를 마실 수 있었다. 그러나 이러한 것들은 모두 부차적인 것으로, 내가 기다리고 있는 새로운 생활의 목적은 아니라는 사실을 나는 잘 알고 있었다. 본래의 목적은 어딘가 다른 곳에, 더 깊고 더 근사하며 더 신비로운 곳에 있었다. 그리고 그것은 여자와 사랑과 관계가 있다고 느끼고 있었다. 거기에는 깊은 즐거움과 만족이 숨겨져 있을 터였다. 그렇지 않다면 소년 시절의 즐거움을 희생한 것이 무의미해졌을 것이다.

사랑에 대해서는 잘 알고 있었다. 나는 몇 쌍의 연인들을 보았었고, 넋을 잃을 만큼 멋진 사랑이야기를 읽었다. 여자에게 적극적이었던 경험이 몇 번 있었고, 남자가 목숨을 걸거나 남자의 행동과 노력의 목적이기도 한 사랑의 아름다움을 꿈속에서 느낀 적이 있었다. 동창생 중에는 벌써 여자를 데리고 다니는 녀석도 있었고, 공장의 동료들 중에는 일요일이면 댄스홀에 가거나 깊은 밤 여자 침실의 창문에 기어오른 일을 뻔뻔스럽게 이야기하는 사람도 있었다. 하지만 나에게 사랑은 여전히 닫혀 있는 화원으로, 문 앞에서 수줍은 동경을 안고 기다리고 있는 상태였다.

끌에 손을 다치기 일 주일쯤 전에 이윽고 최초의 부름이 있었다. 그때부터 나는 이별을 고하고 가는 사람처럼 침착하지 못하고 생각에 빠져 있었다. 그때까지의 나의 생활이 과거의 것이 되고, 장래의 목적이 분명해졌다.

어느 날 밤 집으로 돌아가는 도중에 우리 공장의 두 번째 도제가 나에게 딱 맞는 예쁜 여자를 알고 있다고 했다. 그녀는 아직 연인이 없고 나만을 원하며, 내게 선물할 생각으로 비단 지갑을 짜고 있다는 것이었다. 그는 그녀의 이름을 밝히려고 하지 않고 스스로 알아보라고 말했다. 나는 끈덕지게 묻다가 나중에는 화가 난 척했다. 그때 우리는 강에 걸린 수차 다리 위에 와 있었는데, 갑자기 멈추어 서더니 작은 소리로 "그녀가 마침 뒤에 오고 있어"라고 했다. 나는 당황하며 뒤돌아보았다. 모두 허황된 농담일 거라고 생각하면서도 기대 반 불안감 반의 심정이었다. 그런데 뒤에서 면사 방직 공장의 여공 하나가 걸어오고 있었다. 견진 성사 준비를 위한 수업 때부터 알고 있는 베르타 뢰크트린이었다. 그녀는 멈추어 서서 나를 보고 미소를 지었다. 나는 얼굴이 점점 붉어지더니 얼굴 전체가 불처럼 달아올라 뛰어서 집에 돌아오고 말았다.

그 일이 있은 뒤 그녀를 두 번 만났다. 한 번은 우리가 일하러 간 방직 공장에서, 또 한 번은 집으로 돌아가는 길에서였다. 그녀는 "안녕" 하고 말했을 뿐이다. 두 번째 만났을 때는 "벌써 일이 끝났어?"라고 했다. 그것은 이야기를 나눌 계기를 만들고 싶다는 의미였지만, 나는 고개를 끄덕이며 "응" 하고 대답만 하고는 당황해서 그 자리를 떠났다.

그후 내 생각은 이 일에 들러붙어서 떨어질 줄을 몰랐고, 나는 어떻게 하면 좋을지 알 수 없었다. 귀여운 여자를 사랑하는 것은 깊은 열망을 가지고 진작부터 꿈꾸어 오던 일이었다. 지금 나보다 조금 키가 큰 귀여운 금발 소녀가 나타나 나의 키스를 받고 내 팔에 안기고 싶다고 하는 것이다. 그녀는 키가 크고 단단한 몸집에 피부가 희며 혈색이 좋고 아름다운 용모를 지녔으며, 목덜미에는 그림자를 드리운 귀밑머리가 장난치고 있었다. 그리고 눈빛은 기대와 사랑으로 넘치고 있었다.

그러나 나는 여태까지 그녀를 생각한 적도, 좋아한 적도, 꿈속에서 애달프게 뒤를 좇은 적도, 떨면서 그녀의 이름을 베개에 속삭인 적도 없었다. 내가 원한다면 그녀를 애무하고 내 것으로 만들 수 있었지만, 나는 그녀를 사모할 수도 없었고 그녀 앞에 무릎을 꿇고 숭배할 수도 없었다. 도대체 어떻게 되는 것일까? 어떻게 해야 좋을까? 좋지 않은 기분으로 풀밭에서 일어났다. 정말 나쁜 시기다. 공장의 고용 약속 기간이 내일 당장 끝나 여기에서 멀리 떨어진 곳으로 여행을 떠나 새롭게 시작하여 모든 것을 잊어버릴 수 있다면 좋을 텐데.

다만 무엇인가를 하기 위해, 살아 있음을 실감하기 위해, 여기서부터는 힘들지만 산의 정상까지 올라가 보자고 결심했다. 거기에 오르면 이 작은 마을보다 훨씬 높은 곳에서 먼 곳을 바라볼 수 있었다. 나는 비탈을 올라 위쪽 바위에 이르러, 암벽의 좁은 틈을 기어올라 간신히 높은 지대에 당도했다. 황량한 정상은 관목들과 부서진 바위 조각들로 덮여 있었다.

땀에 젖고 숨을 헐떡거리며 정상에 올라 햇살이 드는 산정의 미풍을 맞으면서 느긋하게 심호흡을 했다. 시들기 시작한 장미꽃이 처량하게 줄기에 매달려 있는 게 눈에 띄어 지나는 길에 가볍게 손을 대보니 색바랜 꽃잎이 가냘프게 떨어졌다. 키 작은 초록색 시로미가 곳곳에 자라고 있는데, 햇볕이 있는 쪽에 있는 열매만 금속 느낌이 도는 갈색으로 희미하게 물들기 시작하고 있었다.

작은 멋쟁이나비가 바람이 없는 양지 쪽을 조용히 날아다니며 공중에 색깔을 띤 번개를 그렸다. 연푸른빛을 띤 톱풀의 꽃에는 헤아릴 수 없을 만큼 많은 붉고 검은 반점이 있는 투구벌레가 득실거리고 있었다. 그들은 소리를 내지 않는 이상한 집회를 열며 길고 가느다란 다리를 자동 기계처럼 움직였다. 아까 구름이 모두 사라져 버린 새파란 하늘은 가까운 산의 시커먼 전나무숲의 가지 끝으로 또렷하게 잘려 있었다.

학창 시절 나는 가을의 모닥불을 피운 가장 높은 바위에 올라서서 뒤돌아보곤 했다. 그러면 저 아래 반쯤은 그림자가 된 골짜기에 냇물이 빛나고, 하얀 거품을 내뿜는 수차의 봇둑이 반짝이는 것이 보였다. 좁은 골짜기의 밑바닥에 우리의 오랜 마을이 누워 있고, 옹색하게 늘어선 갈색 지붕 위로 점심을 짓는 화덕의 파란 연기가 올라가는 것이 보였다. 그곳에는 우리 집과 낡은 다리가 있고 거리에는 공장이 있으며 작고 붉은 대장간에서는 불이 타고 있는 것이 보였다. 그 아래쪽에는 방직 공장이 있었다. 방직 공장의 평평한 지붕에는 풀이 나 있고, 하얗게 빛나는 유리창 너머 많은 사람이 열심히 일하고 있었다. 아, 저 여자인가! 그녀에 관한 것은 전혀 알고 싶지 않았다.

고향 마을은 정원과 놀이터와 숨바꼭질의 비밀 장소 등 전부 은밀한 친밀감으로 나를 쳐다보고 있었다. 교회 시계의 금빛 숫자가 햇살을 받아 날카롭게 빛났다. 응달이 된 물방아 오두막의 수로에는 늘어선 집들과 나무들이 시원스럽고 검게 비치고 있었다. 내 자신만이 변해 버린 것이다. 나와 이 광경을 떼어 놓는 냉정하고 차디찬 커튼이 쳐진 것은 오로지 내 탓이다. 돌담과 강과 숲에 둘러싸인 이 좁은 지대 안에서 내 생활은 평온함과 만족감을 잃어 가고 있었다. 확실히 내 생활은 아직 튼튼한 실로 이 땅에 연결되어 있었으나 이미 그 안에 뿌리를 내리고 있지도 않고 울타리도 없어졌으며, 여기저기에서 동경의 물보라를 일으키며 좁은 경계를 넘어 넓은 세계로 나가려 하고 있었다.

표현하기 힘든 마음의 슬픔을 안고 내려다보고 있자니, 인생의 은근한 희망들과 아버지의 말과 존경하는 시인들의 말과 나만의 비밀스런 맹세가 뒤섞여 마음속에서 엄숙하게 끓어올랐다. 제 몫을 해내는 남자가 되어 운명을 개척해 나가는 것은 중대하고 훌륭한 일이라고 생각되었다. 그러다 순식간에 이 생각은 베르타 푀크트린과의 일로 나를 괴롭히고 있던 의문을 한 가닥의 빛줄기처럼 비쳤다. 그녀는 예쁘고 나를 좋아하는지 모르지만, 노력하지 않고 여자로부터 이런 완전한 형태로 행복을 받는다는 것은 내 성품에는 맞지 않았다.

곧 점심 시간이 될 터였다. 산을 오르려는 마음은 어느덧 사라지고 말았다. 나는 생각에 빠진 채 보도를 걸어 마을로 내려가 작은 철교 밑을 지나갔다. 예전에는 여름마다 이곳에서 우거진 쐐기풀 안에 있는 공작나비의 검은색 가시투성이 유충을 잡았었다. 거기에서 묘지의 담 옆을 지나면 이끼 낀 호두나무가 문 앞에 짙은 그늘을 드리우고 있었다. 문은 언제나 열려 있어 분수에서 물 떨어지는 소리가 들렸다. 그 옆에는 마을의 운동장 겸 축제장이 있었는데, 오월제나 스당 함락 기념일[4] 등의 연회 외에 강연회나 댄스 파티가 열렸다. 그러나 이제는 거대한 밤나무 노목의 그늘이 되어, 붉은 기운이 감도는 모래 위에 나뭇잎 사이로 비치는 햇빛이 눈부신 반점을 그리고 있으며 잊혀진 듯이 고요했다.

아래 골짜기에서는 강변의 양지 쪽 거리에 한낮의 무더위가 기승을 부리고 있었다. 내리비추는 햇살을 받고 있는 집들과 마주하고 있는 강변에는 잎이 드문드문 달린 몇 그루의 물푸레나무와 단풍나무가 늦여름답게 벌써 노랗게 물들기 시작하고 있었다. 언제나 처럼 나는 물가를 걸으며 물고기를 살펴보았다. 유리처럼 투명한 물속에 무성한 수염 같은 수초가 긴 파도의 출렁거림으로 흔들리고 있었다.

그러는 동안 내가 익히 알고 있는 어두운 틈새 곳곳에서는 굵직한 물고기가 흐름을 거스르면서 입을 열고 나른한 듯이 꼼짝 않고 있었다. 때때로 수면 가까이에서 황어가 거무스레한 작은 무리를 지으며 날쌔게 헤엄쳐 갔다. 그날 아침은 낚시하러 오지 않은 편이 좋았을 거라는 사실을 알고 있었지만, 공기나 물의 상태며 두 개의 커다란 둥근 돌 사이의 맑은 물속에서 나이 먹은 검은 메기가 쉬고 있는 모양을 보니 오후에는 뭔가 낚일 것이라는 확신이 들었다.

오후에는 낚시를 하리라 마음먹고 다시 걸어 눈부신 길에서 정면 출입구를 거쳐 지하실처럼 썰렁한 우리 집 현관에 들어서자, 깊은 한숨이 저절로 나왔다.

"오늘도 소나기가 올 거야."

날씨에 민감한 아버지가 식사 때 말했다. 나는 하늘에 구름 한 점 없고 서풍의 기미가 느껴지지 않는다고 말했지만, 아버지는 미소를 지으며 말했다.

"공기가 긴장하고 있는 게 느껴지지 않니? 곧 알게 될 게다."

정말 지독한 무더위여서 하수구에서는 푄[5]이 불기 시작하는 무렵처럼 몹시 역겨운 냄새가 났다. 산에 올라가 열기를 들이마신 탓인지 피로가 몰려왔다. 베란다에서 정원을 향해 앉아 깜박깜박 졸며 건성으로 하르툼[6]의 영웅 고든 장군[7]의 이야기를 읽었다. 그러는 동안 나도 모르게 금세 소나기가 올 것만 같은 느낌이 들었다. 하늘은 여전히 더없이 푸르고 맑은데 공기는 점점 답답해지고, 태양은 하늘 높이 빛나고 있는데 그 밑에서는 찌는 듯한 구름의 층이 가로막고 있는 것 같았다.

두 시에 나는 집 안으로 들어가 낚시 도구를 챙기기 시작했다. 실과 바늘을 살펴보고 있으니 벌써 가슴 두근거리는 흥분이 느껴졌다. 더불어 한 가지라도 깊고 정열적인 즐거움이 여지껏 남겨져 있는 것이 고마웠다.

그날 오후의 이상하게 무덥고 짓누르는 듯한 적막감은 잊을 수가 없다. 나는 낚시용 물통을 들고 강을 내려가 작은 다리 옆까지 갔다. 그곳에는 이미 높은 집들의 그늘이 절반 가량 드리워져 있었다. 근처의 방직 공장에서 단조롭고 졸린 듯한 기계 소리가 꿀벌의 날개 소리처럼 들려왔다. 위쪽의 물방앗간에서는 날이 망가진 동력 톱이 내는 것 같은, 무척 귀에 거슬리는 끼익 하는 소리가 1분마다 울려 왔다. 그것 말고는 아주 조용했다. 직공들은 작업장의 그늘에 들어가 있었고, 골목길에는 그림자 하나 없었다. 물방아가 있는 모래톱에서는 벌거숭이 사내아이가 젖은 돌 사이를 저벅저벅 돌아다니고 있었다.

이 수상한 날씨를 물고기도 느끼고 있는지 변덕스런 행동을 했다. 처음 십오 분 동안에는 구릿빛 황어가 두세 마리 낚싯바늘에 걸렸다. 아름다운 붉은 색깔에 폭이 넓은 배지느러미를 가진 무거운 녀석은 내가 손으로 잡으려고 할 때 실을 끊어 버렸다. 그리고 나서 물고기는 당황하기 시작했다. 구릿빛 황어는 뻘 속 깊이 숨어 들어가 먹이는 거

들떠보지도 않았다. 수면에는 일 년짜리 어린 물고기가 무리를 지어 나타나더니 끊임없이 새로운 무리를 만들며 달아나듯이 강의 위쪽으로 헤엄쳐 갔다. 모든 것이 날씨의 변화를 알리는 징조였다. 그러나 공기는 유리같이 고요하고 하늘은 전혀 흐려져 있지 않았다.

나는 어떤 좋지 않은 하수가 물고기를 쫓아버린 거라고 생각했다. 단념할 마음은 없었으므로 새로운 낚시터를 생각해 내고는 방직 공장의 수로가 있는 데까지 갔다. 창고 옆에 자리를 잡고 낚시 도구를 끄집어내자마자 공장 계단의 창문에 베르타가 모습을 나타내 이쪽을 보며 눈을 찡긋했다. 나는 못 본 체하면서 낚싯줄 위로 몸을 구부렸다.

콘크리트로 둘러싸인 수로에는 거무튀튀한 물이 흐르고 있었다. 물에 비친 내 모습의 윤곽이 물결 때문에 가늘게 떨리는 것을 보았다. 베르타는 여전히 건너편 창가에 서서 내 이름을 불렀지만, 나는 옴쭉하지 않고 물만 바라보며 얼굴조차 들지 않았다.

낚시는 형편없었다. 여기에서도 물고기들은 무슨 급한 일이라도 있는 양 분주하게 헤엄치고 다녔다. 무겁게 짓누르는 더위에 녹초가 된 나는 낮은 돌담에 앉아 낮에는 도무지 희망이 없으니 빨리 저녁이 되면 좋겠다고 생각했다. 뒤에서는 방직 공장의 기계 소리가 쉴 없이 윙윙거리고 있었다. 물은 초록색 이끼가 낀 젖은 벽에 부딪치면서 희미한 소리를 내며 흐르고 있었다. 졸음이 몰려와 모든 것에 관심이 사라지고 줄을 되감는 것도 귀찮아져서, 나는 그저 가만히 앉아 있었다.

게으르고 멍한 상태를 삼십 분 정도 즐겼을까, 갑자기 불안하고 불쾌한 기분에 사로잡혔다. 심상찮은 바람이 불만스러운 듯이 한바탕 소용돌이치고, 공기는 잔뜩 찌푸려 언짢은 분위기가 되었다. 제비 두세 마리가 놀랐는지 수면에 닿을락 말락 하며 날아갔다. 나는 불현듯 현기증을 느끼며 일사병에 걸렸나 보다고 생각했다. 물 냄새가 지독하다는 느낌이 들었다. 불쾌한 느낌이 위(胃)에서 치밀어 올라 머리를 가득 채우고 땀이 배어 나왔다. 나는 두 손을 찬물에 담가 기분이 상쾌해지자, 낚싯줄을 끌어올리고 낚시 도구를 정리하기 시작했다.

몸을 일으키니 방직 공장 앞의 광장에 뿌연 먼지가 몇 개의 작은 구름 모양으로 소용돌이치고 있는 것이 보였다. 갑자기 먼지가 높이 날아오르더니 구름 하나와 합쳐졌다. 격동하는 상공의 기류 안에서 새들이 채찍에 맞은 것처럼 날아갔다. 그 직후 골짜기의 하류 쪽 하늘이 마치 농밀한 눈보라처럼 희게 변하는 것이 보였다. 그리고 바람이 이상하게 서늘해지더니 적이 엄습해 오듯이 나를 목표로 날아왔다. 그러고는 낚싯줄을 물에서 빨아올리고 모자를 날려 버리고 나서 주먹으로 때리듯이 연이어 내 얼굴을 쳤다.

바로 전까지 눈으로 된 벽처럼 먼 지붕의 상공에 있던 흰 기류가 느닷없이 차갑고 아플 만큼 내 주변을 둘러쌌다. 수로의 물이 회전이 빠른 물방아에서 튀겨지듯이 흩날렸다. 낚싯줄은 없어졌다. 내 주변에서 하얗게 포효하는 자연이 맹위를 떨치고 마구 날뛰며 닥치는 대로 파괴했다. 나는 머리와 손을 얻어맞았다. 흙이 얼굴까지 튀어 올랐다. 모래와 나무토막이 공중에서 소용돌이쳤다.

무엇이 어떻게 되었는지 도무지 알 수가 없었다. 그저 무언가 무서운 일이 일어나고 있으며, 아무튼 위험하다는 것을 느꼈을 뿐이다. 한달음에 창고 안으로 들어갔다. 놀라움과 공포로 눈앞이 캄캄했다. 몇 초 동안 몸이 마비된 것처럼 현기증과 동물적인 공포에 사로잡혀 숨도 못 쉬고 쇠기둥을 붙들고 서 있었다. 그러다가 가까스로 분별하기 시작했다.

본 적도 상상해 본 적도 없는 광풍이 악마처럼 날뛰고 지나가는 것이었다. 상공에서는 바람이 겁에 질린 것 같은 굉음을 내며 휘몰아쳤다. 머리 위의 평평한 창고 지붕과 입구 앞의 땅에 커다란 우박이 떨어져 희고 두껍게 쌓였으며, 얼음알이 내 발밑에까지 굴러 왔다. 우박과 바람의 소음은 무서웠다. 수로는 뭔가에 얻어맞은 듯이 거품이 일었고, 거칠고 큰 물결이 수로의 옆벽을 따라 높고 낮게 으르렁거렸다.

모든 것이 일 분 동안에 일어난 일이었지만, 판자와 널빤지로 만든 지붕과 나뭇가지가 공중에 끌어올려져 날아가는 것과 돌이나 몰타르의 부서진 조각이 떨어지면 순식간에 우박이 그 위로 후두두 내리치며 덮어 버리는 것을 나는 보았다. 격렬하게 망치로 두들겨 맞은 것처럼 벽돌이 부서져 떨어지고, 유리가 가루가 되며, 지붕의 홈통이 떨어지는 소리가 들렸다.

그때 공장에서 한 사람이 회오리바람을 피해 몸을 비스듬히 하고 옷을 펄럭이며 우박에 덮인 안뜰을 가로질러 이쪽으로 달려왔다. 모든 것이 남김없이 무시무시하게 뒤엎어진 혼란의 와중을 뚫고 나를 향해 비틀거리며 다가왔다. 창고에 들어오자 나에게로 달려온 애정이 넘치는 커다란 눈과 조용한 얼굴, 알기는 하지만 친숙하지 않은 얼굴이 애처롭다는 듯이 미소를 띠며 내 눈앞에 나타났다. 부드럽고 따뜻한 입술이 내 입술을 찾고는 오랫동안 탐하듯이 나에게 키스했다. 두 팔이 내 목을 휘감고 젖은 금빛 머리카락이 내 뺨에 들러붙었다. 주위에서 우박의 광풍이 온 세계를 뒤흔들고 있는 사이에 무언의 불안한 사랑의 폭풍이 바깥의 광풍보다 훨씬 더 심각하게, 훨씬 더 무섭게 나를 덮쳤다.

우리는 쌓인 판자 위에 앉아 아무 말없이 꼭 껴안았다. 나는 어안이 벙벙해 하면서 머뭇머뭇 베르타의 머릿결을 어루만지며 내 입술을 그녀의 건강하고 풍요로운 입술에 밀어붙였다. 그녀의 온기가 달콤하고 안타깝게 나를 감쌌다. 나는 눈을 감았다. 그녀는 내 머리를 두근거리는 그녀의 가슴과 넓적다리에 파묻으면서, 두 손으로 내 얼굴과 머리카락을 망설이듯이 살짝 쓰다듬었다.

아찔한 어둠 속에 떨어져 있다가 문득 정신을 차리고 눈을 떠보니, 진지하고 건강한 그녀의 얼굴이 슬픔을 띤 아름다움으로 내 위에 있었다. 그리고 그녀의 눈은 뚫어져라 나를 바라보았다. 그녀의 하얀 이마의 흐트러진 머리카락 아래로부터 가느다란 한줄기 진홍색 피가 얼굴을 지나 목덜미 아래까지 흐르고 있었다.

"어떻게 된 거야? 도대체 무슨 일이 있었어?"

나는 불안스럽게 물었다.

그녀는 내 눈을 한층 깊이 바라보며 가냘픈 미소를 지었다.

"세계가 멸망하는 거야."

그녀는 작은 소리로 말했다. 울려 퍼지는 광풍의 소음이 그 말을 삼켰다.

"피가 흐르고 있어."

내가 말했다.

"우박 때문이야. 내버려 둬. 너 무섭니?"

"아니, 넌?"

"나도 겁나지 않아. 이대로 가면 온 마을이 부서질 것 같아. 그런데 왜 나를 조금도 좋아하지 않니?"

나는 잠자코 주문에 홀리기나 한 것처럼 크고 맑은 그녀의 눈을 바라보았다. 그 눈은 슬픔 섞인 애정에 넘치고 있었다. 그 눈이 내 눈 가까이 다가오고 그녀의 입술이 무겁게 내 입술에 포개져 있는 동안, 나는 가만히 그녀의 진지한 눈을 들여다보았다. 가는 선홍색 핏줄기가 왼쪽 눈가를 지나 희고 싱싱한 피부 위를 흘렀다. 내 감각이 도취되어 비틀거리고 있는데, 광풍 속에서 이런 식으로 자신의 의지와는 반대로 강탈당하고 있는 것에 내 마음은 필사적으로 저항하며 달아나려 했다. 나는 몸을 일으켰다. 그녀는 내 눈길을 보고 내가 자기를 동정하고 있다는 것을 간파했다.

그녀는 몸을 젖히며 화가 난 듯이 나를 바라보았다. 나는 동정과 격정을 나타내는 동작으로 그녀에게 손을 내밀었다. 그녀는 내 손을 두 손으로 잡고 그 안에 얼굴을 묻은 다음 무너져 내리듯이 무릎을 꿇고 울기 시작했다. 그녀의 눈물이 떨리는 내 손 위에 따뜻하게 흘렀다. 곤혹스러운 가운데 나는 그녀를 내려다보았다. 그녀의 머리는 흐느끼면서 내 손 위에 얹혀 있고, 그녀의 목덜미 위에는 그림자같이 부드러운 귀밑머리가 살랑거렸다. 그녀가 다른 여자였더라면, 내가 정말로 사랑하고 내 영혼을 바칠 수 있는 여자였더라면, 얼마나 애정을 담아 이 귀여운 솜털을 손가락으로 만지작거리고 이 하얀 목덜미에 입술을 댔을까 하고, 화가 날 만큼 생각했다. 그렇지만 내 피는 서서히 진정되었다. 내 청춘과 자부심을 바칠 마음이 일지 않는 아가씨가 내 발밑에 꿇어앉아 있는 모습을 보는 것 자체가 부끄럽다는 생각이 나를 괴롭혔다.

이 모든 일을 나는 마법에 걸린 일 년간의 사건인 것처럼 경험했다. 지금도 수많은 사소한 마음의 동요와 몸짓과 함께 오랜 시간에 걸쳐 일어난 사건인 양 기억에 남아 있지만, 실제로는 고작 몇 분 사이의 일에 지나지 않았다. 뜻밖에 세상이 확 밝아지더니 참담한 세계를 달래듯 조각난 푸른 하늘이 차분하고 천진난만한 모습을 드러냈다. 갑자기 날카로운 칼로 절단하는 것같이 거센 바람의 요란한 소리가 뚝 멈추더니 놀랍기도 하고 믿을 수 없는 정적이 우리를 감쌌다.

나는 환상적인 꿈의 동굴에서 나오는 것처럼 창고에서 나와 돌아온 낮의 햇빛 속으로 걸어갔다. 아직 살아 있다는 사실이 신기했다. 황폐해진 안뜰은 보기에도 참혹했다. 땅은 엉망으로 뒤집혀져 마치 말에 마구 짓밟힌 것 같았다. 도처에 커다란 얼음알이 산더미를 이루고 있고, 낚시 도구와 물고기를 넣은 물통은 간데없이 사라져 버렸다. 공장 안은 소란스런 사람 소리로 가득 찼다. 박살 난 유리창을 통해 사람들이 북적대는 홀이 보였고, 문마다 사람들이 서로 밀치며 밖으로 나왔다. 땅은 유리 조각과 부서진 벽돌로 가득했다. 길다란 양철 물받이 하나가 잡아당겨지고 비스듬히 비틀려진 채 건물의 중간쯤에 매달려 있었다.

나는 방금 일어났던 일은 깨끗하게 잊어버렸다. 오직 광풍이 어떤 참상을 가져왔는지 보고 싶다는, 공포감이 약간 섞인 억제할 수 없는 호기심 외에는 아무것도 느끼지 않았다. 부서진 공장의 창이나 지붕의 기왓장을 처음 보았을 때는 완전히 엉망이 되어 뭐라 말할 수 없는 상태였지만, 이제 다시 보니 그다지 참혹하지 않았으며 엄청난 회오리바람이 내게 안겨 준 두려운 인상과 그다지 어울리지 않았다.

나는 한편으로 안도의 숨을, 또 한편으로는 실망하여 흥이 깨진 묘한 기분으로 한숨을 내쉬었다. 집들은 그전과 다름없이 서 있고, 골짜기 양쪽에는 산이 여전히 버젓이 솟아 있었다. 세계는 멸망하지 않았다.

그러나 공장의 뜰을 나와 다리를 건너 첫 번째 샛길에 들어서니 피해는 한층 심각한 참상을 드러냈다. 좁은 거리에는 온갖 물건의 파편과 파괴된 쇠살문이 몇 개나 뒹굴고 있었고, 굴뚝이 몇 개나 부러져 떨어졌으며, 그 주변의 지붕 일부가 함께 찢겨져 있었다. 집집마다 문 앞에는 사람들이 나와 어찌할 바를 몰라 탄식만 하고 있었다. 언젠가 그림에서 본, 전쟁으로 적에게 포위당하고 정복된 마을의 광경과 같았다.

땅에 널려진 돌과 나무의 큰 가지가 길을 막았고, 여기저기 창문은 유리가 깨어져 구멍이 뻥 뚫려 있었다. 정원의 울타리가 땅에 쓰러져 있는 모습이, 담 위에 매달려 가슬가슬 소리를 내고 있는 모습이 보였다. 아이들을 찾고 있는 사람도 있었다. 밭에 나가 있었던 사람들이 우박을 맞고 죽었다는 말소리가 들렸다. 타라 은화[8]만 한 크기나 그보다 훨씬 큰 우박을 보여 주며 다니는 사람도 있었다.

집으로 돌아가 우리 집과 정원의 피해를 확인해 보기에는 나는 무척 흥분해 있었다. 내가 없어져서 모두가 걱정하고 있을 거라는 데에 생각이 미치지 않았다. 실제로 나는 아무 일 없었던 것이다. 나는 파편 속을 넘어질 듯 비틀거리며 걷기보다는 교외로 나가 보아야겠다고 생각했다. 내가 좋아하던 장소가 유인하듯 머릿속에 떠올랐다. 묘지 옆에 있는 축제 광장이었다. 소년 시절, 큰 축제는 모두 그 광장의 나무 그늘에서 열렸다. 불과 네댓 시간 전 바위산에서 돌아오는 길에 그곳을 지나갔었다는 사실이 믿기지 않았다. 그때부터 아주 많은 시간이 지나가 버린 것처럼 여겨졌다.

나는 샛길을 되돌아가 아래쪽 다리를 건넜다. 도중에 어느 정원의 틈으로 붉은 사암으로 세운 교회의 탑이 무사히 솟아 있는 것과 체육관이 약간의 손상밖에 입지 않은 것을 확인했다. 저 건너편에 외따로 한 채의 낡은 음식점이 있었는데, 그 지붕은 멀리에서도 알아볼 수 있었다. 그 음식점은 이전처럼 서 있으나 어딘가 묘하게 달라진 것 같은 느낌이 들었다. 왜 그런지 금방 알 수 없어 한참 생각하다 보니 음식점 앞에 언제나 서 있던 두 그루의 포플러나무가 보이지 않았다. 꽤 오래전부터 친숙하게 보아 온 풍경이 파괴되고, 내가 좋아하는 장소가 짓밟혔다.

그러자 더 많은, 더 고귀한 것이 엉망이 되어 버린 것은 아닐까 하는 불길한 예감이 솟아올랐다. 문득 내가 얼마나 고향을 사랑하고 있었으며, 내 마음과 행복이 얼마나 깊이 이 지붕과 탑과 골목길과 나무와 정원과 숲의 혜택을 입고 있었는지를 비로소 강렬하게 깨닫자, 가슴이 죄어 오는 것만 같았다. 맞은편의 축제 광장 근처에 도달할 때까지 나는 새로운 흥분과 불안을 안고 걸음을 재촉했다.

내가 가장 좋아하던 곳은 무참히 파괴되어 말할 수 없이 황량해져 있었다. 광장에는 몇 그루의 밤나무 노목이 있었고, 우리는 그 그늘에서 축제를 했었다. 그 나무들의 줄기는 학생 서너 명으로는 미처 끌어안을 수 없을 만큼 굵었다. 그런데 그것이 휘어져 꺾이거나 갈라지고 뿌리째 뽑혀 쓰러져 집채만 한 커다란 구멍이 여러 개 입을 벌리고 있었다. 어떤 나무는 원래 있던 곳에 있지 않았다. 그야말로 소름 끼치는 전쟁터였다. 몇 그루의 보리수와 단풍나무는 포개져 쓰러져 있었다. 드넓은 광장이 나뭇가지와 갈라진 줄기, 뿌리, 흙덩이 따위로 무서운 잔해의 산더미를 이루고 있었다. 거대한 나무줄기는 아직 땅에 서 있는 것도 있었지만, 이미 나무라고 할 수 없을 만큼 휘어지고 꺾이고 구부러져서 하얀 균열을 수없이 드러내고 있는 것들도 있었다.

그나마 더 이상 앞으로 갈 수가 없었다. 엉망진창으로 쓰러져 집 높이만큼 쌓인 나무줄기나 가지의 잔해로 광장과 길이 가로막혀 있었다. 내가 아주 어렸을 때부터 깊고 신성한 나무 그늘과 신전같이 키 큰 나무들이 있던 곳은 파괴되어, 그 위에 텅 빈 하늘이 있을 뿐이었다.

마치 내가 귀하게 꼭꼭 숨겨 두었던 모든 것이 뿌리째 뽑혀, 가차없이 내리쬐는 백일하에 내던져진 듯한 기분이 들었다. 며칠 동안 나는 주변을 돌아다녔지만 숲 속의 길도, 낯익은 호두나무의 그늘도, 소년 시절 올랐던 떡갈나무도, 이제는 아무것도 발견할 수 없었다. 마을 주위 곳곳에는 잔해와 구멍과 풀을 벤 것처럼 나무들이 휘어져 꺾인 숲의 비탈과 드러난 뿌리를 참혹하게 햇볕에 쬐고 있는 나무의 주검뿐이었다.

유년 시절의 나와 지금의 나 사이에는 커다란 균열이 생기고 말았다. 그리고 나의 고향은 더 이상 예전의 고향이 아니었다. 지나간 세월의 사랑스러움과 어리석음은 나에게서 이탈하고 말았다. 나는 그 뒤 곧 제 몫을 하는 사나이가 되기 위해, 이 며칠 동안 처음으로 그림자가 나를 스쳐 간 인생을 극복하기 위해 이 마을을 떠났다.

○ 『단편 전집』에 수록된 『*Der Zyklon*』(1913).

1) 불타는 사랑 : 패랭이꽃과의 전추라를 이르는 말로, 전추라는 여름에서 초가을까지 선홍색 꽃을 피운다. 속명은 Lychnis인데 '불꽃'이라는 뜻의 희랍어 lychnos에서 나온 것으로 정열적인 붉은빛이 도는 데에서 붙여진 이름이다.

2) 여성의 하트 : 금낭화를 이르는 말로, 끝이 하얀 하트 모양의 담홍색 꽃이 줄기에 주렁주렁 달린다.

3) 「로자 폰 탄넨부르크」 : 독일의 작가 크리스토프 폰 슈미트가 1823년에 발표한 청소년을 위한 소설. 어려서 어머니가 돌아가신 귀족의 딸인 같은 이름의 주인공이 성을 빼앗기고 감옥에 갇혀 있는 아버지를 갖은 어려움 끝에 구하는 이야기로서, 거의 모든 유럽어로 번역되었다.

4) 스당 함락 기념일 : 독불전쟁에서 프로이센과 독일 연방 연합군이 1871년 9월 1일 스당 요새에서 프랑스군을 함락한 것을 기념하는 날. 독일 제국 시대의 중요 국가 기념일이다.

5) 푄 : 산을 불어 내리는 돌풍적인 건조한 바람. 원래 유럽 알프스 지방의 국지풍을 가리켰으나 현재는 이런 종류의 바람을 널리 가리킨다.

6) 하르툼 : 수단의 수도.

7) 고든 장군 : 1833~1854, 영국의 찰스 조지 고든 장군. 크리미아 전쟁, 중국 태평의 난에서 활약했으며 수단의 반란군을 진압하던 중 전사했다.

8) 타라 은화 : 15~19세기 유럽에서 통용된 은화.

　사랑하지 않는 사람에게서 사랑받는 것은 대단히 행복한 것이라고 예전에 나는 생각했었다. 그러나 지금 나는 받기만 할 뿐 보답할 길 없는 사랑이 얼마나 쓰라린 것인가를 뼈저리게 알았다. 하지만 이국 여성에게서 사랑을 받고 남편으로 기대되었을 때, 조금 자랑스러운 기분이 된 것은 사실이다.

　이런 사소한 허영심이 싹텄다는 것은 내가 회복으로 한 걸음 내디뎠음을 의미하는 일이다. …… 또 행복이란 외부의 힘으로 이루어지는 소망의 성취와는 전혀 관계가 없다는 것, 사랑하고 있는 젊은이들의 고뇌는 아무리 쓰라린 것이라 할지라도 어떠한 비극성도 없다는 것을 한층 깊이 이해하게 되었다.

—『페터 카멘친트』에서

나는 여인들을 사랑한다

나는 천년도 전에 시인들에게
사랑받고 노래로 찬미된 여인들을 사랑한다.

나는 그 폐허가 옛 시대의
왕족들을 애도하고 슬퍼하는 도시들을 사랑한다.

나는 지금 시대의 사람들이 지상에서 모두 사라졌을 때,
출현하게 될 도시들을 사랑한다.

나는 여인들을 사랑한다 — 가냘프고 멋진 여인들을,
아직 태어나지 않고 태내에서 쉬고 있는 여인들을.

별빛처럼 새파란 그녀들의 아름다움은
내 꿈속의 많은 여인의 아름다움과 언젠가는 같아질 것이다.

○ 『시집』에 수록된 「*Ich liebe Frauen*」(1901).

제2장

아름다우면 아름다울수록
내게는 멀게만 느껴졌다

그 여름의 저녁

나는 열려진 창문에 기대어 강물이 흐르는 것을 바라보았다. 강물은 멈추지 않고 언제나처럼 단조롭고 담담하게 밤의 어둠을 향해 먼 저편으로 흘러갔다. 그 모습은 따분하게 나날이 흘러가는 나의 모습과 아주 흡사했다. 그러한 날들 가운데 어느 날은 정말로 멋져서 잊을 수 없을 만큼 귀중한 날도 있고 또 그렇게 되어야 함에도, 대개는 기억 속에 흔적 하나 남기지 않은 채 밋밋하게 사라져 버리는 것과 마찬가지로.

그러한 생활이 벌써 여러 주일 계속되고 있었다. 그것이 어떻게 해야 변할지, 언제 변할지 알 수 없었다. 나는 스물세 살이었고, 어느 평범한 사무실에서 그다지 중요하지 않은 일을 하며 자그마한 다락방을 얻어 필요 최소한의 음식물과 의복을 살 수 있는 정도의 수입을 얻고 있었다. 그러나 저녁이든 밤이든 이른 아침이든 그리고 일요일이든, 나는 그 작은 방 안에 앉아 이 생각 저 생각으로 고민하면서 아무것도 하지 않거나 가지고 있는 몇 권의 책을 읽거나 도면을 그리거나 어떤 발명품에 대해 생각하며 지냈다. 발명품은 내가 이미 완성했다고 생각했지만 막상 실제로 움직여 보니 실패한 작품이었는데, 시도 횟수가 벌써 5회에서 10회, 20회에 이르고 있었다.

그 멋진 여름의 저녁, 나는 겔브케 사장이 집안 친지끼리 갖는 가든 파티에 초대한 것에 응해야 할지 말지 결심이 서지 않았다. 사람들이 많은 곳에 가서 이야기를 하거나 들으며 대답을 꼭 해야 하는 상황은 내가 좋아하는 일이 아니었다. 그런 일을 하기에 나는 너무 지쳐 있고 관심이 없었다. 또 열심히 하고 있다든가 일이 잘 되어 간다는 등의 거짓말을 하거나 그런 척을 하는 것도 싫었다.

그런 반면에 맛있는 음식과 시원한 정원, 꽃과 관목에서 나는 좋은 향기, 관상용 관목과 노목 사이에 있는 조용한 길을 생각하면 상상만으로도 위안이 되었다.

회사의 가난한 동료 몇 명을 제외하고 겔브케 사장은 이 도시에서 내가 아는 유일한 사람이었다. 우리 아버지가 옛날에 그나 그의 아버지에게 무엇인가 도움을 준 일이 있었던 모양이다. 그래서 나는 어머니의 권유로 이 년 전에 그를 한 번 방문한 적이 있었다. 그런 까닭에 이 친절한 신사는 때때로 나를 자기 집에 초대해 주지만, 나의 교양과 복장이 어울릴 것 같지 않은 사람들의 모임에 초대하는 일은 없었다.

사장 집 정원의 바람이 잘 통하는 시원한 곳에 앉을 수 있다고 생각하니, 좁고 답답한 내 방이 갑자기 견딜 수 없게 느껴져 나는 초대에 응하기로 결심했다. 나는 그나마 좀 나은 양복 상의를 입고, 셔츠 칼라의 때를 지우개로 지우고, 바지와 구두에 솔질을 하고, 습관적으로 문에 자물쇠를 잠갔다. 내가 살고 있는 곳에는 눈을 씻고 보아도 도둑맞을 만한 물건은 전혀 없는데 말이다. 그 무렵에는 늘 그랬듯이 나는 조금 지친 걸음걸이로 이미 어둠이 깃들기 시작한 좁은 골목길을 내려가, 사람의 왕래가 잦은 다리를 건너 고급 주택가의 조용한 도로를 지나 변두리에 있는 사장의 집으로 갔다. 그의 집은 반쯤은 시골풍인 검소한 취향의 저택으로, 옆에는 돌담으로 둘러싸인 정원이 있었다.

벌써 몇 번 그랬지만 나는 넓고 낮게 지어진 집과 덩굴장미가 휘감긴 문, 넓은 장식들이 있는 묵직한 창을 가슴이 죄어드는 것 같은 동경의 눈으로 쳐다본 다음, 살짝 초인종의 끈을 잡아당겼다. 그리고 문을 열어 준 하녀의 옆을 지나 처음 보는 사람과 만나기 전에는 언제나 덮쳐 오는 흥분과 주눅을 느끼면서 어둠침침한 복도로 들어갔다.

최후의 순간까지 나는 부인이나 아이들과 함께 겔브케 씨가 마중 나와 줄 것이라는 기대를 얼마간 가지고 있었다. 그러나 정원 쪽에서 낯선 사람들의 소리가 나를 향해 밀려왔다. 나는 망설이면서 작은 홀을 거쳐 몇 개의 램프로 어슴푸레 비쳐지고 있는 정원으로 갔다.

부인은 나를 맞으며 악수를 하고 나서 키 큰 관목들 옆을 지나 둥근 화단이 있는 곳으로 안내해 주었다. 램프 아래 두 개의 테이블 앞에 손님들이 나란히 앉아 있었다. 사장이 언제나 처럼 부드럽고 쾌활하게 나에게 인사했다. 이 가족과 친한, 내가 아는 몇 사람은 나를 향해 알은 체를 하고, 손님 가운데 몇 사람은 자리에서 일어나 인사를 했다. 나는 내 이름이 소개되는 소리를 듣고 우물우물 인사말을 건넸으며, 한순간 나를 관찰한 두세 명의 숙녀들에게 가볍게 인사했다. 그녀들은 램프의 불빛을 받아 아련하게 빛나는 하얀 옷을 입고 있었다.

그러는 동안 내가 앉을 의자가 나왔고, 제법 나이 든 여성과 호리호리한 젊은 아가씨 사이인 테이블의 아랫자리에 앉게 되었다. 그녀들은 오렌지 껍질을 벗기고 있는 중이었고, 내 앞에는 버터를 바른 빵과 햄, 포도주 잔이 놓여 있었다. 나이 든 여성이 나를 잠시 바라보더니 혹시 문헌학자가 아니냐며 어디선가 만난 적이 있지 않은지 물었다. 나는 그녀의 말을 부정하고 상인, 아니 원래는 기술자라고 대답한 다음 내가 어떤 종류의 인간인가에 대해 설명하기 시작했다.

그러나 그녀는 이내 딴 곳을 보고 내 말 같은 건 듣고 있지 않았기 때문에 나는 입을 다물었다. 그리고 맛있는 음식을 먹기 시작했다. 누구에게도 방해를 받지 않았으므로 나는 십오 분 동안 즐겁게 식사했다. 이처럼 훌륭한 저녁 식사를 마음껏 먹는다는 것은 좀처럼 없는 사치였다. 그런 다음 잔에 가득 찬 고급 백포도주를 느긋하게 마시며 어떤 일이 일어날지 기대하면서 가만히 앉아 있었다.

그러자 그때까지 이야기를 나눈 적이 없었던 오른쪽 옆의 젊은 숙녀가 뜻밖에 내 쪽을 바라보며 연약하고 부드러운 손으로 껍질을 벗긴 오렌지 반쪽을 내밀었다. 나는 고맙다는 인사를 하고 오렌지를 받으면서 평소와는 다른 기쁘고 즐거운 기분이 되었다. 한 사람의 미지의 인간이 타인과 가까워지는 데 이처럼 간단하고 세련된 방법은 없을 거라는 생각이 들었다.

그리고 비로소 젊은 숙녀를 주의 깊게 관찰하게 되었다. 그녀는 나와 비슷하거나 조금 큰 키에 매우 날씬한 몸매, 아름답고 갸름한 얼굴의 품위 있고 섬세한 아가씨였다. 적어도 그 순간 그녀는 그렇게 보였다. 왜냐하면 나중에 나는 그녀의 몸매가 우아하고 매우 호리호리하기는 해도, 힘차고 민첩하며 건강하다는 것을 분명히 확인할 수 있었기 때문이다. 그녀가 일어나 걸어가기 시작한 순간 보호해야 할 만큼 나약해 보이던 인상은 사라져 버렸다. 걸음걸이와 몸의 움직임은 안정되어 있고 당당하며 자신에 차 있었던 것이다.

나는 오렌지 반쪽을 천천히 먹으며, 이 여성과 예의 바르게 이야기함으로써 자신이 예의 바른 사람이라는 것을 보여 주려고 노력했다. 그녀는 묵묵히 식사하는 나의 모습을 관찰하고, 나를 먹는 것을 앞에 두면 옆사람을 잊어버릴 정도로 예의가 없거나 굶주린 가난뱅이라고 여기면 어쩌나 하는 염려가 갑자기 내 마음속에 생겼던 것이다. 내가 굶주린 인간으로 여겨졌다면, 나로서는 예의 없는 사람으로 보인 것보다 훨씬 가슴 아픈 일이었다. 그것은 절망적으로 진실에 가까운 사실이었기 때문이다. 그렇게 생각되었다면, 그녀의 멋진 선물은 그 간단한 뜻을 잃고 단순한 장난이나 조소가 될지도 몰랐다.

하지만 그것은 공연한 걱정 같았다. 최소한 이 아가씨는 침착하게 말을 하고 내 말에 관심을 갖고 예의 바르게 응답하여, 나를 교양 없는 대식가라고 여기는 기색은 결코 보이지 않았다.

그런데도 그녀와 이야기하는 것이 나에게는 쉬운 일이 아니었다. 나는 당시 인생의 어떤 영역에서는 동년배 청년들보다 많은 경험을 쌓았지만, 사교상의 매너나 경험 면에서는 많이 뒤떨어져 있었다. 고상한 예의범절을 갖춘 젊은 숙녀와의 정중한 대화는 나에게는 일종의 모험이었다. 게다가 잠시 후 이 아름다운 숙녀가 내 약점을 알아차리고 나를 보살펴 주고 있다는 사실을 깨달았다. 그것은 무척 화나는 일이었으나, 기가 죽는 것을 극복하기에는 도움이 되지 않았다. 오히려 나를 혼란스럽게 만들 뿐이어서 나는 처음의 즐거운 기분과는 달리 불쾌하고 의기소침하여 반항적인 기분이 되고 말았다.

이 숙녀가 얼마 후에 다른 테이블의 대화에 참여했을 때, 그녀가 다른 사람들과 쾌활하고 즐겁게 이야기하는 동안 나는 그녀와 대화를 계속하려는 시도를 하지 않은 채 어두운 표정으로 고집스럽게 앉아 있었다.

나에게 여송연이 들어 있는 상자가 내밀어졌다. 나는 한 대를 집어 울적한 마음으로 푸른 기운이 감도는 저녁 공기 속에 말없이 연기를 뿜었다. 손님 몇 사람이 자리에서 일어나 이야기를 하며 정원을 산책하기 시작했을 때, 나 역시 여송연을 쥐고 가만히 일어나 옆쪽으로 가서 누구의 방해도 받지 않고 이 즐거운 모임을 멀리서 바라볼 수 있을 만한 한 그루의 나무 뒤에 섰다.

유감스럽게도 도무지 바꾸어지지 않는 매우 꼼꼼한 내 성격에 스스로 화를 내며 반항적인 나의 태도가 얼마나 어리석은 것인가를 깨닫고 스스로를 질책했지만, 자제할 수는 없었다. 누구 한 사람 나를 걱정하지 않았고 아무 일 없었던 것처럼 자리에 돌아갈 결심이 서지 않았으므로, 숨을 필요가 없는데도 반시간 정도 나무 뒤에 숨어 있다가 집주인이 내 이름을 부르는 것을 듣고서야 주저하면서 나갔다.

사장의 테이블에 불려 간 나는 내 생활과 건강 상태에 관한 그의 호의적인 질문에 되는 대로 엉터리로 대답했다. 그리고 정답게 어울리고 있는 사람들 틈에 끼었다. 경솔하게 도망한 내 자신에 대한 작은 벌을 피할 수가 없었다. 그 날씬한 여자는 이번에는 내 맞은편에 앉아 있었다. 오랫동안 그녀를 보고 있노라니 나는 점점 그녀가 마음에 들어, 도망간 자신의 행동을 더욱 후회하고 다시 한 번 그녀와 이야기하려고 했다. 그러나 이제 그녀는 가까이하기가 어려워 머뭇거리며 말을 걸어도 들리지 않는 척했다. 한번 그녀가 나를 쳐다보았는데, 경멸이 담기거나 불쾌한 눈빛이라는 생각이 들었으나 사실은 그저 냉담하고 무관심한 것일 뿐이었다.

평소에 지녀 온 열등감, 자기 회의, 공허감 등 암울하고 꺼림칙한 기분이 새삼스럽게 나를 덮쳐 왔다. 희미하게 빛나는 길과 아름다운 나무 그늘이 있는 정원, 램프, 과일 접시, 꽃, 배, 오렌지가 얹힌 하얀 천이 깔린 테이블, 고급 옷을 입은 신사들과 밝은 색의 예쁜 블라우스를 입은 부인들과 아가씨들, 숙녀들의 하얀 손이 꽃과 희롱하는 것이 눈에 들어왔다.

그리고 과일 향기와 고급 여송연이 풍기는 푸른 연기의 냄새를 맡으며, 예의를 아는 품위 있는 사람들이 즐거운 듯 쾌활하게 대화하고 있는 것을 들었다. 이 모든 것이 나와는 아득히 먼 것이어서 내 것이 될 수 없고 내 손에 닿지도 않으며, 손에 넣는 것이 허용되지 않는 것처럼 여겨졌다.

나는 침입자였다. 어느 천하고 초라한 세계에서 이곳으로 와 정중하게 그리고 어쩌면 가련하다는 생각으로 일행 대접을 받고 있는 손님에 지나지 않았다. 나는 언젠가 출세하여 고상하고 자유로운 사람이 되고 싶다는 꿈을 꾼 적이 있었지만, 지금은 변할 가망이 없어 타고난 대로 융통성 없는 둔한 사람으로 되돌아와 버렸다. 그저 가난하고 평범한 이름 없는 노동자에 불과했다.

이 아름다운 여름 저녁과 명랑하고 단란함 사이에서 나는 줄곧 언

짧은 기분이었다. 유쾌한 분위기를 겸허하게 즐기는 대신 어리석은 자학 속에서 불쾌한 기분을 한층 심각하게 만들어 극단으로까지 악화시키고 말았다. 그리고 몇몇 손님들이 돌아가기 시작하는 열한 시에 간단히 작별 인사를 하고 가장 가까운 길로 돌아와 방 침대에 누웠다. 얼마 전부터 일종의 만성적인 나른함과 심한 졸음이 엄습해 왔기 때문이다. 나는 근무 시간 내내 이 나른함과 졸음과 싸워야 했는데, 짬만 생기면 늘 무기력해지곤 했다.

여느 때처럼 일하는 가운데 지루하게 며칠이 지났다. 어떤 슬픈 예외적인 상태 속에서 살아 있다는 의식은 이제 내 마음에서 사라지고 없었다. 나는 아무 생각 없이 그날그날을 무관심과 무감동으로 단조롭고 평온하게 보냈다. 모든 순간이 돌이킬 수 없는 청춘과 인생의 일부임에도 불구하고, 나날이 시간이 헛되이 지나가 버리는 것을 바라보아도 안타깝다는 생각이 들지 않았다.

나는 시계처럼 살고 있었다. 필요한 시간에 일어나고, 사무실로 가는 길을 걷고, 약간의 기계적인 일을 하고, 빵과 계란을 사 먹고, 다시 일을 하고, 저녁에는 다락방 창문에 기대고, 이따금 거기에서 잠들었다.

나는 사장 집에서 가든파티가 있었던 저녁 일을 더 이상 생각하지 않았다. 세월은 추억조차 남기지 않고 사라져 갔다. 가끔 꿈속에서 과거의 일을 떠올렸을 때는 이미 잊혀져서 믿을 수 없는 일이 되어 버린,

전생에서의 존재의 여운처럼 여겨지는 까마득하게 오래전인 어린 시절의 추억이었다.

그러던 어느 무더운 여름 낮, 운명이 또다시 내 생활을 바꿀 만한 사건이 일어났다. 날카롭게 울리는 방울을 손에 들고 하얀 옷을 입은 이탈리아 사람이 덜컹덜컹 소리를 내며 작은 수레를 끌고 골목길로 아이스크림을 팔러 왔다. 마침 사무실에서 나온 나는 별안간 몇 개월 만에 처음으로 억제할 수 없는 강한 식욕을 느꼈다. 나는 대단히 엄격하게 지켜 오던 알뜰한 생활 방침을 잊고 지갑에서 지폐 하나를 꺼내, 이탈리아 사람에게 작은 종이 접시에 불그레한 푸르츠아이스를 가득 담아 달라고 해서는 집으로 들어가는 입구의 홀에서 먹었다.

심신을 상쾌하게 만드는 차가운 음식은 무척 맛있었다. 탐욕스럽게 접시를 마구 핥았던 일은 여태껏 기억난다. 그리고 나서 늘 먹는 빵을 방에서 먹고 잠깐 졸다가 사무실로 돌아갔다. 사무실에 도착하자마자 몸이 좋지 않은 것 같더니 심한 복통이 찾아왔다. 나는 책상 가장자리에 매달려 두세 시간 이 고통을 견뎠다.

근무 시간이 끝난 뒤 나는 급히 의사에게 갔다. 보험 조합에 가입했기 때문에 다른 의사에게 보내졌다. 그런데 그 의사가 여름 휴가로 부재중이어서 다시 대리 의사에게 걸어가야 했다. 대리 의사를 그의 집에서 만났다. 그는 젊은 신사로서, 나를 자기와 대등한 인간으로 대해 주었다. 그의 구체적인 질문에 병의 상태나 일상적인 생활 상태를 제법 상세하게 설명하고 나니, 그는 입원할 것을 권했다. 형편없는 우리 집에 있는 것보다 훨씬 더 잘 보살펴 줄 수 있다는 것이었다. 내가 이를 악물어도 아픔을 억제하지 못하자, 그는 미소를 지으면서 말했다.

"지금까지 병에 걸린 적이 거의 없는 모양이군요."

그의 말대로 열 살인가 열한 살 이후 나는 전혀 병에 걸린 적이 없었다. 의사는 퉁명스럽게 말했다.

"그런 생활을 계속하면 죽어요. 당신이 강인하지 않았다면, 그런 영양 상태로는 진작에 병이 들었을 겁니다. 지금 당신은 그 벌을 받고 있는 거죠."

금시계와 금테 안경을 가지고 있는 그가 참 쉽게 그런 말을 하는구나 싶었지만, 최근의 비인간적인 생활 상태가 병의 실제 원인임을 알 수 있었다. 그리고 어떤 도덕적인 마음의 짐이 가벼워지는 것을 느꼈다. 그러나 격렬한 고통 때문에 깊이 생각하거나 안심할 여유가 없었다. 의사가 써준 종이를 받아 들며 고맙다는 인사를 하고 나와 꼭 알리지 않으면 안 될 곳에만 알린 다음, 입원하기 위해 병원으로 갔다. 그 병원에서 나는 최후의 힘을 짜내어 초인종의 끈을 잡아당기고 쓰러지지 않기 위해 계단에 주저앉아야 했다.

나는 매우 거칠게 맞아들여졌으나, 나의 처참한 상황을 고려하여 먼저 미지근한 목욕탕에 넣었다가 침대로 옮겨 주었다. 거기에서 비몽사몽간에도 너무 아픈 나머지 낮은 신음 소리를 내며 완전히 의식을 잃고 말았다.

사흘 동안 나는 이렇게 죽을 게 확실하다고 생각했다. 그리고 죽어가는 것이 이렇게 귀찮고, 이렇게 천천히 일어나고, 이렇게 괴로운 일이라는 데에 슬퍼하고 놀랐다. 한 시간 한 시간이 나에게는 무한히 길게 느껴져 사흘이 지나자 마치 몇 주일이나 그곳에 누워 있었던 것처럼 여겨졌기 때문이다. 나는 간신히 몇 시간 잘 수가 있었다.

깨어났을 때 나는 시간 감각과 내 상태에 대한 의식을 회복했다. 동시에 내 몸이 얼마나 약해져 있는가를 알아챘다. 조금만 움직이려고 해도 엄청난 수고가 들었던 것이다. 눈을 뜨고 감는 일마저 매우 힘들었다. 간호사가 나를 살피러 왔을 때 나는 그녀에게 말을 걸었다. 나는 예전과 똑같은 목소리로 말을 하고 있다고 생각했지만, 그녀는 몸을 구부려 얼굴을 가까이 했음에도 내 말소리를 거의 알아듣지 못했다.

나는 재기를 서두를 필요가 없다는 사실을 깨닫고는 그다지 억울할 것이 없으며, 언제까지 계속될지 알 수 없지만 다른 사람의 신세를 져야 하는 어린아이와 같은 상태에 따르기로 했다. 아주 적은 양의 음식과 겨우 한 스푼의 수프에도 위통과 괴로움에 시달리는 바람에 실제로 내 체력이 다시 눈뜨기까지는 상당히 오랜 시간이 걸렸다.

나 스스로 놀라기는 했지만 이상하게 슬프거나 화가 나지는 않았다. 내가 그때까지 여러 달을 어리석게도 무의미하고 무기력하게 보내 온 것이 한층 확실해졌다. 내가 어떻게 될 뻔했었는지를 알고는 아연실색했다. 그리고 사고력을 되찾은 것을 마음으로부터 기뻐했다. 그것은 마치 오랫동안 잠들어 있던 것과 같았다. 이제 나는 마침내 눈을 뜨고 다시금 새로운 기쁨으로 눈과 마음을 밖으로 돌렸다.

의식이 혼미하고 비몽사몽했던 이때의 모든 희미한 인상과 경험 가운데, 내가 잊었다고 생각했던 몇몇 인상과 경험이 놀라우리만큼 구체적이고 강렬한 색채를 띠며 내 마음속에 나타난 것이다. 낯선 병원의 큰 방에서 혼자 즐기며 바라보는 형상들 맨 위에는 겔브케 사장 집 정원에서 내 옆에 앉아 오렌지를 내민 호리호리한 여자의 모습이 있었다.

나는 그녀의 이름조차 모르지만, 그녀의 몸과 우아한 얼굴을 비롯한 전체 모습을 아주 가까운 사람을 떠올릴 때처럼 친근하고 명료하게 떠올릴 수 있었다. 심지어 사소한 몸짓과 말과 목소리까지 생생했다. 이 모든 것이 한 덩어리가 되어 만들어 낸 다정한 아름다움을 보자, 나는 아이가 엄마 곁에서 느끼는 기분 좋고 유쾌하고 따스한 마음이 되었다.

나는 이제 그녀에 대해 현세의 과거만이 아니라 전생에서도 만난 적이 있고, 그래서 그녀를 잘 알고 있는 거라는 느낌이 들었다. 무척 우아한 그녀의 환영은 시간적인 모순 따위는 전혀 아랑곳없이 시간의 여러 법칙을 무시하고, 곧 나의 모든 추억 속에 그리고 어린 시절의 추억 속에까지 출현했다. 이처럼 생각지 못하게 가깝고 소중한 존재가 된 사랑스러운 모습을 나는 새로운 즐거움을 가지고 바라보았다. 그리고 봄이면 벚꽃을 여름이면 마른 풀 냄새를 놀라거나 흥분하지 않고 흡족하게 받아들이는 것처럼, 내 상상의 세계에 그녀가 고요하게 존재하고 있음을 특별한 것으로 생각하지는 않지만 감사하는 마음으로 당연하게 받아들였다.

하지만 나의 아름다운 이상상(理想像)과 이 순진하고 조심스러운 관계는, 내가 완전히 쇠약해진 몸으로 현실 생활과 격리되어 병으로 누워 있던 동안에만 지속되었다. 체력을 회복하여 조금씩 음식을 먹게 되고 그다지 피로감을 느끼지 않은 채 침대에서 또다시 몸을 뒤치락거릴 수 있게 되자마자, 여자의 모습은 마치 수줍은 듯 멀리 물러나 버리고 순수하고 냉정한 호감 대신 동경으로 가득 찬 욕망이 일었다.

나는 뜻밖에도 이 호리호리한 여인의 이름을 부르고 싶고, 그 이름을 부드럽게 속삭이고 싶고, 그 이름을 읊조리고 싶다는 강한 욕구를 더욱 자주 느끼게 되었고 이름조차 모르는 것이 괴로움이 되었던 것이다.

○『단편 전집』에 수록된 「청춘 시절로부터의 단편(*Fragment aus der Jungendzeit*)」(1907)의 일부로서 '*An jenem Sommerabend*'.

엘리자베트

그대의 이마와 입, 손에는
마음에 드는 부드럽고 밝은 봄이 있다.
내가 플로렌츠의 낡은 그림에서
발견한 사랑스러운 매력이 있다.

그대는 아주 먼 옛날에 한 번 살았다.
그대, 멋지고 날씬한 오월의 정령이여,
꽃의 의상을 걸친 플로라로서
보티첼리가 그대를 그렸다.

그대는 또 인사하고
젊은 단테를 사로잡은 사람.
그대의 발은 무의식 중에 알고 있다,
낙원을 지나가는 길을.

높은 하늘에 뜨는
한 조각 하얀 구름과 같이

희고 아름답고 먼
그대 엘리자베트.

구름은 흘러 유랑한다,
그대는 구름에 마음을 기울이지 않는다,
그런데도 그대의 꿈속을 구름은 흐른다,
어두운 밤에.

구름은 흘러 은색으로 빛나니
이제부터 끊임없이
나는 하얀 구름을 동경하고
달콤한 향수를 품는다.

○『시집』에 수록된「*Elisabeth*」(1900).

아름다우면 아름다울수록
내게는 멀게만 느껴졌다

사랑에 대해 이야기한다면, 나는 여전히 소년의 영역에서 벗어나지 못했다고 할 수 있다. 나에게 여성에 대한 사랑은, 언제나 마음을 정화시키는 숭배이자 암울한 마음으로부터 드높이 타오르는 불꽃이며 푸른 하늘을 향해 높이 내밀어진 기도의 손이었다.

어머니의 영향 때문에, 나 자신의 막연한 감상 때문에 여성 전부를 아름다운 수수께끼에 가득 찬 미지의 족속이라고 생각하며 숭배했다. 타고난 아름다움과 조화를 이룬 본성을 가진 여성이라는 족속은 우리 남성보다 뛰어난 존재이므로, 신성한 존재로서 숭배하지 않으면 안된다고 생각했던 것이다. 여성은 별이나 푸른 산정처럼 먼 존재이며, 우리보다 신에 더 가까운 존재인 것처럼 보였다.

이 혹독한 인생에 몹시 간섭받았기 때문에, 나는 여성에 대한 사랑에서는 감미로움보다는 쓴맛을 훨씬 많이 보았다. 여성들의 상(像)은 여전히 높은 대좌 위에 있었지만, 그것을 예배하는 사제로서의 엄숙한 나의 역할은 너무나 맥없이 비참하고 우스꽝스럽고 우롱당한 어릿광대의 역할로 바뀌고 말았다.

나는 거의 매일 식사하러 갈 때마다 뢰지 기르탄너를 만났다. 뢰지 기르탄너는 단단하지만 낭창낭창한 몸을 가진 열일곱 살 난 소녀였다. 건강해 보이는 다갈색에 갸름하고 발랄한 얼굴은 조용하고 애정 어린 아름다움으로 넘쳤다. 그것은 그녀의 어머니가 그 무렵에도 여전히 지니고 있고, 할머니와 증조모도 지녔던 아름다움이었다.

기품 있고 축복받은 이 집안에서는 몇 세대에 걸쳐 멋진 미녀들이 태어났다. 모두 정숙하고 고상하며 청순하고 품격이 높아 흠잡을 데 없는 미인들이었다. 16세기에 그려진 이름 모를 대가의 그림에 「푸거 집안의 소녀상」이라는 것이 있다. 일찍이 내 눈으로 본 것 중에서 가장 멋진 초상화다. 기르탄너 집안의 여인들은 이 초상화와 매우 닮았고 뢰지 역시 그랬다.

그러나 이런 모든 것을 당시에는 잘 몰랐었다. 단지 정숙하고 쾌활하며 품위 있게 걷는 그녀의 모습을 통해 꾸밈없는 높은 인격을 느꼈을 뿐이다. 어둠이 내린 저녁 골똘히 생각에 잠겨 앉아 있으면, 그녀의 모습이 눈앞에 또렷하게 그려지면서 달콤하고 은근한 전율이 나의 소년다운 마음속을 달렸다. 그러나 이윽고 이 쾌락의 순간이 다하고 쓰라린 고통이 밀려왔다.

그녀는 나와 얼마나 인연이 없는 존재인가. 그녀는 나에게 전혀 관심이 없을 뿐만 아니라 나를 알지도 못한다. 내가 상상 속에서 아름답게 그리고 있는 모습은 그녀의 실제 모습에서 훔쳐 온 것에 불과하다는 사실을 불현듯 느끼곤 했다. 순간적이기는 하지만 그것을 마음이 아파질 만큼 깨달을 때면 늘 그녀가 실제로 내 앞에서 호흡하고 있는 것처럼 선명하게 눈앞에 떠올랐고, 어둡고 따뜻한 큰 파도가 내 마음속에 넘쳐흘러 온몸의 혈관 구석구석까지 기묘한 아픔을 느꼈다.

낮 동안에 수업 시간은 물론 친구와 심하게 다투고 있을 때조차 느닷없이 큰 파도가 덮쳐 오는 경우가 있었다. 그럴 때 나는 눈을 감고 두 손을 축 늘어뜨린 채 자신이 따스한 심연 속으로 가라앉는 것을 느꼈다. 마침내 선생님이 내 이름을 부르거나 친구에게 얻어맞아야 정신이 돌아왔다. 나는 밖으로 뛰쳐나가 이상한 백일몽을 꾸고 있는 기분으로 경탄을 하며 주위를 바라보았다. 그때 나는 모든 사물의 색채가 얼마나 아름답고 풍부한가, 빛과 숨결이 얼마나 만물 속에 넘쳐 나고 있는가, 강의 색깔이 얼마나 맑은 초록인가, 지붕이 얼마나 붉고 산들이 얼마나 푸른가를 비로소 깨달았다.

하지만 나를 둘러싸고 있는 이 아름다움에 위로받기는커녕 그것을 슬픔으로 조용히 음미했다. 모든 것이 아름다울수록 그것에 아무런 관계가 없는 외톨이인 내게는 멀게만 생각되어 소외감이 엄습해 왔다. 결국 나의 답답한 생각은 뢰지에게로 돌아갔다. 내가 이 순간에 죽더라도 그녀는 알지 못하고 걱정하지 않으며 슬퍼하지 않을 것이다!

나는 그녀가 알아주기를 바라지는 않았다. 그녀를 위해 뭔가 깜짝 놀랄 만한 일을 하거나 선물을 하고 싶었지만, 누가 한 것인지 모르게 하고 싶었다.

실제로 나는 그녀를 위해 여러 가지 일을 했다. 마침 짧은 휴가 기간을 맞아 집으로 돌아온 나는 매일 온갖 험한 일을 했다. 뢰지에 대한 경의의 표시라고 생각했기 때문이다. 등반이 어렵다고들 하는 산정에 나는 가장 험한 길로 올라갔다. 호수에서 작은 배를 타고 아주 먼 거리를 짧은 시간에 항해하는 무모한 짓도 했다. 항해 뒤에 공복과 갈증이 심한 나머지 죽을 것같이 되어 집에 돌아와서는 밤까지 먹지도 마시지도 않고 지낼 것을 생각해 내기도 했다. 모든 것이 뢰지 기르탄너를 위해서였다.

나는 그녀의 이름과 그녀를 찬양하는 말을 외진 곳에 있는 지붕이나 아무도 가본 적이 없는 크레바스의 갈라진 틈에 써두었다. …… 내 어깨는 탄탄하게 넓어졌고 얼굴과 목덜미는 갈색으로 탔으며 몸 안의 근육은 솟아올랐다.

휴가가 끝나기 전날, 나는 내 연인을 위해 고생 끝에 손에 넣은 꽃을 선물로 바쳤다. 나는 띠 모양의 평편한 곳을 가진 몇몇 매력적인 산허리에 에델바이스가 피어 있는 것을 알고 있었는데, 향기와 색깔이 없는 이 병적인 은색 꽃은 영혼이 없는 것 같아 전혀 아름다워 보이지 않았다. 그 대신 석남화가 두세 포기 쓸쓸하게 피어 있는 곳을 알고 있었다. 그곳의 늦게 핀 석남화는 씨가 바람에 실려 와 험한 암벽 틈에서 자란 것으로, 접근하기 어려울수록 더욱 매혹적이었다. 하지만 어떻게든 거기로 가야 했다. 청춘과 사랑에는 불가능이 없다고 생각하는 동안 내 손은 상처투성이가 되었고 넓적다리가 옥죄어졌으나, 드디어 목표에 도달했다.

강인한 가지를 조심스럽게 꺾어 노획물을 손에 넣었을 때, 나는 너무나 기쁜 나머지 요들송을 부르고 환성을 질렀다. 그 다음에는 꽃을 입에 물고 암벽을 기어 내려와야 했다. 어떻게 무사히 암벽 아래까지 내려왔는가는 신만이 알고 있다. 산 전체의 석남화는 이미 한창때가 지났다. 나는 아직 봉오리진 채 우아하게 피기 시작한 올해의 마지막 석남화 가지를 손에 넣은 것이다.

다음날 다섯 시간의 여행 내내 나는 그 꽃을 손에 쥐고 있었다. 처음에 나의 심장은 아름다운 뢰지가 살고 있는 도시를 향해 고동쳤지만, 고산 지대에서 멀어짐에 따라 태어난 고향에 대한 사랑이 강하게 나를 끌어당겼다. 그때의 기차 여행을 매우 자세하게 떠올릴 수가 있다! 알프스 산맥은 벌써 보이지 않게 되고 앞산의 능선이 하나둘 멀어져 가며, 고향의 산은 희미한 비애와 함께 내 마음에서 떠나갔다. 그리고 옅은 초록빛을 띤 드넓고 평탄한 지대가 다가왔다.

맨 처음 여행에서는 이러한 것에 감동하지 않았었다. 그러나 이번에는 마치 나 자신이 평탄한 대지 속으로 깊숙이 들어가, 고향의 산들과 시민권을 잃어버려 다시는 되돌릴 수 없다고 선고받은 것처럼 불안과 공포, 슬픔이 내 마음을 덮쳤다. 그와 동시에 뢰지의 얼굴이 눈앞에 떠올랐다. 그런데 뢰지의 얼굴은 무척 고상하고 쌀쌀맞고 차가워 나 같은 것은 신경 쓰지 않는다는 표정이어서, 나는 화가 나는 한편 고통으로 숨이 막힐 지경이었다.

창밖으로 뾰족한 탑과 하얀 합각(合閣)이 조화를 이룬 즐거운 듯하고 청결한 마을이 잇따라 지나갔다. 사람들이 타거나 내리고, 이야기를 하거나 인사를 하고, 웃거나 담배를 피우거나 농담을 했다. 유쾌한 저지대 지방의 사람들, 세상 물정에 밝고 솔직하며 세련된 사람들뿐이다. 고지대 지방의 둔중한 젊은이인 나는 말없이 슬픔과 이유를 알 수 없는 화를 참으면서 그들 속에 앉아 있었다. 이제 고향을 떠났다는 생각이 들었다.

산들을 영원히 떠났지만 나는 저지대 지방의 사람들처럼 즐겁고, 세상 물정에 밝고, 빈틈없고, 자신감에 찬 사람은 결코 되지 못할 것이다. 그들이 나를 웃음거리로 만들 것이고, 그들 가운데 한 사람이 언젠가 기르탄너 집안의 여성과 결혼하고, 그들이 언제나 나의 길을 막고 나보다 한 발 앞에 있게 될 거라는 느낌이 들었다.

이러한 생각을 안고 나는 도시로 돌아왔다. 하숙집에 도착해 대충 인사하고 다락방에 올라가 상자를 열고 큰 종이를 한 장 꺼냈다. 대단한 고급 종이는 아니었다. 그 종이로 석남화를 싸고 집에서 특별히 가져온 끈으로 묶으니, 전혀 사랑의 선물로 보이지 않았다. 하지만 경건한 태도로 변호사 기르탄너가 살고 있는 거리로 가지고 가서 가장 적당한 순간을 포착하여 열려진 문을 지나 저녁의 희미한 빛 속에서 현관을 잠시 둘러본 다음, 볼품없는 나의 꾸러미를 폭 넓고 근사한 계단 위에 놓았다. 누구와도 만나지 않았다. 뢰지가 나의 이 인사를 보았는지, 못 보았는지는 끝끝내 알 수 없었다.

그러나 나는 그녀의 집 계단에 석남화 한 송이를 놓기 위해 생명의 위험을 무릅쓰고 암벽을 기어올랐다. 그 가운데에는 감미롭고 슬프지만 즐거우며 시적인 무언가 있어 유쾌했던 것을 나는 지금도 느낀다.

○ 『페터 카멘친트(*Peter Camenzind*)』(1904) 중 「*Je schöner es war, desto fremder schien es mir*」.

그처럼 별들은 운행한다

그처럼 별들은 궤도를 운행한다.
변함없이 이해됨 없이!
우리는 무수한 인연으로 묶여 있다.
그대는 빛에서 빛으로 올라간다.

그대의 생명은 빛 그 자체다!
나는 어둠 속에서 그대에게
동경의 팔을 뻗지 않을 수 없다.
그대는 미소 짓지만 나를 이해하지 못한다.

○『시집』에 수록된「*So ziehen Sterne*」(1898).

사랑을 이해할 수 있습니까?

당신은 이미 사랑을 해본 적이 있겠지요? 두세 번입니까, 아닙니까? 그러나 당신은 아직 사랑한다는 것이 무엇인지 알지 못합니다. 당신은 그것을 알지 못한다고 말하고 있는 것입니다.

당신은 눈물 속에 하룻밤을 지새운 적이 있습니까? 한 달 동안 잠을 제대로 자지 못했던 적이 있습니까? 시를 쓰거나 자살을 생각한 적이 있습니까? 그렇습니다. 나는 이제 그것을 알고 있습니다. 하지만 그것은 사랑이 아닙니다. 사랑이란 그런 것이 아닙니다.

십 년 전 나는 사람들에게 존경받는 상류층의 한 사람이었습니다. 나는 예비역 장교이자 행정관이었으며, 부족함 없는 생활을 하며 독립해서 살고 있었습니다. 승마용 말 한 마리와 하인 한 명과 함께 쾌적한 주택에 살며 풍요로운 생활을 누렸습니다. 극장에서는 높은 관람

석을 차지하고, 여름 여행을 즐기고, 자그마한 미술 작품을 소장하고, 승마와 요트를 하고, 붉은색과 흰색의 보르도와인을 즐기는 독신 남성의 저녁 모임에 참석하고 샴페인과 셰리를 곁들인 아침 식사를 하며 지냈습니다.

나는 몇 년 동안 이 모든 것에 익숙해 있었습니다. 더욱이 나는 그러한 것들이 없어도 꽤 편하게 살아갈 수 있습니다. 먹는 것이나 마시는 것, 승마나 요트가 중요하다고 말하는 걸까요, 그렇지 않습니까? 약간의 철학이 있으면 됩니다. 그러면 모든 것은 없어도 괜찮은, 하잘것없는 것입니다. 사교계도 명성도 사람들로부터 모자를 벗고 인사를 받는 것도 분명히 유쾌한 일이기는 하지만, 결국은 중요한 것이 아닙니다 ⋯⋯.

사랑하는 여인을 위해 죽는 것, 요즘 사람들은 절대로 하지 않지만 더없이 멋진 일입니다. 이야기를 계속하게 해주세요. 나는 남녀간의 사랑이나 키스, 잠자리, 결혼에 대한 이야기를 하고 있는 게 아닙니다. 생활을 지배하는 유일한 감정이 된 사랑에 대해 이야기하는 것입니다. 그 사랑은 흔히 말하는 '보답받는' 경우일지라도 철저하게 고독합니다. 그 사랑은 한 인간의 모든 의지와 능력, 정열로써 오직 하나의 목표를 향해 노력하며, 모든 희생이 환희가 되는 성질의 것입니다. 이러한 사랑은 행복을 원하지 않습니다. 불타고 괴로워하고 파멸하기를 원합니다. 그것은 불꽃으로, 손에 넣을 수 있는 최후의 것까지 다

먹어 치우기 전에는 죽을 수 없습니다.

내가 사랑한 여인에 관해 당신은 아무것도 알 필요가 없습니다. 어쩌면 그녀는 굉장히 아름다웠는지도 모르고, 어쩌면 그저 사랑스러웠을 뿐인지도 모릅니다. 천재였는지도 모르고, 전혀 그렇지 않았는지도 모릅니다. 그것은 중요하지 않습니다. 그녀는 그저 내가 파멸하도록 정해진 심연이었습니다. 그녀는 나의 평범한 생활에 어느 날 끼어든 신의 손이었습니다. 그때부터 나의 평범한 생활은 위대하고 호화로운 것이 되었습니다.

이해할 수 있습니까? 사회적 지위가 있는 남자의 생활이 아니라 신의 그리고 한 어린아이의 열광적이고 분별 없는 생활이 되어 격렬하게 타올랐습니다.

그때까지 나에게 중요했던 모든 것은 초라하고 시시한 것이 되어 버렸습니다. 나는 여태껏 소홀히 한 적이 없던 것을 소홀히 하게 되었고, 온갖 술책을 써서 여행을 궁리했습니다. 오로지 그녀가 한순간 미소 짓는 것을 보고 싶어서였습니다.

그녀를 위해 나는 그녀를 기쁘게 할 수 있는 일이라면 무엇이든 했습니다. 그녀를 위해 나는 쾌활한 사람도 진지한 사람도 되었고 말재주가 뛰어난 사람도 침묵을 즐기는 사람도 되었으며, 착실한 사람도 비상식적인 사람도 되었고 부자도 가난뱅이도 되었습니다. 내가 어떤 지경에 빠졌는지를 깨달았을 때, 그녀는 나로 하여금 헤아릴 수 없을 정도의 시도를 하게 했습니다. 그녀에게 봉사하는 것은 나에겐 하나의 쾌락이었습니다. 그녀가 어떤 일을 생각해 내든 어떤 소망을 말하든 나는 그것을 대수롭잖다는 듯 들어주었습니다.

마침내 그녀는 내가 다른 어떤 남자보다 자기를 사랑하고 있다는 사실을 알았습니다. 그렇게 하여 그녀가 나를 이해하고 나의 사랑을 받아들인 평온한 시기가 찾아왔습니다. 우리는 천 번이나 만났습니다. 함께 여행을 했습니다. 함께 있기 위해, 그리고 세상을 속이기 위해 어처구니없는 짓을 했습니다.

그때 우리는 정말 행복했습니다. 그녀는 나를 사랑하고 있었습니다. 얼마 동안은 나 또한 행복했다고 생각합니다. 아마도.

그러나 나의 운명은 이 여인을 정복하는 것이 아니었습니다. 한동안 행복을 즐기고 맛보며 희생을 치를 필요가 없어졌을 때, 애쓰지 않고 그녀의 미소와 키스와 사랑의 밤을 얻게 되었을 때, 나는 점차 불안해지기 시작했습니다. 나는 불안을 떼칠 수 없었습니다.

이미 말했듯이 나의 운명은 이 여인을 정복하는 것이 아니었습니다. 그것이 이루어진 것은 그저 우연이었습니다. 나의 운명은 나의 사랑 때문에 괴로워하는 것이었습니다. 그래서 사랑의 성취가 이 괴로움을 치유했고, 사랑이 식기 시작하자 불안이 나를 덮친 것입니다. 꽤 오랫동안 이 생활을 계속했지만, 기묘한 감정이 나를 휘몰아쳤습니다. 나는 이 여인을 버렸던 것입니다.

나는 휴가를 얻어 긴 여행을 했습니다. 재산을 많이 써버린 후였지만 그것이 그렇게 중요할까요? 나는 여행을 하고 일 년 뒤에 돌아왔습니다. 기이한 여행이었습니다! 여행을 떠나자마자, 예전의 불꽃이 다시 타오르기 시작한 것입니다. 그녀로부터 멀어지면 멀어질수록, 떨어져 있는 시간이 길어지면 길어질수록, 나의 정열이 되돌아와 더욱더 괴롭혔습니다. 나는 그것을 방관했습니다. 기뻐했습니다. 그 정염을 더 이상 참을 수 없게 되고 애인에게 돌아가지 않으면 살아갈 수 없게 될 때까지 일 년 동안 여행을 계속했습니다.

일 년 뒤 고향으로 돌아가 그녀를 만났습니다. 그녀는 매우 화가 나고 지독한 상처를 받고 있었습니다. 당연하겠지요. 그녀는 나에게 몸과 마음을 바치고, 나를 더없이 행복하게 만들어 주었습니다. 그런데도 나는 그녀를 버렸던 것입니다. 그녀 옆에는 새 애인이 있었습니다. 그러나 그녀는 애인을 사랑하고 있지 않다는 것을 나는 알았습니다. 그녀는 나에게 앙갚음을 하기 위해 애인을 만든 것입니다.

나를 휩몰아쳐 그녀에게서 떠나게 하고 다시 그녀에게 돌아오게 한 것이 무엇이었는지 그녀에게 말하거나 쓸 수는 없었습니다. 나 자신은 그것을 알고 있었을까요? 어쨌든 나는 또다시 그녀에게 구애하고, 그녀의 사랑을 얻기 위해 싸우기 시작했습니다. 그녀의 한마디를 듣기 위해, 그녀가 미소 짓는 것을 보기 위해, 예전처럼 그녀를 좇아 여기저기 여행을 하고 소중한 것을 등한히 하며 많은 돈을 썼습니다.

그녀는 애인을 버렸으나 나를 믿는 것은 아니었으므로 곧 다른 애인을 만들었습니다. 그래도 여전히 그녀는 가끔 나를 만나는 것을 좋아했습니다. 더러 어느 회식 자리나 극장에서, 자신을 둘러싼 사람들의 무리 속에서, 그녀는 기묘하게 부드러운 표정으로 무엇인가 묻고 싶은 것이 있다는 듯이 바라보았습니다.

그녀는 늘 나를 대단한 부자라고 생각하고 있었는데, 나는 그렇게 믿도록 놔두었습니다. 오로지 여느 사람에게서는 받지 못할 값비싼 선물을 그녀에게 해주고 싶었기 때문입니다. 예전에도 나는 그녀에게 갖가지 선물을 했습니다. 하지만 선물로 기쁨을 주는 방법은 더 이상 통하지 않았습니다. 그래서 나는 그녀를 기쁘게 하고, 그녀를 위한 희생이 되는 새로운 방법을 찾아내야 했습니다. 나는 그녀가 높이 평가하는 음악가가 그녀가 좋아하는 곡을 연주하거나 노래하는 연주회를 여러 번 마련했습니다. 또 초연하는 음악회의 칸막이 좌석의 표를 몽땅 사서 그녀에게 선물했습니다. 그녀는 나로 하여금 갖가지 물건을 조달하게 하는 습관을 되찾았던 것입니다.

나는 그녀가 즐거워할 만한 일을 끊임없이 마련했습니다. 나의 재산은 깨끗이 없어져 버렸습니다. 돈 빌리기와 재정상의 변통이 시작되었습니다. 소장하고 있는 그림, 오래된 도자기, 승마용 말 따위를 팔았습니다. 그 돈으로 그녀가 마음대로 쓸 수 있는 자동차를 샀습니다.

나는 파국에 직면해야 하는 상황에까지 몰렸습니다. 그녀를 되찾을 희망을 발견함과 동시에, 최후의 자금원이 거덜나는 상태가 된 것입니다. 그러나 나는 그만둘 생각이 없었습니다. 아직 나에겐 관직이 있었고 훌륭한 지위와 영향력이 있었습니다. 그것들이 그녀를 위해 소용이 되지 않는다면 무엇을 위해 있는 것일까요? 나는 거짓말을 하고 공금을 착복했으며, 집달리를 겁내지 않게 되었습니다. 한층 나쁜 것을 무서워해야 했기 때문입니다.

그 일은 헛되지 않았습니다. 그녀가 두 번째 애인을 쫓아버린 것입니다. 나는 그녀가 더 이상 애인을 만들지 않고 나를 애인으로 삼으리라는 것을 알았습니다. 예상대로 그녀는 또다시 나를 택했습니다. 그렇습니다. 그녀는 스위스에 가면서 나에게 뒤따라 올 것을 허락한 것입니다. 다음날 아침 나는 휴가원을 제출했습니다. 그리고 답장 대신 공문서 위조·공금 횡령이라는 죄목으로 체포되었습니다.

아무 말 하지 마세요. 그럴 필요 없습니다. 나는 이미 알고 있습니다. 그러나 모욕을 당하는 것, 벌을 받는 것, 최후의 윗옷마저 벗겨지는 것조차 나에게는 사랑의 불꽃이고 정열이며 사랑의 보답을 의미한다는 것을 이해할 수 있을까요? 그것을 이해할 수 있습니까?

그대 사랑에 빠져있는 젊은이여!

○『단편 전집』에 수록된 「사랑의 희생(*Liebesopfer*)」(1907)의 일부로서 '*Verstehen Sie das?*'.

불꽃

당신이 눈부시게 차려입고 댄스 파티에 가든
당신의 마음이 상처투성이가 되어 괴로워하든
당신의 마음에 생명의 불꽃이 타고 있다는
멋진 사실을 당신은 매일 새롭게 경험한다.

많은 사람은 불꽃을 격렬하게 태워 완전히 타버리는
황홀한 순간에 도취하고
다른 사람들은 신중하고 냉정하게
자식과 손자에게 그들의 운명을 전한다.

그러나 사람의 길이 어스레한 속을 지나
그날의 노고에 만족하며 살아가고,
생명의 불꽃을 한 번도 느낀 적이 없는 사람

○『시집』에 수록된 「*Die Flamme*」(1910).

단상 11

한 사람이 사랑하는 상대를 얻지 못하고 독점하지 못하는 것은, 모든 사람의 운명 가운데 가장 흔하게 일어나는 일입니다. 이것을 극복하려면 사랑을 위해 갖고 있는 정열과 헌신의 여분을 사랑의 대상으로부터 떼어 내어 일이나 사회 활동, 예술 같은 다른 목표에 돌려야 합니다. 그것만이 당신의 사랑을 결실이 풍요롭고 의미 깊은 것으로 만들 수 있는 방법입니다. 지금 당신이 마음을 태우고 있는 그 불은 당신 혼자만의 소유물이 아닙니다. 그것은 세계의 것, 인류의 것입니다. 그것이 풍부한 결실을 맺는다면 괴로움은 기쁨으로 바뀔 것입니다.

—『서간 선집』에서

단상 12

사랑을 받는 것은 결코 행복한 일이 아니다. 사람은 누구나 자기 자신을 사랑하고 있지만 사랑하는 것, 이것은 행복이다.

—『클라인과 바그너』에서

내가 열여섯 살이 되었을 때

내가 열여섯 살이 되었을 때, 나는 조숙한 데에서 오는 우울한 기분이 심해져서 소년 시절의 갖가지 즐거움이 데면데면해져 그것들을 빼앗기고 말았습니다. 나는 동생이 모래땅에 운하를 만들거나 창 던지기를 하거나 나비를 채집하는 것을 보면서, 그것에 마음으로부터 만족을 느끼는 동생이 부러웠습니다. 그 한결같은 정열을 아직은 선명하게 생각해 낼 수 있었기 때문입니다. 그런 정열은 나에게서 없어져버렸던 것입니다. 언제인지, 무슨 까닭인지는 알 수 없었습니다. 그것을 잃어버렸기 때문에, 어른의 여러 가지 즐거움을 맛볼 수 없는 나에게는 갖가지 불만과 동경이 생겨났습니다.

오래 계속되지는 않았지만, 나는 매우 열심히 역사나 자연 과학에 열중했습니다. 일 주일 내내 매일 밤늦게까지 식물 표본을 만들거나 이 주일 동안 괴테만 읽기도 했습니다. 나는 고독을 느꼈습니다. 현실 생활과의 모든 관계로부터 격리된 것처럼 느꼈습니다. 그래서 본능적으로 생활과 나 사이의 심연에 학습하는 것, 지식을 얻는 것, 인식하는 것으로 다리를 놓으려고 했습니다. 나는 비로소 우리 집의 정원을 마을과 계곡의 일부로서, 계곡을 산맥이 갈라진 틈새로서, 산악을 지구의 표면에 분명하게 구분된 일획으로 파악했습니다.

나는 비로소 별을 천체로서, 산악의 형태를 지구의 힘이 필연적으로 만들어 낸 것으로서 관찰했습니다. 그리고 나는 비로소 이 시기에 여러 민족의 역사를 지구 역사의 일부로서 인식했습니다. 그때는 표현하거나 정의할 수 없었지만, 그것은 내 마음속에 존재하고 살아 있었습니다.

간단히 말하면, 이 시기에 나는 사고하기 시작했습니다. 자신의 인생은 조건부이며 한계가 있다고 깨달았으며, 어린 시절에는 몰랐던 소망, 즉 인생을 되도록 훌륭하고 아름다운 것으로 만들고 싶다는 소망이 눈뜬 것입니다. 나는 그것이 마치 완전히 개인적인 체험이었던 것처럼 말하지만, 아마도 젊은이들은 대체로 같은 일을 체험할 것입니다. 그러나 나에게 그것은 완전히 나만의 체험이었습니다.

채워지지 않는 생각과 도달할 수 없는 것에 대한 동경으로 소모하면서, 나는 여러 달 동안 근면하게 그리고 안절부절못하여 흥분한 한편 따뜻함을 추구하면서 매일을 보냈습니다. 그러는 가운데 나보다 현명한 자연이 나의 이 괴로운 상태의 수수께끼를 풀어 주었습니다. 어느 날 나는 사랑을 한 것입니다. 그리고 뜻밖에 인생과의 모든 관계를, 그때까지의 어느 시기보다 굳건하고 다양한 관련을 되찾았습니다.

그후 나는 그 무렵보다 한층 멋있고 귀중한 순간과 나날을 보낸 적은 있어도, 그 무렵만큼 따스하고 끊임없이 용솟음치는 감정에 충만된 몇 주일 혹은 몇 개월을 두 번 다시 경험하지 못했습니다. 첫사랑에 관하여 이야기하려는 것이 아닙니다. 그것은 중요하지 않습니다. 게다가 외적인 상황이 전혀 달라졌을 가능성이 있기 때문입니다.

나는 다만 당시의 내 생활을 조금 이야기해 보려고 합니다. 잘 묘사할 수 없음을 알고는 있지만 말입니다. 성급한 탐구는 끝나 있었습니다. 나는 갑자기 살아 있는 세계의 한복판에 서 있고, 무수한 뿌리를 가진 섬유에 의해 대지와 인간에 이어져 있었습니다. 나의 감각은 전보다 날카롭고 싱싱해져 있었습니다. 특히 눈이 그랬습니다. 모든 것이 그때까지와 완전히 다르게 보였습니다. 전보다 밝고 다채롭게 보였던 것입니다. 보는 것 그 자체에 즐거움을 느꼈습니다.

아버지의 정원은 여름의 화려함에 빛나고 있었습니다. 꽃이 한창인 관목이나 여름의 잎이 우거진 나무가 깊이 있는 푸른색 하늘을 향해 서 있고, 담쟁이덩굴은 높은 방호벽을 기어오르고, 그 위에 불그스름한 사암과 검푸른 전나무숲에 덮인 산이 편히 쉬고 있었습니다. 가만히 서서 그것을 바라보며 나는 온갖 것이 제각각 생기가 넘쳐 아름답고 다채롭게 빛나는 데에 감동했습니다. 꽃자루 위에서 부드럽게 흔들리며 내 마음을 감동시킬 만큼 우아하게 정성을 다해 나를 바라보는 몇 송이 꽃에 마음을 빼앗긴 나는 시인의 노래를 즐기듯이 꽃을 바라보며 즐겼습니다.

그때까지 전혀 마음에 담아 본 적이 없던 많은 소리들이 나의 주의를 끌고, 나에게 말을 걸며, 내 마음을 빼앗았습니다. 이를테면 전나무 숲이나 풀 속에서 부는 바람 소리, 초원에서 울고 있는 귀뚜라미 소리, 멀리서 뇌성이 울리는 소리, 강 봇둑이 내는 굉음, 갖가지 작은 새들의 지저귐 등이 들려왔습니다. 저녁때면 황금빛 저녁놀 속을 나는 잠자리 무리를 보며 그 날개 소리를 듣고, 연못가에서 개구리들의 울음소리를 들었습니다.

주변의 사소한 모든 사물이 한순간 호감이 가는 소중한 것이 되어 특별한 일처럼 나를 감동시켰습니다. 예를 들어 매일 아침 기분 전환 삼아 정원의 화단 두세 곳에 물을 줄 때, 흙과 풀꽃의 뿌리가 감사를 표하며 탐욕스럽게 물을 빨아들이는 모습까지 새로운 기쁨이 되었습니다. 작고 파란 나비가 한낮의 햇살을 잔뜩 받아 취한 듯 비틀거리며 나는 모습, 싱싱한 장미꽃 한 송이가 피는 모습을 관찰했습니다. 저녁 나절 작은 배를 타다 물속에 손을 담가 손가락 사이로 따뜻한 강물이 부드럽게 흐르는 것을 느꼈습니다.

어찌해 볼 수 없는 첫사랑의 괴로움에 시달리고 이해할 수 없는 수

고로움과 매일의 동경과 희망, 실망에 동요되면서 우울한 기분과 사랑의 불안에 괴로워했으나, 마음 깊숙한 곳에서는 순간순간이 모두 행복이었습니다. 나를 둘러싼 모든 것이 마음에 들 뿐 아니라 깊은 의미가 있었습니다. 죽은 사물이나 공허한 장소가 세상에서 완전히 없어진 것입니다. 이 모든 것은 결코 내게서 사라져 버린 적도 없지만, 그때만큼 강하고 안정되어 돌아온 적도 없었습니다. 그래서 그것을 다시 한 번 체험하는 것, 그것을 기억함으로써 내 것으로 만드는 것, 그것이 지금의 나에게는 행복을 의미하는 것입니다.

더 듣고 싶습니까? 그때부터 지금까지 나는 항상 사랑을 하고 있었습니다. 내가 경험한 것 중에서 여인에 대한 사랑만큼 고귀하고 불처럼 격렬하며 매혹적인 것은 없다고 생각합니다. 언제나 나는 여인이나 소녀와 연애에 관련있었던 것도, 특정한 개인을 의식하여 사랑을 하고 있었던 것도 아닙니다. 그러나 언제나 내 마음은 어떤 형태로든 사랑과 관계를 맺고 있었으며, 나에게 미의 숭배는 늘 변함없이 여성 숭배였습니다.

사랑 이야기를 할 작정은 아닙니다. 나는 한때 어느 여인과 몇 개월 동안 사귄 적이 있고, 때때로 알 수 없는 힘에 이끌려 생각지 못하던 키스와 한 번의 시선 혹은 사랑의 하룻밤을 쟁취한 적이 있었습니다. 하지만 내가 진정으로 여인을 사랑했을 때는 늘 불행한 사랑이었습니다. 그리고 엄밀히 생각해 볼 때, 희망 없는 사랑의 고뇌나 불안, 주눅

듦, 잠들지 못하는 밤은 정말로 모든 하찮은 요행이나 성공보다 한결
멋진 것이었습니다.

○『무위의 예술』에 수록된「어느 소년의 편지(*Brief eines Junglings*)」(1906)의
　일부로서 '*Als ich sechzehn Jahre alt war*'.

추운 봄 연인에게 바치는 노래

추운 현관에서 시계가 운다
여덟 시, 아홉 시 그리고 열 시.
나는 헤아리지 않고, 귀 기울이고 있을 뿐,
모든 시간이 이렇게 빨리 지나가는지를.

시간은 눈 속의 바람처럼 날아간다.
겨울이 오기 전 철새 떼처럼 날아간다.
그것은 나를 위로하지 않는다.
그것은 나를 슬프게 하지도 않는다.
그러나 그것은 당신이 없는 시간이다.

○『시집』에 수록된「*Lied an die Geliebte im kalten Frühling*」(1924).

제3장

픽토르의 변신

추억

커다란 바위가 거센 바람을 막아 주는 조용한 곳에서 나는 점심으로 가져온 검은 빵과 소시지, 치즈를 먹었다. 바람이 세차게 부는 산을 몇 시간 오른 뒤 샌드위치를 덥석 베어 무는 것은 하나의 즐거움이다. 어릴 때 맛본 것과 똑같은 즐거움을 지금 흡족하게 맛봄으로써, 내가 행복을 느끼는 거의 유일한 즐거움이다.

내일은 아마 너도밤나무숲에 있는, 유리에가 처음으로 키스해 준 추억의 장소를 지나게 될 것이다. '콩코르디아'라는 시민 모임의 하이킹 때였다. 나는 유리에 때문에 그 모임에 들어갔고 하이킹 다음날 탈퇴했다.

모레는 운이 좋으면 그녀를 만날 수 있을 것이다. 그녀는 헤르셀이라는 이름의 유복한 상인과 결혼하여 아이를 셋 낳았다. 그 중 하나는 유난히 그녀를 닮았고 이름까지 유리에라고 부르는 모양이다. 그 이상은 모르지만 그것으로 충분하다.

　나는 지금껏 생생하게 기억하고 있다. 여행을 떠난 지 일 년 후 외국에서 직장을 가질 전망은 물론 돈을 벌 길도 없으니 나를 기다리지 않았으면 좋겠다는 내용의 편지를 그녀에게 써 보냈다. 그녀는 '쓸데없이 서로의 마음을 무겁게 만드는 일은 하지 말자. 빠르건 늦건 돌아온다면 이대로 기다리고 있겠다'는 답장을 보내왔다. 그리고 반년 후 다시 편지를 받았다. 헤르셀을 위해 자기를 자유롭게 해달라는 내용이었다. 나는 처음 얼마 동안은 고뇌와 분노로 편지를 쓰지 않다가, 곧 없는 돈을 몽땅 털어 네댓 마디가 담긴 사무적인 전보를 쳤다. 바다를 건너가 그것을 취소할 방법이 없었다.

　인생은 이처럼 어이없게 흘러가는 것이란 말인가! 우연인가, 아니면 운명의 조소인가, 절망스러운 기분 탓인가. 사랑의 행복이 산산이 부서진 순간, 마법과 같이 성공과 이익, 돈이 굴러들어 왔다. 그때까지 그토록 소망해도 결코 얻어지지 않던 것이 수월하게 손에 들어왔으나, 이미 가치가 사라졌다. 나는, 운명은 변덕스러운 것이라고 생각하여 친구들과 이틀 낮과 밤을 꼬박 술을 마셔 호주머니에 가득한 돈다발을 써버렸다.

　그러나 이때 일에 대해서는 그다지 길게 생각하지 않았다. 식사가 끝나자 비어 버린 소시지 포장지를 바람을 향해 던지고, 코트를 뒤집어쓰고 낮의 휴식을 취했다. 나는 오히려 그 시절의 사랑과 유리에의 모습과 얼굴을 생각했다. 우아한 눈썹과 커다란 검은 눈의 갸름한 얼굴이었다. 그리고 그날 너도밤나무숲에서 있었던 일을 생각했다. 그녀는 저항하면서도 점점 내가 말하는 대로 내가 입을 맞추자 몸을 떨더니 마침내 내게 키스를 해왔으며, 여전히 속눈썹에 눈물을 반짝이면서 꿈속인 듯 매우 희미하게 미소를 지었다.

모두가 지나가 버린 일이다! 그러나 가장 좋았던 것은 키스도, 저녁나절 함께했던 산책도, 사람들의 눈을 피하며 즐겼던 밀회도 아니다. 그것은 그 사랑에서 솟아난 나의 힘, 그녀를 위해 살고 싸우며 어떤 어려움이든 거부하지 않는 기쁜 힘이었다. 한순간을 위해 몸을 내던질 수 있는 것, 한 여인의 미소를 위해 기나긴 세월을 희생할 수 있는 것, 이것은 행복한 일이다. 이 행복을 내게서 앗아 갈 일은 없다.

○ 『가을의 도보 여행(*Eine Fußreise im Herbst*)』(1906)의 일부로서 「*Erin-nerungen*」(1905).

얼마나 이 나날은……

얼마나 이 나날은 견디기 어려운가!

몸을 따뜻하게 할 불은 어디에도 없고,

태양도 내겐 웃음을 던지지 않는다.

모든 것이 허무하다.

모든 것이 차갑고 무자비하다.

사랑스러운 맑은 별들도

바라보기만 할 뿐 위로해 주지 않는다.

사랑이 죽어 버릴 수 있음을,

마음속에서 알게 된 그때부터.

○ 『시집』에 수록된 「*Wie sind die Tage*……」(1911).

사랑

내 친구 토마스 헤프너는 내가 아는 사람 중에서 연애 문제만큼은 의심할 여지없이 경험이 제일 풍부한 사람이다. 그는 많은 여성과 연애를 했고, 오랫동안의 경험으로 구애 기술에 통달했으며, 대단히 많은 여성을 정복한 것을 자랑한다. 그의 이야기를 들으면 나 같은 사람은 기껏해야 어린아이 수준이다. 그러나 진정한 연애의 본질에 대해서는 토마스가 나보다 모르는 게 아닐까 하고 나는 가끔 생각한다. 한 여인을 위해 며칠 밤 잠들지 못하고 울며 지샌 적은 그의 인생에 없었을 것이다. 아무튼 그는 그럴 필요가 전혀 없었을 것이다.

그래서 나는 그를 부러워하지 않는다. 성공하고 있음에도 불구하고 그가 전혀 쾌활하지 않기 때문이다. 오히려 그는 가벼운 우울증에 걸린 것처럼 보일 때가 더러 있으며, 행동 전체에 어딘지 모르게 단념에서 오는 침착함이, 불만족에서 오는 억눌린 기운이 감돌고 있기 때문이다.

그런데 이것은 추측 혹은 착각일 수 있다. 나는 심리학자는 아니지만 심리학에 관한 책을 쓸 정도는 된다. 하지만 인간을 철저하게 규명할 수는 없다. 어찌 되었든 내 친구 토마스는 진정한 연애를 하기에는 무엇인가 부족하므로 단순한 사랑의 유희 명수에 불과하고, 자신의 그런 부족함을 알고 있어 우울증에 걸린 것이 아닌가 하는 생각이 들 때가 있다. 그저 추측이고 착각일지도 모르지만.

그가 최근에 들려준 푀르스터 부인의 이야기는 진짜 경험도 사랑의 모험도 아니라 다만 어떤 분위기, 하나의 서정적인 일화에 지나지 않지만, 나에게는 기이하게 느껴진다.

토마스가 마침 「푸른 별」을 발표하려고 할 때, 나와 우연히 마주쳤다. 나는 그에게 포도주를 한 병 마시자고 했다. 그리고 그에게 더 좋은 포도주을 한턱내게 하려고 평소에는 마시지 않는 중간 수준의 모젤와인을 한 병 주문했다. 예상대로 그는 웨이터를 다시 불렀다.

"모젤이 아니라, 기다려요!"

그는 고급 포도주를 가져오게 했다. 생각대로 된 셈이다. 좋은 포도주를 마시며 우리는 이야기를 시작했다. 나는 화제를 신중하게 푀르스터 부인 쪽으로 몰아갔다. 그녀는 이 도시에 그다지 오래 살지 않았는데도, 여러 남성과 관계를 가졌다는 소문이 나 있는 서른 살 안팎의 아름다운 여자다. 그녀의 남편은 있으나마나였다. 토마스가 그녀의 집에 드나드는 것을 나는 얼마 전부터 알고 있었다.

그는 마침내 내게 져서 말을 했다.

"그래, 푀르스터 부인에 관한 것인데. 자네가 그토록 그녀에게 관심을 가지고 있다니 말이야. 어떻게 말하면 좋을까? 그녀와는 아무 일도 없다네."

"전혀?"

"글쎄, 사람들이 생각하는 것 같은 일은. 내가 이야기할 수 있는 것은 아무것도 없어. 내가 시인이라면 또 모를까."

나는 웃으며 말했다.

"자네는 평소에 시인을 높이 평가하지 않았잖은가?"

"왜 높이 평가해야 하지? 시인이란 대체로 아무 경험이 없는 녀석들이야. 자네도 알다시피 나는 기록해 두면 좋을 만한 일을 지금까지 무수히 겪어 왔지. 그럴 때마다 왜 시인 가운데 누군가가 그런 일을 체험하지 않는 것일까, 시인이 체험하게 되면 작품으로 남겨질 텐데 하고 생각했지. 시인들은 항상 당연한 일을 갖고 야단법석을 떠니까 아주 사소한 일로도 단편 소설 하나는 나올 수 있을 텐데 말이야."

"그럼 푀르스터 부인 일은? 역시 한 편의 단편 소설인가?"

"아니. 한 편의 스케치나 시지. 분위기라고나 할까."

"그리고 어떻게 되었나?"

"음, 그녀에게 흥미가 있었어. 그녀에 대한 소문은 자네도 알고 있겠지.

내가 멀리서 관찰하기로는 그 여자는 연애 경험이 꽤 있어 보였어. 그녀는 수많은 남성을 사랑하고 남몰래 정을 통하지만 누구와도 오래 지속하지 않는 것처럼 여겨졌지. 그런데 그녀는 아름다워."

"자네가 아름답다고 하는 것은 어떤 의미인가?"

"아주 간단한 거라네. 그녀에게는 남아도는 게 전혀 없어. 지나치게 많은 것이 전혀 없다는 거야. 그녀의 몸은 멋지게 균형 잡혀 있고 생각하는 대로 움직이지. 몸의 어디든 통제되지 않는 곳이 없고 모든 것이 정상적으로 움직이며 무딘 데가 없어. 그녀가 최상의 아름다움을 발휘하지 못하는 상황을 나는 상상할 수 없다네. 나는 바로 그 점에 끌린 거야. 나에게 자연 그대로인 것은 따분하니까 말일세. 나는 의식적으로 만들어진 아름다움을, 의도적으로 만들어진 형식을, 그런 문화를 추구하고 있는 거야. 자, 이론은 그만 집어치우지!"

"그래, 본론으로 들어가."

"그녀를 소개받은 뒤 두세 번 집으로 찾아갔었어. 그때 그녀에겐 애인이 없었는데, 나는 그 사실을 금방 알아챘지. 남편은 이른바 값비싼 도자기 인형이야. 나는 그녀에게 다가가기 시작했다네. 테이블 너머로 물끄러미 두세 번 바라보거나 포도주 잔을 부딪칠 때 낮은 소리로 한마디 한다든가 손에 좀 길다 싶게 키스를 한다든가 하며 말일세. 그녀는 그 뒤에 올 일을 기대하면서 그것들을 받아들였지. 이렇게 해서 나는 그녀가 혼자 있을 만한 시간에 방문하여 그녀에게로 안내되었지. 그녀의 맞은편에 앉았을 때, 여기서는 장난은 도움이 되지 않으리라는 사실을 곧 깨달았어. 그래서 나는 성공이냐 실패냐 하는 대승부를 걸었다네. 말하자면 그녀에게 솔직하게 '저는 당신을 사랑하게 되었습니다. 당신이 원하는 것은 무엇이든지 하겠습니다' 라고 말해 보았지. 그래서 대충 이런 대화를 나누게 되었어."

'더 재미있는 이야기를 해요.'

'당신보다 흥미를 끄는 것은 아무것도 없습니다, 부인. 저는 당신에게 이 말을 하기 위해 왔습니다. 만일 제 말이 따분하다면 물러가죠.'

'대체 저에게 바라시는 게 뭐죠?'

'사랑입니다!'

'사랑이라고요? 저는 당신에 대해서 아는 것이 없고 당신을 사랑하고 있지도 않아요.'

'농담하고 있는 게 아니라는 것쯤은 알고 계시겠죠. 저는 저와 제가 할 수 있는 모든 것을 당신에게 바치겠습니다. 그뿐 아니라 당신을 위해서라면 어떤 일이든 할 수 있습니다.'

'그래요, 모두들 그렇게 말하죠. 당신들의 사랑 고백에는 새로운 것이 있었던 적이 없다니까요. 내 마음을 빼앗기 위해 당신은 대체 무엇을 할 작정인가요? 당신이 정말로 나를 사랑하고 있다면, 당신은 벌써 무엇인가 했을 거예요.'

'이를테면 어떤 것입니까?'

'그것은 당신 자신이 알고 있을 거 아니에요? 일 주일 동안 단식을 한다

든가 권총 자살을 한다든가 혹은 시를 쓴다든가 뭐 여러 가지가 있잖아요?'

'저는 시인이 아닙니다.'

'그래요? 진심으로 사랑하고 있는 사람이라면 사랑하는 사람의 단 한 번의 미소라도, 단 한 번의 눈짓이라도, 변변찮은 한마디라도 얻기 위해 시인이든 영웅이든 되는 법이죠. 그 시는 훌륭한 작품은 못 되겠지만 애정이 넘칠 건 분명하죠.'

'말씀하신 대로입니다. 저는 시인이 아니고 영웅은 더 더욱 아닙니다. 또 권총 자살은 하지 않습니다. 만일 제가 그렇게 한다면, 그것은 오로지 저의 애정이 당신을 요구할 만큼 강하고 열렬하지 않은 것을 괴로워한 나머지 그렇게 하는 것일 테죠. 그러나 저에게는 당신이 말씀하시는 이상적인 애인이 갖지 못하는 중요한 장점이 있습니다. 그것은 제가 당신을 이해하고 있다는 것입니다.'

'무엇을 이해하고 계신다는 거죠?'

'당신은 저처럼 동경을 갖고 있습니다. 당신은 애인을 구하는 것이 아니라 사랑을 하고 싶은 것입니다. 아무 목적 없이 오직 사랑을 하고 싶은 거죠. 그런데 당신에게는 그것이 불가능합니다.'

'그렇게 생각하시나요?'

'그렇게 생각하고 있습니다. 당신은 제가 추구하고 있듯이 사랑을 추구하고 있습니다. 그렇지 않은가요?'

'어쩌면……'

'그래서 당신에겐 제가 필요하지 않은 것입니다. 그러니 더 이상 방해하지 않겠습니다. 하지만 돌아가기 전에, 당신이 언젠가 진정한 사랑에 빠졌던 적이 있는지 이야기해 주시지 않겠습니까?'

'한 번일 거예요. 우리가 이렇게 깊은 이야기를 나누었으니 이야기해도 상관없겠지요. 삼 년 전 일이에요. 그때 저는 처음으로 사랑받고 있다는 것을 느꼈죠.'

'더 물어도 괜찮겠습니까?'

'상관없어요. 당시 한 남성을 알게 되었는데, 그는 저를 사랑하게 되었어요. 하지만 이미 내가 결혼한 몸이어서 저에게 전혀 내색하지 않았죠. 그러다가 제가 남편을 사랑하지 않고 마음에 드는 남자와 관계를 갖고 있다는 사실을 알게 되자, 그는 제게 와서 남편과 이혼하라고 했어요. 그러나 그렇게는 되지 않았죠. 그때부터 그는 저를 위해 배려하고 우리를 지켜보고 제게 경고를 하며 훌륭한 후견인이자 친구가 되었답니다. 그리고 제가 그를 위해 마음에 드는 남성과 인연을 끊고 그의 사랑을 받아들이겠다고 하자, 그는 저의 제안을 거절하고 떠나 버린 다음 두 번 다시 오지 않았죠. 그는 저를 정말로 사랑한 거예요. 그 이외엔 아무도 없었죠.'

'알겠습니다.'

'이제 당신은 돌아가시겠군요? 서로 너무 많은 이야기를 한 것 같아요.'

'안녕히 계십시오. 더 이상 묻지 않는 것이 좋겠군요.'

내 친구는 한참 입을 다물고 있다가 웨이터를 불러 술값을 치르고 가버렸다. 여러 가지가 있지만, 나는 특히 이 이야기로부터 그에게는 진정으로 사랑할 능력이 부족하다고 추론한 셈이다. 하여튼 그는 스스로 분명히 그렇게 말했던 것이다. 물론 인간이 자신의 단점에 대해서 이야기하는 순간이 가장 신용할 수 없는 때이기는 하지만.

자기를 완전한 인간이라고 믿고 있는 사람이 곧잘 있는데, 그런 사람들은 단지 자신에게 아무것도 요구하지 않기 때문에 그럴 뿐이다. 내 친구는 그렇게 하지 않는다. 그리고 어쩌면 진실한 사랑에 대한 그의 이상이 그를 현재와 같은 난봉꾼으로 만들어 버렸는지도 모를 일이다. 혹은 이 영리한 사람이 또 나를 놀린 것일지도 모른다. 그리고 푀르스터 부인과의 대화는 그의 창작이었는지도 모른다. 스스로 거세게 반발하고는 있지만, 그는 숨은 시인이기 때문이다. 완전한 추측이고 착각인지도 모르지만.

○ 『무위의 예술』에 수록된 「*Liebe*」(1906).

이성과 논리만으로 보면 인생에는 슬픔도 기쁨도 생겨나지 않습니다. 다시 말해 감정을 모두 이성의 관장 아래 두면, 우리는 감정의 가치나 생명이나 의의에 크게 손상을 입히게 됩니다. 그것은 사랑을 예로 들어 보면 가장 잘 알 수 있습니다. 도대체 누가 이성으로 사랑을 하거나 의지로 사랑을 한 적이 있을까요? 없습니다. 우리는 사랑을 앓습니다. 그러나 사랑의 고통에 몸과 마음을 바치면 바칠수록 사랑은 우리를 더욱 강하게 만듭니다.

―『서간 전집』에서

장난으로

나의 노래는
당신의 문 앞에 서 있습니다.
그들은 문을 두드리며 인사합니다.
열어 주시겠습니까?

나의 노래는
비단 같은 울림입니다.
계단을 내려올 때
당신의 옷자락이 스치는 소리처럼.

나의 노래는
부드러운 향기를 실어 나릅니다.
당신이 즐기는 화단 속
히아신스꽃처럼.

나의 노래는
짙은 붉은색입니다.

그 빛깔은 당신의 비단옷처럼
소리를 내며 타오릅니다.

나의 가장 아름다운 노래는
당신을 꼭 닮았습니다.
그들은 문가에 서서 인사합니다.
열어 주시겠습니까?

○ 『시집』에 수록된 「*Im Scherz*」(1898).

단상 14

우리는 모두 날마다 개인적인 경험에 의해 옛날과 다름없는 경험을 한다. 어떤 인간관계도 어떤 우정도 어떤 감정도 자신의 피 가운데 일부를 바치지 않는다면, 사랑과 배려, 희생과 투쟁을 바치지 않는다면, 성실하게 지속되는 법이 없고 신뢰할 수 없는 경험이다. 누구나 사랑을 한다는 것이 얼마나 간단한지, 진정으로 사랑한다는 것이 얼마나 어렵고 아름다운지를 알고 있으며 경험한다. 사랑이라는 것은, 다른 모든 진정한 가치를 지닌 것과 마찬가지로 돈으로 살 수 있는 것이 아니다. 돈으로 살 수 있는 환락은 있어도 돈으로 살 수 있는 사랑은 없다.

—「마음의 재산」에서

단상 15

나는 청춘 시절에 숭배한 나의 모든 이상적인 여인상을 떠올렸다. 오로지 생명의 깊은 곳에 가까이 가려고, 오로지 내 마음속의 질문, 나에게도 분명치 않은 질문에 대한 하나의 답을 찾으려고 내가 가장 사랑하는 것이자 가장 좋은 것을 바칠 마음으로 무릎 꿇었던 여인들.

나이를 먹어 어른이 되면 우리는 머리에 쓴 화관을 벗고 평안을 발견한다. 그러나 그 여인들과 그 소녀들, 예전에 우리가 그처럼 동경하여 헤매 다니고 우리에게 처음으로 아침의 사랑의 빛을 선물해 준 그 여인들과 소녀들은 어떻게 되었을까? 우리가 그녀들 곁에서 떠나 버릴 때 그녀들은 무엇을 느낄까? 그리고 이상이 흘러넘치는 청춘 시절의 끝에 마지막 남자의 구애를 받아들여 결혼하면서 그녀들은 어떻게 느낄까? 남자들은 무수한 일을 한다. 창조하고 연구하고 노동한다. 또 관직이나 직업을 가지고 수많은 하찮은 즐거움을 맛보며 하찮은 악습에 빠진다. 그러나 그녀들은, 오로지 사랑에 살고 사랑을 믿는 것 외에는 아무것도 할 수 없는 여성들은 무엇을 할까?

최초의 구애자였던 소년들이나 내성적이면서 무모한 숭배자들이 주겠다고 약속하고 몽상하고 거짓말한 것 가운데 최후의 구애자가 그녀들에게 아주 조금이라도 준다는 것은 얼마나 드물게 일어나는 일인가! …… 우리 모두가 일찍이 소년이었던 무렵, 대담하고 건방진 소년이었던 무렵, 우리의 인생에 당연한 권리로서 기대하던 것들을 한번 떠올려 보았다. 그것들은 매우 절망적이게도 사소한 것밖에 실현되지 않았다.

그러나 인생은 소중하고 아름답다. 그리고 매일 신성한 힘으로 우리의 마음을 감동시킨다. 가련한 여인들은 사랑에 관해 이런 체험을 하고 있을 것이다. 그녀들은 동화 속에 나오는 숲이나 달빛에 빛나는 정원의 이야기를 듣는다. 훗날 그녀들은 넘쳐 나는 장미 대신 약간의 잡초가 자란 황폐한 땅을 발견한다. 그녀들은 잡초를 다발로 묶어 창가에 놓아둔다.

그리고 밤의 어둠이 그 색채를 지우고 멀리에서 노래하는 바람이 불어
올 때, 그녀들은 꽃다발을 어루만지며 미소 짓는다. 그러면 그녀들에게
는 그것이 장미처럼 보이고, 바깥의 밭이 동화 나라의 정원처럼 여겨지
는 것이다.

—「필리스터란트」에서

단상 16

자신이 사랑하는 사람에 대해 이것저것 생각하는 것만큼 보람 없는 일
은 없다.

—『페터 카멘친트』에서

인생의 권태

……°나는 얼어붙은 호수에 에워싸인 듯한 고독을 느끼고 있다. 인생의 부끄러움과 어리석음을 느끼고 있다. 잃어버린 청춘을 둘러싼 괴로움이 거세게 타오르는 것을 느끼고 있다. 그것은 슬프다. 물론이다. 그것은 고통이다. 수치다. 모진 시련이다. 그것이 인생이다. 사고다, 의식이다…….

나는 기대하고 있지 않은 답 대신 새로운 질문을 발견한다. 예를 들어 이렇다. 그것은 얼마나 지났는가? 너의 젊은 시절이 끝난 것은 언제인가? 나는 가만히 생각해 본다. 그러자 얼어붙었던 기억이 천천히 녹아 흐르기 시작하더니 움직이고 멍하니 눈을 뜨면서, 뜻밖에 사라지지 않고 죽음의 요 밑에서 잠들어 있던 분명한 영상이 빛을 발한다.

처음에 그 영상들은 너무 낡아 십 년은 지난 것같이 생각된다. 그러나 마비되었던 감각이 순식간에 생생하게 되살아나 잊고 있었던 잣대를 꺼내며 고개를 끄덕이고 나서 측정한다. 나는 모든 것이 시간적으로 무척 가까운 곳에 있음을 안다. 그리고 이제껏 잠들어 있던 내가 바로 '나'라는 의식이 거만한 눈을 떠, 믿기 어려운 일들이 내가 실제로 경험한 것이라는 사실을 확인하고 제멋대로 고개를 끄덕인다. 그 눈은 영상에서 영상으로 옮겨 가며 '그래 맞아. 그것은 나였어'라고 말한다. 그리고 그 순간 모든 영상이 차갑고 평온한 영역에서 빠져나오더니 다시 가까이 다가와 내 인생의 일부, 내 인생의 한 장면이 된다.

나를 의식하는 것은 한편으로는 멋지고 즐거운 일이지만, 다른 한편으로는 기분 나쁜 일이다. 사람은 '자기'라는 의식을 가지고 있다. 하지만 그것을 갖지 않고도 살아갈 수 있다. 그리고 꽤 자주 그런 의식을 갖지 않은 채 살아가고 있다. 자기라는 의식을 갖지 않고 사는 것은 시간을 완전히 잊게 해주기 때문에 멋지다. 그러나 진보를 부정하기 때문에 좋지 않다.

깨어난 갖가지 기능이 작용하기 시작한다. 곧 내가 어느 저녁나절 청춘의 전성기에 있었으며, 불과 일 년 전의 일이라는 것을 확인한다. 그것은 하찮은 경험이었다. 너무나 보잘것없어, 그 영향으로 내가 지금까지 이렇게 오랫동안 희망 없이 살아왔다고는 생각할 수 없을 정도다. 하지만 그것은 하나의 경험이었다. 그리고 여러 주일 동안, 아니 아마도 여러 달 동안 전혀 경험다운 경험을 하지 않았기에, 그것은 나에게 하나의 멋진 사건으로 여겨지고 작은 낙원과 같아 필요 이상으로 중요한 듯한 인상을 준다. 나는 그것이 마음에 들어 한없이 감사하고 있다. 나는 행복한 한때를 보내고 있다. 서가의 책들, 집, 난로, 비, 침실, 고독, 이 모든 것이 분해되어 흘러가 버리고 녹아서 없어진다. 나는 잠시 자유로워진 손발을 뻗는다.

그것은 일 년 전 십일월 말의 일이다. 지금과 비슷한 날씨였다. 그렇지만 그것은 즐거운 일이고 하나의 의미를 가지고 있었다. 비가 줄곧 아름다운 선율을 연주하며 내렸다. 나는 글을 쓰는 책상 앞에 앉아 빗소리를 듣는 대신, 외투를 입고 소리가 나지 않는 탄력 있는 고무 밑창이 달린 구두를 신고 밖을 돌아다니며 도시를 관찰했다.

내 걸음걸이와 몸의 움직임과 호흡은 비의 리듬과 똑같이 기계적이 아니라 아름답고 자발적이며 의미가 깃들어 있었다. 하루하루도 죽은 뒤 다시 태어난 것처럼 단조롭게 지나가는 것이 아니라 센박과 여린박을 가진 박자에 맞추어 진행되었고, 밤은 언제나 우스꽝스러울 만큼 짧지만 잠이 나를 상쾌하게 만들어 주어 두 낮 사이의 짧은 휴식 시간이 되었다. 밤은 다만 시계에 의해 시간이 헤아려지는 것에 불과했다. 그처럼 밤을 보내는 것, 말하자면 일생의 삼분의 일을 누워서 그저 아무 가치 없는 분초를 헤아리면서 보내는 대신 좋은 기분으로 모두 써버리는 것은 얼마나 멋진 일일까.

그 도시는 뮌헨이었다. 어떤 일을 해결하기 위해 그곳에 갔는데, 정작 그 일은 나중에 편지로 처리하게 되었다. 나는 일에 대해 생각할 수 없을 만큼 많은 친구를 만났고, 많은 멋진 것을 보고 들었다. 어느 날 밤 아름답고 근사한 조명이 있는 큰 방에 앉아, 라몽이라는 이름의 키가 작고 어깨가 넓은 프랑스인 피아니스트가 베토벤의 곡 가운데 몇 곡을 연주하는 것을 들었다. 조명은 빛나고, 숙녀들의 아름다운 옷은 기쁨에 넘쳐 반짝이고, 천장이 높은 큰 방을 크고 하얀 천사가 날아다니며 최후의 심판을 알리고, 기쁜 소식을 전하면서 풍요의 뿔[1]에서 우리의 머리 위에 즐거움을 흩뿌리고, 그리고 투명한 손으로 얼굴을 가리고 흐느껴 울었다.

밤새 술을 마신 뒤의 어느 날 아침에는 친구들과 영국정원을 마차로 돌아다니고 아우마이스터[2]에서 커피를 마셨다. 어느 오후에는 온통 그림에 둘러싸여 있었다. 초상화, 숲의 초지 그림, 해안의 그림 등이다. 대부분 훌륭하고 숭고하여 멋진 분위기를 자아내고, 더러움이라곤 없는 새로운 창조물 같았다. 저녁에는 지방에서 온 사람에게는 대단히 아름답고 위험한 빛나는 쇼윈도에 진열되어 있는 사진과 책, 이국의 꽃이 가득한 수반(水盤), 은종이에 싸인 값비싼 여송연, 화려하고 우아함이 넘치는 고급 가죽 제품 따위를 바라보며 걸었다.

나는 눅눅한 거리에서 전등의 빛이 장난치듯이 번쩍 빛나고, 구름이 낮게 깔려 오래된 교회의 첨탑이 어슴푸레함 속으로 모습을 감추는 것을 보았다. 한 모금씩 맛보며 즐기는 동안 포도주 잔이 비게 되는 것처럼 시간은 순식간에 지나갔다. 그것은 저녁때의 일이었다. 나는 트렁크를 모두 채우고 있었다. 다음날 여행을 떠나야 했지만, 그것을 아쉬워하지는 않았다. 나는 이미 마을과 숲, 눈 덮인 산들을 지나가는 철도 여행을, 곧 고향에 돌아가는 여행을 즐거움으로 여기고 있었다.

그날 저녁 슈바빙 거리의 고급 주택가에 있는 아름다운 새집에 초대받아

활기 띤 대화와 멋진 식사로 쾌적한 기분을 맛보았다. 몇 명의 여성이 있었지만, 나는 여인들과 사귀는 데 소극적인 데다가 수줍어하고 쉽게 주눅 드는 편이어서 남자들과 이야기하는 쪽을 택했다. 우리는 얇은 잔으로 백포도주를 마시고 고급 여송연을 피우며 안쪽이 금박으로 되어 있는 은 재떨이에 재를 털었다. 어떤 때는 높은 한편 온화한 소리로, 어떤 때는 정열적인 한편 빈정거림을 담아, 어떤 때는 진지한 한편 유머러스하게 이야기하고, 사려 깊은 한편 생기 있게 서로의 눈을 응시했다. 밤이 깊어 연회가 끝나 갈 즈음 남자들의 대화는 나로서는 거의 이해할 수 없는 정치 문제로 옮아갔고, 나는 비로소 초대받은 숙녀들을 관찰했다.

두세 명의 젊은 화가와 조각가가 숙녀들을 상대하고 있었다. 그들은 가난한 사람들이었으나 모두 우아한 차림을 하고 있었기 때문에 나조차 자연스럽게 그들에 대한 경의와 존경심이 우러날 정도였다. 그들은 붙임성 있게 나를 상대해 주었을 뿐만 아니라 지방에서 온 손님이라며 친절하게 기운을 북돋아 주었다. 덕분에 나는 기가 죽는 것을 뿌리치고 그들과 매우 친근하게 이야기할 수 있었다. 이야기하는 사이 나는 젊은 숙녀들 쪽으로 몇 번이나 호기심 어린 눈길을 던졌다.

열아홉 살쯤 되어 보이는 한 숙녀가 눈에 띄었다. 짙은 금발은 어린아이처럼 꾸몄고 푸른 눈의 갸름한 얼굴은 동화에 나오는 듯한 얼굴이었다. 그녀는 푸른 장식이 달린 흰색 원피스를 입고 대화에 귀 기울이면서 만족스런 표정으로 안락의자에 앉아 있었다. 짧은 시간에 나는 별처럼 빛나는 그녀의 본성을 직감적으로 이해했고, 우아한 모습과 천진난만한 아름다움과 그녀의 몸놀림을 감싸고 있는 멜로디를 느꼈다. 조용한 기쁨과 감동이 내 심장의 고동을 경쾌하게 하고 재촉했다.

나는 그녀에게 말을 걸고 싶었지만 적당한 말이 떠오르지 않았다. 그녀는 말을 하지 않고 미소만 짓고 있었는데, 때때로 고개를 끄덕이거나 가볍고 유쾌하며 떠오르는 듯한 목소리로 노래하듯이 짧게 대답했다. 그녀의 가느다란 손목에는 레이스 커프스가 덮여 있고, 그 틈으로 보드라운 손가락을 가진 손이 귀엽고 신선하게 살짝 내보였다. 장난치듯 흔들거리는 밝은 갈색 가죽의 우아한 반부츠를 신고 있었는데, 그 모양과 크기는 그녀의 손처럼 몸 전체와 어울리게 균형 잡혀 있었다.

'아아, 그대여! 그대여, 어린아이 같은 이여! 그대여, 작은 새여! 그대를 그대의 봄에 볼 수 있어 나는 행복하도다!'

나는 마음속으로 그녀를 부르며 바라보았다.

그녀 말고도 다른 여자들이 있었다. 그녀보다 아름답고 성숙한 화려함 속에서 매력적이며 표정이 풍부하고 지적인 눈을 가진 여자들이 있었지만, 그녀처럼 향기를 가지고 있는 사람은 없었으며 그녀처럼 조용한 음악에 싸여 있는 사람은 없었다. 그녀들은 담소하며 갖가지 색깔을 띤 눈길로 서로 다투고 있었다. 그녀들은 나를 다정하게 놀리면서 대화에 끌어들이고 호의를 보여 주었지만, 나는 꿈결 속에서 대답했을 뿐 마음은 줄곧 금발 소녀에게 가 있었다. 꽃처럼 피어나는 그녀 본연의 모습을 마음속에 담아서는 잃어버리지 않도록.

미처 깨닫지 못하는 사이에 밤이 이슥해졌고, 손님들이 일어나 어수선해지더니 허둥대며 작별 인사를 나누었다. 나 또한 서둘러 일어나 그들처럼 했다. 우리는 밖에서 외투나 케이프를 입었다. 화가 중 한 사람이 그 아름다운 소녀에게 "모셔다 드려도 괜찮겠습니까?"라고 말하는 소리가 들렸다. 그러자 그녀가 대답했다.

"네. 하지만 그렇게 하면 당신에겐 아주 멀리 돌아가는 셈이 될 거예요. 저는 마차로 갈 수 있어요."

그래서 나는 재빨리 그쪽으로 걸어가서 말했다.

"제가 동행하도록 해주십시오. 저는 같은 방향이니까요."

그녀는 미소를 지으며 말했다.

"좋아요. 감사합니다."

그러자 화가는 정중하게 인사를 하고 나를 이상하다는 듯이 바라보다가 가버렸다. 나는 사랑스러운 소녀와 나란히 밤의 비탈길을 내려갔다. 모퉁이에 마차가 서 있었고 희미한 가로등이 우리를 응시하고 있었다. 그녀가 말했다.

"저 마차를 빌리는 게 좋을 것 같아요. 삼십 분이나 걸리는 거리니까요."

그러나 나는 그녀에게 그렇게 하지 말아 달라고 부탁했고, 그녀는 갑자기 물었다.

"도대체 당신은 어떻게 제가 살고 있는 곳을 아시는 거죠?"

"아, 그런 것은 어떻든 상관없습니다. 사실 저는 당신이 어디에 사는지 전혀 모릅니다."

"같은 방향이라고 하지 않으셨어요?"

"그렇습니다. 같은 방향으로 갈 겁니다. 어쨌든 저는 이제 부터 삼십 분 정도 산책할 생각이었습니다."

우리는 하늘을 올려다보았다. 하늘은 구름 한 점 없이 맑게 개어 별이 가득했다. 넓고 조용한 길을 시원한 바람이 불고 지나갔다. 처음에 나는 그녀와 무슨 이야기를 해야 좋을지 몰라 망설였다. 그런데 그녀는 불편한 기색 없이 천천히 걸어가며 기분 좋게 상쾌한 밤 공기를 호흡하면서 생각나는 대로 이따금 소리를 지르거나 질문을 했고 나는 정확하게 대답했다. 그러자 나 역시 마음이 가벼워지더니 만족스러운 기분이 되었다. 우리는 보조를 맞추어 걷고, 그 보조에 맞추어 차분하게 이야기를 나누었다. 지금은 무슨 이야기를 했는지 한마디도 기억해 낼 수 없다.

그러나 그녀의 목소리의 울림은 여전히 또렷하게 기억한다. 그녀의 목소리는 깨끗하고 맑으며, 작은 새의 소리처럼 가벼우면서도 따뜻한 울림이 있었다. 또 그녀의 웃음소리는 조용하게 가라앉아 있었다. 그녀는 나와 보조를 맞추어 걸었다. 공중에 붕 뜬 듯한 기분으로 즐겁게 걸은 것은 난생처음이었다. 잠들어 있는 도시가, 호화로운 저택이, 문이, 정원이, 기념비가 조용히 그림자처럼 미끄러지며 우리 곁을 지나갔다.

도중에 볼품없는 옷을 입은 걸음이 불안한 한 노인을 만났다. 그는 우리에게 길을 양보하려고 했지만, 우리는 오히려 길 양편으로 서서 노인에게 길을 양보했다. 그러자 노인은 천천히 뒤돌아보며 우리를 배웅했다. 내가 "보세요!" 하고 말하자 그녀는 만족스럽게 웃었다.

몇 개의 높은 탑에서 시간을 알리는 종소리가 시원한 겨울바람을 타고 환성을 지르듯 맑게 도시 위에 울려 퍼지다가, 먼 하늘에서 뒤섞여 하나의 굉음이 되어 점차 사라져 갔다.

마차 한 대가 어느 광장을 가로질러 갔다. 말발굽 소리만 포석 위에서 딸깍딸깍 울리고 바퀴소리는 들리지 않았다. 마차 바퀴에는 고무 타이어가 달려 있었던 것이다.

그녀는 젊고 아름다운 모습으로 쾌활하고 발랄하게 나와 나란히 걸어갔다. 그녀 속에 있는 본성의 음악이 나를 감쌌고, 내 심장은 그녀의 심장과 같은 박자로 고동쳤으며, 내 눈은 그녀의 눈이 본 모든 것을 보았다.

그녀는 나를 알지 못했다. 나 역시 그녀의 이름조차 알지 못했다. 그러나 우리 두 사람은 아무런 불안을 느끼지 않았고 게다가 젊었다. 우리는 마치 두 개의 별 혹은 두 개의 구름과 같은 친구로, 같은 길을 가고 같은 공기를 호흡하며 말을 나누지 않아도 만족스럽고 쾌적한 기분을 느꼈다. 내 마음은 순진한 열아홉 살의 마음으로 돌아가 있었다. 내게는 우리 두 사람이 목표도 없이 지치는 줄 모르고 계속 걸어가야 하는 것처럼 생각되었다. 우리는 둘 다 생각할 수 없을 만큼 오랫동안 나란히 걸었으며, 이 길은 결코 끝이 나지 않을 것 같았다. 시계는 때를 알렸지만, 시간은 완전히 사라져 버렸다.

그런데 그때 그녀가 갑자기 멈추어 서더니 미소를 지으며 나와 악수를 한 다음, 어느 집의 문 안으로 사라져 버렸다.

…… 나는 그 미지의 소녀와 멋진 밤의 산책을 한 다음날 여행길에 올라 고향으로 돌아왔다. 나는 기차의 객실에 혼자 앉아 쾌적한 급행 열차의 여행과 한참을 선명하게 빛나 보이던 먼 알프스의 전경을 즐겼다. 켐프텐에서 뷔페에 가 소시지를 하나 먹고 차장에게 여송연을 하나 사며 잡담을 했다.

나중에 날씨가 흐려져 소리 없이 내리는 눈과 안개 속에 보덴 호수가 회색 바다처럼 크게 펼쳐져 있는 것을 보았다.

나는 지금도 앉아 있는 이 방에서 난로에 불을 지피고 열심히 일하기 시작했다. 편지와 책 꾸러미가 많이 와 있어서 할 일이 많았다. 그리고 일 주일에 한 번은 작은 도시로 기차를 타고 가서 물건을 약간 사고 포도주를 한 잔 마시고, 당구를 한 차례 쳤다. 그러는 동안 얼마 전 뮌헨을 돌아다닐 때 느꼈던 기쁨에 찬 쾌활함과 충실한 삶의 즐거움이 어딘가 자그마하고 불쾌한 틈에서 서서히 흘러가 버리기 시작했기 때문에, 나는 조금씩 사고력이 감퇴하고 꿈을 꾸는 상태에 빠져 들어갔다.

처음에는 그저 가벼운 병의 징조일 거라고 생각했다. 그래서 도시에 가서 사우나를 해보았으나 아무런 효력이 없었다. 이내 이 병이 뼈나 혈액 속에 잠겨 있는 것이 아니라는 사실을 깨달았다. 왜냐하면 완전히 내 의지에 반해, 아니 내 의지와 관계없이 모든 시간을 일종의 완고한 탐욕으로, 내가 그 쾌적했던 도시 뮌헨에서 무엇인가 소중한 것을 잃어버린 것같이 뮌헨에서의 일을 생각하기 시작했던 것이다.

그리고 서서히 그 소중한 것이 나의 의식 안에 분명한 형태를 띠기 시작했다. 열아홉 살 난 금발 소녀의 사랑스럽고 늘씬한 모습이었다. 그녀의 얼굴 생김새와 그녀와 나란히 걸었던 고맙고도 즐거운 그 밤의 산책이, 내 마음속에서 조용한 추억으로 남았다기보다는 내 자신의 일부가 되어 그것이 지금 아픔과 괴로움으로 나타난 것이었다.

어느새 봄이 되어 있었다. 그러나 이 문제는 충분히 성숙한 나머지 금방이라도 타오를 것처럼 되어 더 이상 억제할 수가 없었다. 지금이야말로 어떻게 해서든 그 사랑스러운 소녀를 만나야 한다는 것을, 그렇게 하기 전까지는 다른 것을 생각할 수 없다는 것을 깨달았다. 그렇게 함으로써 문제가 생기지 않는다면, 평온한 생활에 이별을 고하고 전보다 나은 것 같지 않은 나의 운명을 사회 생활의 흐름 속으로 이끌어 들이는 것을 두려워해서는 안 되었다. 그때까지는 무엇에도 관여하지 않는 방관자로서 나의 길을 걷겠다는 것이 내 의도였지만, 이제는 진지한 욕구가 그것을 변화시키려 하는 것으로 생각되었다.

그 일에 필요한 모든 것을 나는 깊이 생각했다. 그리고 일이 잘 풀릴 경우 내가 젊은 아가씨에게 구혼하는 데에는 아무런 문제가 없으며, 허락받을 수 있을 것이라는 결론에 도달했다. 나는 막 서른 살을 넘긴 나이에 점 잖고 건강하며, 지나치게 사치하지 않는다면 한 사람의 여성이 아무 불안 없 이 한 몸을 맡길 수 있을 만한 재산을 가지고 있었다.

이렇게 해서 나는 삼월 말에 또다시 뮌헨으로 갔다. 이번에는 긴 철도 여 행 동안 정말로 많은 것을 생각했다. 우선 그 아가씨와 더 잘 알게 되기 위 해 여러 가지를 계획했다. 그리고 그때에는 아마 내 욕망의 격렬함이 누그 러져 극복할 수 있을 거라고 생각했다. 어쩌면 내 동경은 단지 재회하는 것 만으로도 충족되어, 그후에는 저절로 마음의 균형이 회복될지도 모른다고 생각했다. 그러나 이것은 경험 없는 인간의 어리석은 공상일 뿐이었다. 뮌 헨이 가까워져 금발 소녀에게 다가가고 있다는 의식 속에서 마음은 무척 기뻤으며, 여행하는 내내 얼마나 즐겁게 빈틈없이 이것들을 차례차례 생각 하고 있었던가를 나는 아직껏 자세하게 떠올릴 수 있다.

정든 거리를 또다시 밟기도 전에 나는 몇 주일 동안이나 기다리며 소망 하던 유쾌한 기분이 되었다. 그 기분은 동경과 은근한 불안에 속박되어 있 기는 하지만 벌써 오랫동안 느낀 적이 없었던 기분 좋은 것이었다. 반가운 거리, 여기저기의 탑들, 전차 안에서 사투리로 떠들어대는 사람들, 크고 호 화로운 건물, 조용한 기념비, 내가 보았던 모든 것이 새삼 나를 기쁘게 하 고 신비로운 빛을 내뿜었다.

나는 만나는 차장마다 오십 페니히의 팁을 주었다. 우아한 쇼윈도의 유 혹에 고상한 우산을 샀고, 어느 담배 상점에는 내 신분과 재산에 어울리지 않는 고급 여송연을 호기 있게 샀다. 상쾌한 삼월의 공기 속에서 정말로 무엇이든 해보고 싶은 기분이었다.

이틀 후 나는 비밀리에 그 소녀에 대한 것을 조사했다. 그러나 대충 예상하고 있던 이상의 사실은 좀처럼 알아낼 수가 없었다. 그녀는 좋은 집안에서 태어났으나 고아이고 가난했다. 그리고 어느 공예 학교에 다니고 있었다. 레오폴트 거리에 있는 아는 사람의 집에서 그녀를 만났었는데, 그녀는 그 사람의 먼 친척이었다.

그 집에서 나는 다시 그녀를 만났다. 몇몇 사람만 참석한 파티였는데, 예전에 왔던 사람들이 대부분 다시 모습을 나타냈다. 어떤 이들은 나를 기억해 내고 친근하게 악수를 건넸다. 나는 몹시 주눅이 든 한편 약간 흥분해 있었는데, 드디어 그녀가 다른 손님과 함께 모습을 드러냈다. 그러자 내 흥분은 가라앉아 만족스러운 기분이 되었다.

그리고 그녀가 나를 알아보고 고개를 끄덕여 나로 하여금 곧장 그 겨울 밤의 일을 생각나게 해주었을 때 내 마음에는 예전의 신뢰가 되살아났고, 그 이후 전혀 시간이 흘러가지 않은 것처럼 그리고 마치 우리 두 사람의 주위를 여전히 같은 겨울의 밤바람이 불어대고 있는 것처럼 그녀와 이야기를 나누며 그녀의 눈을 바라볼 수 있었다.

그러나 우리는 그다지 많은 이야기를 주고받지 않았다. 그녀는 나에게 그후 어떻게 지냈느냐, 줄곧 시골에 있었느냐고 물었을 뿐이다. 그 이야기를 하고 나자 그녀는 잠시 입을 다물고 미소를 지으면서 나를 바라보다가 친구들이 있는 곳으로 갔다. 나는 조금 떨어진 곳에서 그녀를 실컷 지켜보았다.

그녀는 조금 달라진 것 같은 느낌이 들었다. 하지만 어떤 식으로 어디가 변했는지는 알 수 없었다. 그녀가 친구들에게 가버린 뒤, 나는 마음속에서 그녀의 두 가지 모습이 다투고 있는 것을 느끼며 서로 비교할 수 있다. 비로소 그녀가 전과는 다른 모양으로 머리칼을 묶어 올리고 있다는 것과 뺨이 약간 포동포동해졌다는 것을 알았다.

조용히 그녀를 관찰하면서 나는 이러한 아름다움과 이처럼 마음에 파고드는 젊음이 존재한다는 사실과 이처럼 인생의 봄을 맞은 사람을 만날 수 있고 옅은 푸른 눈을 들여다보는 것이 나에게 허용되었다는 사실을 기뻐함과 동시에 신기한 생각마저 들었다.

저녁 식사중과 식후에 모젤와인을 마시는 동안, 나는 신사들의 대화에 끌려들어 갔다. 전에 참석했을 때와는 다른 것이 화제에 올랐지만, 나에게는 예전에 하던 대화의 연속이라는 느낌이 들었다. 나는 이 쾌활하고 사치스러운 도시인들이 온갖 아름다운 것을 보는 즐거움과 뉴스의 혜택을 입고 있는데도 그들의 정신과 생활은 한정된 세계에 머물러 있으며, 생활은 다양하고 변화가 풍부한데도 그들의 세계는 엄격하고 협소하다는 것을 알아차리고, 어떤 시원한 만족감을 품었다.

나는 그들 가운데에서 진심으로 유쾌한 기분에 잠겨 있었다. 내가 이곳을 떠나 있었기 때문에 놓친 것은 결국 아무것도 없다는 것을 알아차렸다.

그리고 이 신사들은 그때부터 지금까지 변함없이 계속 앉아 있으면서 같은 화제로 이야기하고 있다는 인상을 말끔하게 씻어 버릴 수 없었다. 이같이 생각하는 것은 물론 부당한 일이나, 그렇게 생각한 것은 단지 내 주의력과 관심이 자주 대화에서 빗나가 버린 것이 원인이었다.

나는 서둘러 숙녀들과 젊은 사람들이 담소하고 있는 옆방으로 갔다. 젊은 예술가들이 그 아가씨의 아름다움에 흠뻑 끌려 절반은 친구로서, 절반은 경의를 보이며 어울리고 있는 것을 나는 놓치지 않았다.

췬델이라는 이름의 초상화가만이 냉정하게 나이 든 부인들 곁에 머무르며, 아가씨의 팬인 우리를 온화하지만 경멸에 찬 시선으로 바라보고 있었다. 그는 다갈색 눈의 아름다운 부인과 다정하게 이야기하고 있었는데, 말하기보다는 오히려 듣는 역할을 하고 있었다. 그 부인은 매우 위험한 여성으로, 많은 정사의 경험이 있다든가 아직 진행중인 정사에 관련되어 있다든가 하는 소문이 들리고 있었다. 그러나 나는 이 모든 것을 관심을 두지 않은 채 예삿일로 넘겨듣고 있었다. 내 마음은 그 아가씨에게 완전히 빼앗기고 있었던 것이다. 그렇지만 나는 아가씨들의 대화에는 끼지 않았다.

나는 그녀가 어떤 유쾌한 음악에 싸여 살아가며 움직이고 있다는 것을 느꼈다. 그리고 그녀의 본성이 지니고 있는 부드럽고 진지한 매력이 한 송이 꽃의 향기처럼 농후하고 감미로우며 강렬하게 나를 감쌌다. 그것은 나를 기분 좋게 만들었지만, 동시에 그녀를 바라보기만 해서는 내 동경이 진정되지 않고 충족될 수 없으며, 또다시 그녀에게서 멀어지면 내 고뇌는 더욱 나를 괴롭힐 것이라는 명백한 사실을 깨달았다. 사랑스러운 그녀의 모습은 내 자신의 행복과 내 인생의 꽃피는 봄을 구현하고 있는 것처럼 여겨져, 나는 그것을 움켜쥐어 내 것으로 만들어야 했다. 그렇지 않으면 봄은 두 번 다시 오지 않을 것 같은 기분이 들었다.

그것은 짧은 시간이기는 하지만 아름다운 여인들이 내 마음을 눈뜨게 하여 나를 흥분시키고 괴롭혔던, 키스를 하고 싶다거나 사랑의 밤을 함께하고 싶다는 성적인 욕망은 아니었다. 오히려 이 사랑스러운 모습 안에서 행복이 우연히 나를 만나기를 바라고, 그녀의 영혼이 내 영혼과 마찬가지로 나에게 호의를 가지고 있으며, 나의 행복은 그녀의 행복이기도 할 것임에 틀림없다는 기쁜 신뢰가 있었다.

그래서 나는 그녀 가까이에 머물며 기회를 보아 그녀에게 질문하려고 결심했다.

아무튼 이제 모든 것을 이야기해 버리고 싶다는 생각이 든다. 그러면 다시 계속하겠다!

…… 다음에 그녀 곁으로 갔을 때 나는 전보다는 좀 더 나은 이야기 상대가 될 수 있었다. 우리는 퍽 친근하게 이야기를 했다. 그리고 나는 그녀의 생활에 대해 여러 가지를 알 수 있었다. 또한 나는 그녀를 집까지 바래다 주도록 허락받았다. 또다시 그녀와 조용한 거리를 지나 똑같은 길을 간다는 것이 꿈처럼 여겨졌다. 나는 자주 그 귀가길에서의 일을 생각하고 그

길을 다시 한 번 걷게 되기를 원하고 있었노라고 그녀에게 말했다. 그녀는 즐거운 듯이 웃으며 나에 대해 자세하게 물었다. 이윽고 내 마음을 고백하기로 결심하고 그녀를 바라보며 말했다.

"마리아 양, 저는 오직 당신을 만나기 위해 뮌헨에 왔습니다."

나는 곧 너무 뻔뻔스럽지는 않았는지 걱정이 되었다. 그리고 난감했다. 그녀는 아무 말도 하지 않고 그저 차분하게 약간 호기심을 가지고 나를 바라보다가 이렇게 말했다.

"목요일에 친구가 아틀리에에서 파티를 하는데, 같이 가시겠어요? 괜찮으시다면 여덟 시에 여기로 마중 나와 주세요."

우리는 그녀의 집 앞에 서 있었다. 나는 고맙다는 인사를 하고 작별을 고했다.

이렇게 해서 나와 마리아는 어느 파티에 가게 되었다. 커다란 기쁨이 나를 엄습했다. 나는 그 파티에 그다지 많은 것을 기대하지는 않았지만, 그녀가 같이 가자고 권유했기 때문에 그녀에게 고마워해야 할 의무가 생겼다는 생각은 매우 감미로운 것이었다. 나는 어떻게 하면 그녀에게 보답할 수 있을지를 생각했다. 그래서 목요일에 아름다운 꽃다발을 들고 가기로 결심했다.

그저 기다릴 수밖에 없는 그 사흘 동안 그때까지 지니고 있던 쾌활하고 만족스러운 기분을 되찾을 길이 없었다. 그녀를 위해 여기에 왔다는 것을 그녀에게 말해 버렸기 때문에, 마음의 평안을 상실하고 만 것이다. 무엇이라 하든 그것은 사랑을 고백한 것이나 마찬가지였다. 그러니 지금 그녀는 나의 상태를 알고 나에게 해야 할 대답에 관해 여러 가지로 생각하고 있을 거라고 짐작하지 않을 수 없었다.

이 사흘을 나는 교외에서 님펜부르크나 슈라이스하임의 드넓은 정원이나 이자르강 주변의 숲 속을 산책하며 보냈다.

드디어 목요일 저녁이 되자, 나는 옷을 차려입고 꽃집에서 붉은 장미 다발을 사 들고 마차로 마리아의 집까지 갔다. 그녀는 이내 내려왔다. 나는 그녀가 마차 타는 것을 도와준 다음 그녀에게 꽃다발을 내밀었다. 그녀는 흥분으로 당황하고 있었다. 내 가슴은 매우 두근거리고 있었지만 분명히 그것을 알 수 있었다. 그래서 나는 그녀를 가만히 내버려 두었다. 그녀가 파티를 낙으로 삼는 젊은 아가씨처럼 무척 흥분하고 있는 모습을 보는 것은 즐거운 일이었다.

지붕이 없는 마차를 타고 거리를 지나가는 동안, 설령 한순간의 일이라고 해도 이렇게 나란히 마차를 타고 가는 것이 마리아가 우정과 사랑에 관한 나의 고백에 동의하는 것처럼 여겨져 차츰 커다란 기쁨을 느꼈다.

이날 저녁 그녀를 보호하며 그녀의 동행이 되어 가는 것은 나에게는 특별히 명예로운 임무였다. 그녀에게는 이러한 임무를 기꺼이 맡을 친구들이나 말고도 틀림없이 있을 거라고 생각했기 때문이다.

마차는 어느 커다랗고 살풍경한 셋집 앞에 멈추었고, 우리는 그 건물의 복도와 안뜰을 지나갔다. 안뜰의 복도에서 빛과 사람들 소리가 큰 파도처럼 우리를 향해 한꺼번에 밀려왔다.

우리는 벌써 코트와 모자로 덮여 있는 철제 침대와 몇 개의 상자가 놓여 있는 작은 방에서 코트를 벗었다. 그리고 밝은 조명을 받고 있는 사람들로 가득 찬 아틀리에로 들어갔다. 서너 명의 손님은 나에게도 조금은 안면이 있었다. 그 외에는 주인을 포함하여 모르는 사람들뿐이었다. 마리아는 주인에게 나를 소개하며 덧붙였다.

"제 친구 중 한 분이에요. 괜찮겠죠?"

이 말에 나는 약간 놀랐다. 그녀가 나의 방문을 당연히 미리 연락해 두었으리라고 믿고 있었던 것이다. 주인인 화가는 아무렇지 않다는 듯 나와 악수를 하며 말했다.

"물론 괜찮고말고요."

아틀리에 안에서는 모두 정말로 쾌활하고 자유롭게 행동하고 있었다. 제각기 자리를 찾아 앉고 옆자리 사람과는 서로 자기 소개 같은 것은 하지 않았다. 또한 마음대로 여기저기 놓인 차가운 음식을 집어먹고 포도주나 맥주를 마셨다. 손님들의 일부가 막 도착했거나 저녁을 먹고 있는데, 다른 사람들은 벌써 담배에 불을 붙이고 있었다. 그러나 천장이 매우 높은 방이어서 연기가 처음에는 쉽게 사라져 버렸다.

조심해야 할 사람이 아무도 없었으므로 나는 우선 마리아와 나 자신을 위해 몇 가지 음식을 확보했다. 우리 둘 다 모르는 사람이지만 우리에게 명랑하게 인사를 건네 온 붉은 수염의 남자와 함께 작고 낮은 제도용 책상을 사이에 두고 마주하여 누구의 방해도 받지 않고 열심히 먹었다. 늦게 와서 테이블에 자리를 잡지 못한 사람들 중 누군가가 우리의 어깨 너머로 팔을 뻗어 햄 한 조각을 얹은 빵을 집었다. 음식이 몽땅 없어지자 많은 손님들이 여전히 배가 고프다고 불평했다. 그래서 손님 두 명이 음식을 좀 더 사오기 위해 밖으로 나갔다. 그리고 두 명 중 한 사람이 친구들에게 작은 액수의 현금을 요구하며 걷었다.

주인은 약간은 소란스럽고 발랄한 정경을 여유 있게 바라보며 선 채로 버터 바른 빵을 먹고 있었다. 그리고 빵과 포도주 잔을 양손에 들고 잡담을 하면서 손님들 사이를 왔다갔다 했다.

격식 없는 행동이 불쾌하게 여겨지지는 않았지만, 마리아가 여기에서 밝고 즐겁고 편안해 보여 나는 마음속으로 은근히 유감스러웠다.

이 젊은 예술가들이 그녀의 친구이며 어떤 이들은 퍽 존경할 만한 사람이라는 것을 물론 알고 있었고, 다른 것을 바랄 어떤 권리도 나에게는 없었다. 그렇지만 누가 뭐라고 하든 이 세련되지 못한 파티를 그녀가 만족스럽게 받아들이고 있는 모습을 보는 것이, 나에게는 가벼운 고통과 아주 작은 실망을 안겨 주었다. 이윽고 나는 혼자가 되었다. 그녀가 허둥지둥 식사를 하고 일어나더니 친구들에게 인사를 했기 때문이다. 그녀는 처음 두 사람에게 나를 소개하고 그들의 대화에 끌어들이려고 했지만, 나는 거기에 낄 수 없었다.

그런 다음 그녀는 어떤 때는 이쪽에, 또 어떤 때는 저쪽에 가서 이야기를 했다. 그녀는 내가 없어도 별로 곤란하지 않은 것처럼 보였으므로, 나는 한

구석으로 물러가 벽에 기대어 주변의 유쾌한 사람들을 조용히 바라보았다.

나는 마리아가 밤새 내 곁에 머물 것이라고는 기대하지 않았다. 그녀를 바라보고, 그녀와 잠시 잡담을 나누고, 다시 집까지 데려다 줄 수 있다면 그것으로 만족이었다. 그렇지만 불쾌한 감정이 서서히 나를 엄습했다. 다른 사람들이 쾌활해질수록 나는 이따금씩 잠깐 누군가의 말상대가 될 뿐, 점점 더 아무 쓸모없고 관계없는 존재가 되어 그저 서 있을 따름이었다.

손님들을 살펴보는 중에 초상화가 췬델과 위험한 여성으로 그다지 평판이 좋지 않은 다갈색 눈의 아름다운 여인이 있는 것이 보였다. 그녀는 초대된 손님들 사이에서 잘 알려져 있는 모양인지, 대부분의 사람들로부터 경멸 어린 친근감이 담긴 한편 미모에 대한 찬탄의 감정이 담긴 시선을 받으며 관심을 받고 있었다. 잘생기고 키가 크며 단단한 몸에 날카로운 검은 눈의 췬델은, 응석받이로 자라 자기가 다른 사람에게 주는 인상에 확신을 가지고 있는 남자가 대체로 그렇듯이 자신감이 넘치고 자존심이 강하며 유연한 태도를 지닌 인물이었다. 나는 주의 깊게 그를 쳐다보았다. 선천적으로 이런 종류의 남성에 대해 기묘하고 선망 섞인 관심을 가지고 있었기 때문이다.

그는 초대한 주인에게 충분한 대접을 받지 못했다며 푸념을 했다.

"의자가 부족하잖아."

그는 업신여기는 말투로 말했다. 그래도 주인은 태연하게 어깨를 움츠리며 대꾸했다.

"내가 보잘것없이 되어 초상화라도 그린다면 여기는 훨씬 고급스러워지겠지."

그러자 췬델은 술잔에 대해 불평을 늘어놓았다.

"물통으로야 포도주를 마실 수 없지. 포도주는 고급스러운 잔으로 마셔야 제 맛을 음미할 수 있다는 말을 들어 본 적이 없나?"

주인은 기죽지 않고 말했다.

"자네는 잔에 대해서는 잘 알고 있으면서 포도주에 대해서는 모르는 모양일세. 나는 고급 잔보다는 고급 포도주를 좋아한다네."

그 아름다운 여성은 미소를 지으며 이 대화를 듣고 있었다. 그런데 이상하게도 그녀의 표정은 더없이 만족스럽고 행복해 보였다. 이 농담 때문에 그럴 리가 없었다. 예상한 대로 나는 곧 테이블 아래에서 그녀의 손이 췬델의 윗옷 왼쪽 소매 속 깊이 들어가고, 그의 발이 꼴사납게 그녀의 발과 가벼운 장난을 치고 있는 광경을 보았다. 췬델은 다정한 기분에서라기보다는 예의상 그렇게 하고 있는 것처럼 보였다. 그러나 그녀는 불쾌할 만큼 열심히 그를 연모하는 눈길로 응시하고 있었다. 마침내 나는 그녀를 더 이상 보고 있을 수가 없었다.

췬델이 그녀에게서 떨어져 일어섰다. 아틀리에 안은 이미 연기로 가득차 있었다. 부인이나 젊은 아가씨 들은 담배를 피우고 있었다. 커다란 웃음소리와 말소리가 뒤섞여 울리고 모두 여기저기 돌아다니며 의자나 상자, 석탄을 담아 두는 통, 바닥에 앉아 있었다. 손님 가운데 한 사람이 피콜로를 불었다. 왁자지껄한 와중에 큰소리로 웃고 있는 패거리 가운데 약간 취한 듯한 젊은이 하나가 자못 심각한 척하며 시를 낭송했다.

나는 츤델을 살펴보고 있었다. 그는 무척 침착한 모습으로 돌아다녔는데 전혀 취한 것 같지 않았다. 그러는 틈에 다른 두 명의 아가씨와 소파에 앉아, 잔을 손에 들고 옆에 서 있는 젊은 신사들의 상대가 되어 주고 있는 마리아 쪽을 나는 몇 번이나 바라보았다.

파티가 길어질수록, 소란스러움이 더해질수록, 나를 덮치고 있는 슬픔과 아픔은 커져 갈 뿐이었다. 나는 내 동화 속 아이와 함께 불결한 장소에 떨어져 버린 듯한 기분이 되었다. 이제 그녀가 나에게 여기를 떠나고 싶다는 신호를 보내기만을 기다리기 시작했다.

그때 화가 츤델이 옆에 서서 담배에 불을 붙였다. 그는 주위 사람들의 얼굴을 바라보고 나서 소파 쪽을 주시했다. 그러자 마리아가 눈을 들었고, 나는 그것을 놓치지 않았다. 그리고 마리아는 그의 눈을 잠시 들여다보았다. 그는 미소를 지었으나 그녀는 그를 가만히 진지하게 응시했다. 그가 한쪽 눈을 감고 무엇인가 묻듯이 머리를 치켜들자, 그녀는 희미하게 고개를 끄덕였다.

가슴이 답답해져 오더니 완전히 어두워졌다. 나는 아무것도 알 수가 없었다. 그것은 하나의 농담, 하나의 우연, 전혀 그럴 마음이 없었는데 그만 해버리고 만 몸짓이었는지도 몰랐다. 그러나 그런 생각은 위로가 되지 않았다. 나는 보고 만 것이다. 그 파티가 이어지는 동안 줄곧 서로 한마디도 나누지 않고 부자연스럽게 느껴질 만큼 멀리 떨어져 있던 두 사람 사이에는 암묵의 양해가 있었던 것이다.

그 순간 내 행복과 어린아이 같은 희망은 무너져 버렸다. 희미한 흔적도 광채도 남아 있지 않았다. 내 스스로 견뎌 낸 순수한 마음으로부터의 슬픔마저 남지 않고 그저 수치스러운 생각과 환멸이, 불쾌한 뒷맛과 혐오감이 남아 있을 뿐이었다. 만일 내가 명랑한 신랑이나 연인과 함께 있는 마리아를 보았다면, 차라리 그 상대를 부러워하거나 기뻐했을 것이다. 그런데 지금 상대는 여자 꽁무니만 따라다니는 탕아인 데다가, 그의 발은 불과 반시간 전에 다갈색 눈을 가진 여자의 발을 희롱하고 있었던 것이다. 나는 더욱 용기를 냈다. 내가 착각하고 있는 것일 수 있기 때문이다. 그러므로 나의 불쾌한 의혹을 부정할 기회를 마리아에게 주어야 했다.

나는 그녀에게 가서 슬픈 마음으로 봄과 같이 사랑스러운 얼굴을 들여다보며 물었다.

"마리아 양, 늦었습니다. 돌아가시는 길에 동행해도 괜찮을까요?"

아, 그때 나는 처음으로 모르는 척 시치미 떼는 그녀를 보고 말았다. 그녀의 얼굴은 고상하고 성스러운 분위기를 잃었고, 그녀의 목소리는 뭔가를 숨기듯 건성으로 울렸다. 그녀는 웃으며 큰소리로 말했다.

"어머, 미안해요. 전혀 생각하고 있지 않았어요. 데리러 올 사람이 있거든요. 벌써 돌아가시려고요?"

나는 말했다.

"네. 돌아가겠습니다. 안녕히 계십시오, 마리아 양."

나는 누구에게도 작별을 하지 않았다. 그리고 누구 하나 만류하지 않았다. 나는 천천히 많은 계단을 내려가 안뜰을 가로지른 다음 도로에 접한 건물의 통로를 빠져나왔다. 밖으로 나와 어떻게 해야 좋을지 이 생각 저 생각을 한 나는 다시 한 번 돌아가 안뜰에 있는 빈 마차 뒤에 숨었다. 거기서 나는 한 시간 가까이 기다렸다. 이윽고 췬델이 다가와 담배꽁초를 집어던지고 코트의 단추를 끼우고 나서 마차를 타고 내리는 곳을 통해 나갔다가, 곧 다시 돌아와 입구에 멈추어 섰다.

오 분이나 십 분 가량 지났다. 나는 그동안 내내 그에게 다가가 호통을 치며 '나쁜 자식'이라고 욕하면서 멱살을 잡고 덤벼들고 싶은 욕구에 사로잡혔다. 그러나 나는 그렇게 하지 못했다. 그저 조용히 숨어서 기다리고 있었다. 그리 오래 지나지 않아 계단을 내려오는 발소리가 들렸고 문이 열렸다. 마리아가 나와 주변을 살피더니 입구에 가서 살그머니 화가의 팔에 팔을 끼웠다. 그들은 어깨를 나란히 하고 빠른 걸음으로 사라졌…….

그때까지 이 세상에 존재하던 것을, 일종의 순결한 향기와 다정한 매력을 나는 잃어버리고 말았다. 그리고 그것이 다시 돌아올 수 있을지 나로서는 알 수가 없다.

○ 『단편 전집』에 수록된 「*Taedium vitae*」(1908).
○ …… 부분은 엮은이에 의해 생략되어 있는 부분이다. 이하의 …… 부분은 동일하다.
1) 풍요의 뿔 : 꽃과 과일이 담긴 염소의 뿔. 뿔에서 부가 솟아난다는 그리스 신화에서 유래한 것으로, 신화나 천장화 등에 자주 묘사된다.
2) 아우마이스터 : 뮌헨에 있는 공원인 영국정원의 북쪽에 있는 사냥 오두막.

사랑의 노래

오 그대여, 나는 말할 수가 없다,
그대가 나를 어떻게 했는가를.
나는 낮을 피해
오로지 밤을 추구하고 있다.

밤은 나에게 황금빛으로 빛난다,
일찍이 어떤 낮도 그렇게 빛나지 않았을 만큼.
나는 다정한 사람을 꿈꾼다,
금빛 머릿결을 가진 여인을.

밤, 나는 지극한 행복을 꿈에 본다,
그대의 눈빛이 약속해 준 것을.
밤, 나는 노래가 울려 오는 것을 듣는다,
먼 낙원에서 울려 오는 노래를.

밤, 나는 구름이 질주하는 것을 본다.
그리고 오랫동안 밤하늘을 본다 —

오 그대여, 나는 말할 수가 없다,

그대가 나를 어떻게 했는가를.

사월의 저녁

푸른 하늘과 복숭아꽃
오랑캐꽃과 붉은 포도주
오, 얼마나 화려하게 피고 얼마나 타오르는가.
그대들의 불은 내 마음에 스며든다.

늦게 집으로 돌아와
나는 오랫동안 창가에 서 있다.
갖가지 꿈이 찾아오는 것을 느끼며
내 마음은 불안해진다.

충만과 생명을 위해 겁을 내며
내 안의 영혼이 떤다.
어디에 이 영혼을 맡기면 좋은가?
사랑하는 그대여, 나의 영혼을 그대에게 맡긴다.

○ 「*Abend im April*」(1922). 이 책에 처음 소개되는 작품이다.

사랑의 모험에 대한 기대

산맥 남쪽에 있는 첫 번째 마을. 여기에서 비로소 사랑하는 나의 방랑 생활이 시작된다. 정처 없는 방황, 양지에서의 휴식, 자유로운 방랑자의 생활이 시작된다. 나는 배낭을 짊어진 여행자, 옷자락이 술이 될 만큼 해어진 바지를 입고 돌아다니는 것을 사랑한다.

선술집에서 실외에 놓인 테이블로 포도주가 날라져 오는 동안, 나는 문득 페르치오 부조니[1]를 떠올린다. 이 매력적인 사람은 "당신은 정말로 시골 사람 같군요" 하고 약간 빈정거리듯이 나에게 말했다. 그것은 우리가 마지막으로 — 그렇지만 그리 오래전의 일은 아니다 — 취리히에서 만났을 때의 일이다. 폴크마르 안드레아[2]가 말러의 교향곡을 지휘했을 때의 일이다. 우리는 늘 다니던 레스토랑의 같은 테이블에 함께 앉아 있었다. 나는 부조니의 유령같이 창백한 얼굴을, 여태껏 남아 있는 것 가운데 가장 훌륭한 반속물 정신을 의식하고 더욱이 세련되게 표현하는 이 사람을 다시 만나 기뻤다. 그런데 어떻게 여기서 이런 것을 떠올린 것일까?

알았다! 내가 생각하고 있는 것은 부조니에 관한 것이 아니다. 취리히에 관한 것도, 말러에 관한 것도 아니다. 그것은 기분 나쁜 무언가와 우연히 마주쳤을 때 곧잘 일어나는 기억의 속임수다. 그러한 때는 사리분별 없는 심상이 의식의 전면으로 밀려 나오는 법이다. 이번에야 깨달았다! 그 레스토랑에는 또 한 사람, 젊은 여인이 앉아 있었다. 서로 말은 나누지 않았지만, 밝은 금발에 뺨이 무척 불그스레한 여인이었다. 천사 같은 사람이여! 그녀를 바라보고 있는 것은 즐거움이자 고통이었다. 그 한 시간 동안 줄곧 얼마나 그녀를 사랑했던가! 나는 열여덟 살 젊은이로 되돌아가 있었다.

갑자기 모든 것이 명확해졌다! 밝은 금발의 아름답고 쾌활한 여인이여! 그대의 이름이 무엇인지 나는 모른다. 나는 한 시간 동안 그대를 사랑했다. 그리고 지금 산속 마을의 양지바른 길에서 또다시 한때의 그대를 사랑한다. 나보다 그대를 더 사랑한 사람은 없다. 나만큼 자기를 지배하는 힘을, 무조건의 힘을 그대에게 확인한 사람은 없다. 그러나 나는 성실하지 못한 사람으로서 살아갈 운명을 짊어지고 있다. 나는 여인을 사랑하는 것이 아니라 오직 사랑을 사랑하는 방종한 인간인 것이다.

우리 나그네들은 모두 그런 존재다. 우리의 방황 충동과 방랑 생활 대부분은 연애이며 에로티시즘이다. 여행의 로맨티시즘의 반은 사랑의 모험에 대한 기대 외에 아무것도 아니다. 그러나 나머지 반은 관능적인 것을 변형

시켜 승화하려는 무의식의 충동이다. 우리 나그네들은 사랑의 소망을 - 그 것이 정말로 충족되지 못하는 것이기에 - 가지는 데 익숙해져 있다. 그리 고 사실 여인에게 바쳐야 할 사랑을 마을이나 산에, 길가의 아이들에게, 다 리 밑의 걸인에게, 목장의 소에게, 작은 새에게, 나비에게 아낌없이 나누어 준다. 우리는 사랑을 사랑의 대상으로부터 해방시킨다. 우리에게는 사랑 그 자체로 충분한 것이다. 그것은 우리가 방황의 여행을 하고 있을 때 목적 지를 구하지 않고, 방랑하는 즐거움 그 자체를 여행길에서 즐거움으로 구 하는 것과 같다.

상쾌한 얼굴의 젊은 여인이여, 나는 그대의 이름을 알아야겠다는 생각 을 하지 않는다. 그대를 향한 애정을 지키고 키우겠다는 생각을 하지 않는 다. 그대는 내 사랑의 목표가 아닌, 사랑의 원동력이다. 나는 이 사랑을 길 가의 꽃들에게, 포도주 잔 속 햇빛의 반짝거림에게, 양파처럼 둥글고 붉은 교회 탑의 지붕에게 나누어 준다. 내가 이 세상을 사랑하게 된 것은 그대 덕분이다.

아아, 어리석은 말을 하고 말았다! 동틀 무렵 나는 산속의 오두막에서 그 금발 여인의 꿈을 꾸었다. 나는 그녀를 애타게 그리워하고 있었다. 그녀가 내 곁에 있어 주었다면, 나는 방랑의 모든 기쁨과 더불어 남은 인생까지 주 어 버렸을지도 모른다. 나는 오늘 하루 종일 그녀를 생각한다. 그녀를 위해 포도주를 마시고 빵을 먹는다. 그녀를 위해 마을과 탑을 내 화첩에 그린다. 그녀를 위해 나는 신에게 감사드린다. 그녀가 살아 있는 것을, 그녀를 만날 수 있었던 것을. 그녀를 위해 나는 노래 하나를 짓겠다. 이 붉은 포도주에 취하겠다.

이렇게 해서 맑게 갠 남국에서의 최초의 휴식은 산맥 저편에 있는 밝은 금발 여인에 대한 동경에 바치게 되었다. 그녀의 청순한 입가는 얼마나 아름다웠던가! 이 가련한 인생은 얼마나 아름답고, 얼마나 어리석으며, 얼마나 매혹으로 가득 차 있는가!

○ 『방랑(Wanderung)』(1920)에 수록된 「마을(Dorf)」 중 'Erwartung des Abenteuers'.
1) 페르치오 부조니 : 1866~1924, 이탈리아의 피아니스트이자 작곡가.
2) 폴크마르 안드레아 : 1879~1952, 스위스의 지휘자로 헤세의 친구.

어느 여인에게

저는 그 어떤 사랑도 할 만한 가치가 없습니다.
다만 불타 버릴 뿐 어찌 될지 모릅니다.
저는 구름에서 번쩍이는 번개이며
바람이며 폭풍이며 선율입니다.

그러나 저는 사랑을 매우 기쁘게 받아들입니다.
관능의 즐거움을 향수하고 희생을 받습니다.
멀리에서 가까이에서 눈물이 저를 따라옵니다.
저는 나그네이고 성실하지 않기 때문입니다.

제가 성실한 것은 제 가슴속의 별에게 뿐입니다.
그 별은 저를 파멸로 이끌어 가고
저의 모든 기쁨을 고통으로 바꾸어 버립니다.
그래도 제 본성은 그 별을 사랑하고 찬미합니다.

저는 쥐 잡는 사람[1]이자 유혹하는 사람의 운명입니다.
순식간에 타버려 괴로운 쾌락을 흩뿌립니다.

여러분에게 가르쳐 줍니다. 아이가 되라고 동물이 되라고.

그리고 제 주인이고 지도자인 것은 죽음입니다.

○ 『시집』에 수록된 「*Einer Frau*」(1920).

1) 쥐 잡는 사람 : 「하멜른의 피리 부는 사나이」에 나오는 인물. 시장의 부탁
   으로 마법의 피리를 불어 쥐를 퇴치했는데, 약속한 보수를 주지 않자 피
   리를 불어 마을 아이들을 모아 산속으로 사라졌다.

그 옛날, 사랑하는 남자가……

연인이 있는 한 남자가 희망 없는 사랑을 하고 있었다. 그는 완전히 자신의 영혼 안에 틀어박혀 사랑에 타버리고 있다고 생각했다. 그에게는 세상이 없어져 버렸다. 푸른 하늘도, 초록빛 숲도 그는 더는 보지 못했다. 그에게는 시냇물도, 하프도 소리를 내지 않았다. 모든 것이 가라앉았으며 그는 가엾고 비참하게 되었다. 그러나 그의 사랑은 점점 더해 갈 따름이었다. 사랑하는 그 아름다운 여인을 소유하지 못하느니 차라리 죽는 것이 낫다고 생각했다. 그는 비로소 자신의 사랑이 마음속의 다른 모든 것을 불태워 버렸음을 깨달았다.

사랑이 강해져 더욱 끌어당겼기 때문에 그 아름다운 여인은 그를 따를 수밖에 없었다. 그녀가 왔다. 그는 두 팔을 활짝 벌리고 서서 그녀를 자기에게로 끌어당겼다. 하지만 그녀가 그의 앞에 섰을 때, 그녀의 모습은 완전히 달라져 있었다. 그는 잃어버렸던 모든 세계를 자기에게로 끌어당겼다는 사실을 전율하며 느끼고 보았다. 그녀는 그의 앞에 서서 그에게 자신을 내맡겼다. 하늘과 숲과 시내가, 모든 것이 새로운 색채로 신선하고 찬란하게 그를 향해 다가왔다. 그리고 그의 것이 되고 그의 언어로 말했다. 그저 단 한 사람의 여인을 얻는 대신 그는 마음속에 온 세계를 품었다. 하늘의 별 하나하나가 그의 안에서 빛나고 그의 영혼을 통해 기쁨의 빛을 뿜어냈다. 그는 사랑했고 그러면서 자신을 발견한 것이다. 그러나 대부분의 사람은 사랑을 하면서 자기 자신을 잃어버린다.

○ 『데미안(*Demian*)』(1919) 중 「에바 부인(*Frau Eva*)」의 일부로서 '*Es war ein Liebender*……'

내가 자주 꾸는 꿈
— 폴 베를렌의 프랑스어에서

나는 또 낯선 여인의 꿈을 꾼다.
이미 몇 번이나 꿈속에서 내 앞에 선 여인이다.

우리는 서로 사랑했다. 그녀는 아름다운 두 손으로
내 이마의 흐트러진 머릿결을 어루만져 준다.

그녀는 수수께끼 같은 내 본성을 이해하여
내 어두운 마음속을 읽어 낼 수 있다.

그대는 내게 묻는다. 그녀는 금발인가? 나는 모른다.
그녀의 얼굴은 동화 속 얼굴과 같다.

이름이 뭐지? 나는 모른다. 그러나 그것은
먼 과거가 노래하듯 감미로운 울림을 가진다 .

○ 『시집』에 수록된 「*Mon rêve familier*」(1901).

에디트에게 보내는 클링조르의 편지

사랑하는 여름 하늘의 별이여!

그대는 얼마나 멋지게 진실을 써주었는가. 그대의 사랑은 영원히 계속되는 고뇌처럼, 영원히 계속되는 비난처럼, 얼마나 괴로움에 넘쳐 나를 부르는가. 그러나 그대가 나에게, 그대가 자신에게 마음의 온갖 감정을 고백할 때, 그대는 옳은 일을 하는 것이다. 어떤 감정도 평범하다고, 어떤 감정도 가치 없다고 말해서는 안 된다! 모든 감정은 좋은 것이다. 증오도, 선망도, 질투도, 잔혹한 마음조차 매우 좋은 것이다. 우리는 가련하고 아름다우며 멋진 우리의 감정에 의해서만 살고 있다. 모든 감정을 부당하게 다루는 것은 하늘의 별을 없애는 것과 같다.

내가 지나를 사랑하고 있는지 나는 알 수 없다. 나는 그것을 매우 의아하게 여기고 있다. 나는 그녀를 위해 어떤 희생도 하지 않을 것이다. 대체 나에게 사랑하는 능력이 있는지조차 나는 모르겠다. 물론 나는 성적 욕망을 가질 때가 있다. 다른 사람들 속에서 자신을 찾고 자신의 반향에 귀를 기울이며 자신을 비추는 거울을 찾는다. 다른 사람들 속에서 쾌락을 추구하기도 한다. 어쩌면 이 모든 것이 사랑인 것처럼 보일 수 있다.

우리는, 그대와 나 두 사람은 모두 똑같은 미궁을, 이 사악한 세계에서 완전히 발산할 수 없는 우리 감정의 뜰을 방황하고 있다. 그리고 우리는 제각각 자기 식으로 이 사악한 세계에 복수하고 있다. 그러나 우리는 서로 상대방의 꿈을 깨뜨리고 싶지 않다는 생각을 하고 있다. 꿈이라는 포도주가 얼마나 붉고 감미로운 맛을 지니고 있는지를 알고 있기 때문이다.

자기의 감정에 대해, 자기 행동의 의미와 효과에 대해 명확하게 알고 있는 것은, 인생을 믿으며 내일이 되고 모레가 되어도 정당하다고 인정되지 않을 일은 결코 시작하지 않는 사람들, 내면이 안정되어 자기의 행위에 자신감을 가지고 있는 사람들뿐이다. 나는 불행하게도 그런 사람들과 같은 부류가 아니다. 그래서 나는 내일을 믿지 않고, 매일을 인생 최후의 날이라 생각하고 느끼며 행동한다.

사랑하는 날씬한 여인이여!

내 생각을 표현하려 하나 잘되지 않는다. 사상은 언제나 표현함과 동시에 죽어 버리는 것이다! 그래, 표현하지 말고 가슴속에 넣어 두자! 나는 그대가 나를 이해해 주는 것을, 그대 안의 무엇인가가 내 것과 동질임을 깊이 느끼며 고맙게 여기고 있다. 우리의 감정이 사랑 · 성욕 · 감사 · 동정인지,

모성적 감정인지, 아이가 어머니에게 품는 것과 같은 감정인지, 인생의 노트에 어떻게 적어야 하는지, 나는 알 수가 없다.

나는 여인들을 노련한 탕아의 눈으로 바라보는가 하면, 때로는 나이 어린 소년의 눈으로 바라본다. 때로는 더없이 정숙한 여인이, 때로는 더없이 음란한 여인이 나에게는 가장 매혹적인 여인으로 느껴지는 것이다. 나의 사랑이 용납되는 모든 것이 아름답고 모든 것이 신성하며 모든 것이 한없이 훌륭하다. 왜 사랑할까, 얼마나 무르익을까, 어느 정도일까, 그것을 짐작할 수는 없다.

내가 사랑하고 있는 것은 그대 혼자만이 아니다. 그것을 그대는 알고 있다. 나는 또 지나만을 사랑하고 있지 않다. 내일이나 모레에는 다른 여인을 사랑하고, 다른 여인상을 그릴 것이다. 그러나 내가 지금까지 품고 있던 어떤 사랑도, 그 사랑 때문에 저지른 어떤 현명한 행동도 어리석은 행동도, 나는 후회하지 않을 것이다. 그대가 나와 닮았기에 나는 그대를 사랑하고 있는지 모른다. 다른 여인들은 나와 다르기에 사랑하는 것이다.

밤이 이슥해졌다. 달은 살루테산 위에 걸려 있다. 삶이 얼마나 웃고 있는가, 죽음이 얼마나 울고 있는가!

이 시시한 편지를 불 속에 던져 버려라. 그리고 그대의 클링조르 또한 불 속에 던져 버려라.

그대의 클링조르

○ 『클링조르의 마지막 여름(*Klingsor letzter Sommer*)』(1920) 중 「*Klingsor an Edith*」.

번개

번개가 멀리서 열에 떠 있다.
재스민은 이상한 광채로
빛이 약한 별처럼 창백하게
그대의 머리카락 안에서 빛나고 있다.

그대의 기이한 힘에
그대의 가혹하고 어두운 힘에
입맞춤과 장미를 바친다.
숨막힐 듯한 무더운 밤이여.

행복도 광채도 없는 입맞춤을
한순간 후회한다.
난숙한 꽃잎을
슬프게 춤추며 흩뿌리는 장미여.

이슬도 남겨 두지 않고 가버리는 밤이여!
행복도 눈물도 없는 사랑이여!

머리 위에는 뇌우가 있다.

두려워하고 동경하던 뇌우가.

○ 『시집』에 수록된 「*Wetterleuchten*」(1901).

단상 17

나는 곧잘 예술은 모두 대가에 불과하다는 생각을 한다. 실패한 인생의, 발산하지 못한 수성(獸性)의, 순조롭지 못한 연애의, 몹시 힘들고 실제 가치의 열 배나 높은 보상을 치른 대가라고 말이다. 그러나 사실은 그렇지 않다. 전혀 다른 것이다. 정신적인 것을 감각적인 것이 부족한 어쩔 수 없는 대가라고 본다면, 그것은 감각적인 것을 과대평가하는 것이다. 감각적인 것은 정신적인 것보다 털끝만큼도 더 가치 있지 않다. 그 반대 또한 마찬가지다. 모든 것은 하나여서 어느 것이나 똑같이 좋다. 그대가 여자를 안든 한 편의 시를 쓰든 똑같다. 다만 거기에 중요한 것이 있으면, 곧 사랑과 정열, 감동이 있어야 한다는 것이다. 그러면 그대가 아토스산의 수도승이든 파리의 난봉꾼이든 마찬가지다.

— 『클링조르의 마지막 여름』에서

단상 18

생각하거나 창작할 때에 나의 장점이 되는 것이 현실 생활에서, 특히 여인들과 사귀려고 할 때 이따금 나를 괴롭힙니다. 그것은 내가 나의 사랑을 하나의 대상에 고정할 수 없다는 것입니다. 나는 하나의 사물이나 한 사람의 여성만 사랑할 수 없으며, 삶과 사랑 그 자체를 사랑하지 않을 수 없다는 것입니다.

—『서간 전집』에서

단상 19

　모든 예술의 시작은 사랑이다. 각각의 예술의 가치와 범위는 무엇보다
도 사랑할 줄 아는 예술가의 능력에 의해 결정된다.

— 1914년의 평론에서

재회

그대는 완전히 잊었는가.

오래전 그대의 팔이 내게 팔짱을 끼었던 것을,

헤아릴 수 없는 기쁨이

그대의 손에서 내 손으로

그대의 입술에서 내 입술로 전해졌던 것을,

그대의 금빛 머리카락이

오래전 덧없는 봄 동안

내 사랑의 가장 행복한 망토였던 것을.

지금 이렇게 잿빛으로 불쾌해졌지만

더 이상 어떤 사랑의 폭풍에도 어떤 어리석음에도

움직이지 않던 그 세계가

그 시절에는 향기를 내뿜고 울려 퍼졌던 것을?

아무리 고통을 주고받아도

시간은 고통을 지우고 마음은 잊는다.

그러나 가장 행복한 시간은 휴식하고 있다.

끝없는 하나의 빛 속에서.

○ 『시집』에 수록된 「*Wiedersehen*」(1916년경).

사랑하는 남자

지금 그대의 친구는 평온한 밤을 향해 누워 있다.

아직 잊혀지지 않는 그대의 모습은 따스하고,

아직 그대의 향기가 넘치고 있다.

그대의 눈빛과 머리카락과 입맞춤에 넘쳐 있는 오, 한밤이여.

오, 달과 별과 푸른 밤안개여!

그대 안에, 사랑하는 이여, 내 꿈은 내려간다.

바다 속으로, 산 속으로, 협곡 속으로 들어가듯이 깊숙이

부서지는 파도를 흩날리게 하여 거품이 되어 사라져 간다.

태양이 되고 뿌리가 되고 동물이 된다.

다만 그대 곁에 있기 위해

그대 가까이에 있기 위해.

토성과 달은 저편을 운행한다.

나는 그것들을 보지 않고

그저 새파랗게 질린 꽃 속에서 그대의 얼굴만 본다.

그리고 조용히 웃고 도취하여 운다.

어느새 행복도 고통도 없이

그대만이, 나와 그대만이

깊은 우주 속으로, 깊은 바다 속으로 잠겨 가고

그 속에 들어가 우리는 파멸한다.

거기서 우리는 죽고 다시 태어나는 것이다.

○ 『시집』에 수록된 「*Der Libende*」(1921).

픽토르의 변신[1]

낙원에 발을 들여놓은 순간 픽토르는 한 그루의[1] 나무 앞에 서 있었습니다. 그 나무는 남자 나무이면서 여자 나무였습니다.

픽토르는 그 나무에게 공손하게 인사를 하며 물었습니다.

"너는 생명의 나무니?"

그런데 나무 대신 뱀이 대답하려고 했기 때문에, 픽토르는 방향을 바꾸어 앞으로 걸어갔습니다. 그는 열심히 주위를 둘러보았습니다. 모든 것이 마음에 들었습니다. 고향에 와서 생명의 샘 곁에 있는 것을 분명하게 느꼈습니다.

그는 또 한 그루의 나무를 보았습니다. 그 나무는 태양이기도 하고 달이기도 했습니다.

픽토르는 물었습니다.

"너는 생명의 나무니?"

태양의 나무는 고개를 끄덕이며 웃었습니다. 달의 나무도 고개를 끄덕이며 미소를 지었습니다. 온갖 색깔과 빛과 온갖 종류의 눈과 얼굴이 있는 더없이 아름다운 꽃들이 픽토르를 응시했습니다. 몇 송이의 꽃은 고개를 끄덕이며 미소를 띠었습니다. 다른 꽃들은 고개를 끄덕이지도 미소를 짓지도 않았습니다. 그 꽃들은 넋을 잃고 잠자코 있었습니다. 자기에게 몰두하여 자기의 향기에 취해 버린 듯했습니다.

어떤 꽃이 라일락의 노래를 불렀습니다. 어떤 꽃은 감색 요람의 노래를 불렀습니다. 꽃들 중 하나는 커다랗고 파란 눈을 가졌습니다. 어떤 꽃은 픽토르에게 첫사랑을 떠올리게 했습니다. 어떤 꽃은 어린 시절의 정원 냄새가 났는데, 그 달콤한 냄새가 엄마의 목소리처럼 울려 퍼졌습니다. 어떤 꽃은 그에게 웃음을 던지며 그를 향해 구부러진 빨간 혀를 길게 내밀었습니다. 핥아 보니 자연의 수액과 벌꿀 맛이 강하게 났습니다. 여인의 키스의 맛도 났습니다.

이 모든 꽃에 둘러싸인 픽토르는 동경과 불안한 기쁨에 가득 찬 채 서 있었습니다. 그의 심장은 종처럼 무겁고 세차게 고동쳤습니다. 그의 욕망은 미지의 것 속으로, 까닭 없이 마음을 빼앗길 것 같은 예감이 드는 세계 속으로 들어가고 싶다는 동경에 불탔습니다.

픽토르는 새가 한 마리 앉아 있는 것을 보았습니다. 그 새는 풀 속에 앉아 여러 가지 색깔로 빛나고 있었습니다. 그 아름다운 새는 수많은 빛깔을 가지고 있는 것 같았습니다. 픽토르는 산뜻한 색깔의 아름다운 새에게 물었습니다.

"오 새야, 행복은 도대체 어디에 있니?"

"친구야, 행복은 어디에나 있단다. 산에도 계곡에도, 꽃에도 수정에도 말이야."

아름다운 새는 날갯짓을 하고 고개를 앞뒤로 움직이며 꼬리를 위아래로 흔들더니, 눈을 크게 뜨고 깜박이며 웃음을 지었습니다. 그러고는 꼼짝 않고 가만히 풀 속에 앉아 있었습니다. 그러자 새는 여러 가지 색깔의 꽃이 되었습니다. 날개는 꽃잎이, 발톱은 뿌리가 된 것입니다. 갖가지 색깔로 빛나며 춤추는 사이 새가 식물이 된 것입니다. 픽토르는 깜짝 놀라서 그것을 바라보았습니다.

그런데 금방 이 새 꽃은 꽃잎과 수술을 움직였습니다. 꽃이 되어 있는 것에 벌써 싫증을 느낀 것입니다. 뿌리가 없어지고 가볍게 몸을 움직여 천천히 떠오르자 한 마리의 눈부신 나비가 되었습니다. 이 나비는 무게도 없이 훨훨 날아올랐고 빛이 비치지 않았는데 전체가 빛나는 얼굴과 같았습니다. 픽토르의 눈이 휘둥그레졌습니다.

이 새로운 나비는, 이 즐겁고 찬란한 색깔의 새 · 꽃 · 나비는, 이 밝은 빛깔의 얼굴은 놀라고 있는 픽토르의 주위를 빙빙 날아다녔습니다. 햇빛을 흠뻑 받아 반짝반짝 빛나면서 픽토르의 발 바로 앞에 한 송이 눈처럼 사뿐히 내려앉아 부드럽게 숨쉬며 빛나는 날개를 약간 떨었습니다. 그러자 순식간에 선명한 색깔의 수정으로 변하더니 모든 모서리에서 붉은 빛을 쏟아냈습니다.

이 붉은 보석은 초록빛 잔디와 잡초 속에서 축일의 종처럼 즐겁고 멋지게 빛났습니다. 하지만 보석의 고향인 대지의 깊은 곳이 그것을 부르고 있는 것 같았습니다. 보석은 금세 작아져 당장 땅속에 가라앉아 버릴 것 같았습니다.

픽토르는 강한 욕구에 이끌려 사라져 가고 있는 보석 쪽으로 팔을 뻗어 그것을 손에 쥐었습니다. 그는 그 악마적인 빛깔을 정신없이 뚫어지게 바라보았습니다. 그 빛깔은 그의 마음속에 비쳐 들어 완전한 행복이란 어떤 것인가를 어슴푸레 느낄 수 있도록 해주는 것 같았습니다.

그때 마른 나무의 가지에 몸을 감은 뱀이 나타나 픽토르의 귀에 속삭였습니다.

"저 돌은 네가 원하는 대로 너를 변화시켜 줄 거야. 늦기 전에 저 돌에 네 소원을 말해!"

픽토르는 깜짝 놀랐습니다. 그리고 행복을 놓쳐서는 안 되겠다고 생각했습니다. 재빨리 그는 소원을 말하고 한 그루의 나무로 변신했습니다. 나무가 되기를 이미 몇 번이나 바라고 있었던 것입니다. 나무는 대단한 침착성과 힘, 품위로 가득 차 있는 것처럼 여겨졌기 때문입니다.

픽토르는 나무가 되었습니다. 그는 대지에 단단히 뿌리를 내리고, 하늘을 향해 높이 자라나고, 몸에서 잎과 가지를 내밀었습니다. 그는 그것에 무척 만족했습니다. 그는 목마른 수염뿌리로 깊고 차가운 땅속에서 양분을 빨아들이고, 잎을 높고 푸른 하늘에 살랑거리도록 했습니다. 여러 가지 갑충이 그의 나무껍질 안에 살고, 뿌리 밑에는 토끼와 고슴도치가 살고, 가지에는 작은 새들이 살았습니다.

나무가 된 픽토르는 행복했습니다. 그래서 지나가는 햇수를 세지 않았습니다. 매우 오랜 세월이 지난 뒤, 그는 자신의 행복이 완전하지 않다는 것을 깨달았습니다. 그는 점차 나무의 눈으로 보는 법을 배웠습니다. 마침내 그는 볼 수 있게 되었습니다. 그리고 슬퍼졌습니다. 낙원인 자기의 주위에서는 대부분이 무척 자주 모습을 바꾸고 있을 뿐 아니라 모든 것이 영원히 변화를 계속하는 마법의 흐름 속을 흐르고 있음을 그는 깨달았던 것입니다.

그는 꽃이 보석으로 변하거나 반짝이는 벌새가 되어 날아가는 것을 보았습니다. 또 자기 옆에 있던 나무 몇 그루가 갑자기 사라져 버리는 것을 보았습니다. 한 그루는 녹아서 샘이 되었고, 또 한 그루는 악어가 되었습니다. 또 한 그루는 물고기가 되어 즐거운 듯이, 시원하고 기분 좋은 듯이 힘차게 헤엄쳐 갔습니다. 모두 새로운 모습이 되어 새로운 놀이를 시작한 것입니다. 코끼리는 바위로 옷을 갈아입고, 기린은 꽃으로 모습을 바꾸었습니다.

그러나 나무가 된 픽토르는 언제나 같은 모습이었습니다. 그는 이제 변신할 수가 없었습니다. 그것을 알게 되자 그의 행복은 사라지고 말았습니다. 그는 나이를 먹기 시작하여 나이 든 나무에서 볼 수 있는 지치고 심각하며 우울한 모습이 점점 많아져 갈 뿐이었습니다. 이러한 것은 말이든 새든 인간이든, 그 어떤 것에서나 늘 볼 수 있는 것입니다. 어떤 것이나 변신의 능력이 없으면 시간과 더불어 불쌍한 상태가 되고, 말라서 죽어 버려 아름다움을 잃게 마련입니다.

그런데 어느 날, 금발에 푸른 옷을 입은 한 소녀가 길을 잃고 헤매다 낙원인 이 근처에 들어왔습니다. 소녀는 나무들 아래로 노래하고 춤추며 뛰어갔습니다. 그녀는 그때까지 한 번도 변신의 능력을 가지고 싶다고 소망한 적이 없었습니다.

몇 마리의 영리한 원숭이가 싱글거리며 그녀를 배웅했습니다. 몇 포기의 풀은 그녀를 덩굴로 상냥하게 쓰다듬었습니다. 몇 그루의 나무는 꽃 한 송이 혹은 호두 하나 혹은 사과 하나를 그녀에게 던졌습니다. 그렇지만 그녀는 그런 것들에 신경 쓰지 않았습니다.

소녀를 보았을 때, 나무가 된 픽토르는 여태까지 한 번도 느낀 적이 없었을 정도로 행복에 대한 커다란 동경과 욕망에 사로잡혔습니다. 동시에 그는 생각에 잠겼습니다. 자기의 피가 자기를 향해, '잘 생각해! 지금이야말로 너의 전 생애를 생각하고 그 의미를 찾아낼 때야. 그렇지 않으면 시기를 놓쳐. 그리고 두 번 다시 행복은 너에게 오지 않아'라고 소리 지르고 있는 것 같은 느낌이 들었기 때문입니다. 그래서 그는 거기에 따랐습니다. 그는 자기의 출생이나 인간이었던 세월, 낙원에의 여행 등 모든 것을 회상했습니다. 특히 나무로 변하기 전의 그 순간을, 마법의 돌을 손에 넣은 그 신기했던 순간을 생각해 냈습니다.

어떤 변신도 마음대로 할 수 있었던 그 시절, 일찍이 없었을 만큼 그의 몸의 생명력은 불타고 있었던 것입니다! 그때 웃었던 새를, 태양과 달의 나무를 그는 떠올렸습니다. 그때 무엇인가를 놓쳤고 무엇인가를 잊었으며 뱀의 권유는 좋은 것이 아니었다는 느낌이 들었습니다.

나무로 변한 픽토르의 무성한 잎들이 수런거리는 소리를 들은 소녀는 나무를 쳐다보았습니다. 그러자 가슴에 갑자기 통증이 오면서 새로운 생각과 새로운 욕망, 새로운 꿈이 마음속에서 욱신거리는 것을 느꼈습니다. 미지의 힘에 이끌려 그녀는 나무 아래 앉았습니다. 그 나무는 고독해 보였습니다. 고독하고 슬픈 것 같지만 말없이 슬퍼하고 있는 모습이 아름답고 감동적이며 고귀하다고 생각된 것입니다. 희미하게 술렁이는 가지 끝의 노래가 그녀의 귀에 매혹적으로 울렸습니다. 그녀는 까칠까칠한 나무 줄기에 기댔습니다. 그러자 나무가 깊이 몸을 떠는 것이 느껴졌고, 자신의 마음에도 그와 같은 떨림이 생겨났습니다. 그녀는 묘하게 마음이 아팠습니다. 그녀 마음의 하늘 위를 구름이 달려갔습니다. 그녀의 눈에서 무거운 눈물이 천천히 떨어졌습니다.

도대체 어떻게 된 일일까? 어째서 이토록 괴로운 걸까? 왜 마음은 심장을 뚫고 이 아름다운 고독한 나무 안에 녹아들어 하나가 되고 싶다고 바라는 것일까?

나무는 희미하게 뿌리 끝까지 떨렸습니다. 나무는 이 소녀를 향해, 이 소녀와 함께 있고 싶다는 불타는 듯한 소망 하나에 온몸의 생명력을 집중시키려고 열심히 노력했습니다.

'아, 뱀의 꼬임에 빠져 고독하게 한 그루의 나무에 영원히 자신을 구속해 버렸다니! 오, 얼마나 맹목적이며, 얼마나 어리석은 일이었던가! 이렇게 아무것도 모르고 생명의 비밀에 어두웠던가? 그렇지 않다. 분명히 그때 그 비밀을 어렴풋하게 느끼고 예감하고 있었던 것이다.'

그는 슬픔에 잠겨 생각하고 또 생각하여 남자와 여자로 되어 있던 그 나무에 관한 것을 회상했습니다.

한 마리의 새가 날아왔습니다. 붉은색과 초록색이 감도는 아름답고 대담한 새가 아치를 그리며 날아왔습니다. 소녀는 그 새가 날아와 부리에서 무엇인가 떨어뜨리는 것을 보았습니다. 그것은 피처럼 그리고 불꽃처럼 빨갛게 빛났습니다. 그것은 초록빛 풀 속에 떨어졌는데, 초록빛 풀 속에서 소녀에게 아주 낯익은 것처럼 빛났습니다. 붉은빛이 주의를 재촉하듯이 또렷하게 빛났으므로 소녀는 몸을 구부려 붉은 돌을 주웠습니다. 그것은 하나의 결정체, 석류석이었습니다. 그 돌이 있는 곳은 어디든 어두워지는 일이 없었습니다.

소녀가 마법의 돌을 하얀 손에 쥐는 순간, 곧 그녀의 마음을 가득 채우고 있던 소망이 이루어졌습니다. 아름다운 소녀는 정신을 잃고 무너지듯이 쓰러져 나무와 하나가 되어 나무 줄기에서 강하고 싱싱한 큰 가지로 태어나

재빨리 그가 있는 쪽으로 뻗어 올라갔습니다.

이렇게 해서 모든 일이 잘되었습니다. 세계는 어울리는 곳에서 평온해졌습니다. 이로써 힘겹게 낙원이 발견된 것입니다. 픽토르는 더 이상 나이 많고 괴로움에 잠긴 노목이 아니었습니다. 이제야 그는 소리 높이 "픽토리아, 빅토리아"[2]라고 노래했습니다.

그는 변신했습니다. 이번에는 올바르고 영원한 변신의 능력을 얻었습니다. 그는 반 조각에서 온전한 몸이 되었으며, 이후부터는 줄곧 무엇이든 원하는 대로 변신할 수 있게 되었습니다. 생성의 마법이 그의 피 안에 끊임없이 흘러 그는 시시각각 이루어지는 창조에 영원히 참여하게 되었습니다.

그는 노루가 되었습니다. 물고기가 되었습니다. 인간이 되고, 뱀이 되고, 구름이 되고, 새가 되었습니다. 어떤 모습이 되어도 그는 완전하며, 한 쌍이며, 자기 안에 달과 태양을 가지며, 남녀를 지녔습니다. 쌍둥이 강이 되어 나라들을 흐르고, 연성(連星)이 되어 하늘에 빛났습니다.

○『동화집(*Märchen*)』(1975)에 수록된「*Piktors Verwandlungen*」(1922).

1) 이 작품은 헤세가 직접 그린 아름다운 삽화로 꾸며져 있다. 또한 원문은 연쇄운(連鎖韻)이 자주 이용되어 매우 리드미컬하다. 헤세는 "이 동화는 즐기면서 썼고 내 인생의 화려했던 전성기의 추억에 대한 작품이며 낭독하기에도 좋다"라고 쓰고 있다.

2) 픽토리아, 빅토리아 : 픽토르(Piktor, '화가'라는 의미)의 이름을 빅토리아 (Viktoria, '승리'라는 의미)와 운을 맞추어 픽토리아라고 했다.

사랑의 노래

나는 사슴 너는 노루

너는 작은 새 나는 나무

너는 태양 나는 눈(雪)

너는 낮 나는 꿈.

밤 잠자고 있는 내 입에서

금빛 새가 네게 날아간다.

그 소리는 명랑하고 날개는 다채롭다.

작은 새는 너에게 사랑의 노래를 부른다.

작은 새는 너에게 내 노래를 부른다.

○『시집』에 수록된「*Liebeslied*」(1920).

일탈자의 일기에서

학창 시절 최초의 연애 경험 이후, 나는 체념의 여성 숭배자이고 졸렬하고 용기 없고 비겁하고 성공을 거두지 못한 여성 구애자였다. 내가 사랑한 여자는 모두 나에게는 너무나 과분하여 손이 닿지 못할 것같이 생각되었다. 젊었을 때, 나는 춤도 추지 않고 사랑의 희롱도 하지 않았으며 은밀한 연애 관계를 가진 적이 없었다. 또한 오랜 결혼 생활을 통해 줄곧 깊은 욕구 불만을 느꼈고 여자들을 사랑하고 갈망하는 한편 기피했다. 그런데 나이를 먹기 시작한 지금, 특별히 원하지 않았는데 갑자기 인생 행로 곳곳에서 여자들과 만나게 되었고, 예전의 소극적인 태도는 사라져 버렸다. 여자들의 손이 내 손을 찾고 여자들의 입술이 내 입술을 찾으며, 내가 살고 있는 곳 어디나 여기저기에서 스타킹 밴드나 머리핀이 뒹굴고 있다.

이렇듯 많은 여자를 상대로 하는 분주한 성애(性愛) 생활의 한가운데에서, 많은 짧은 사랑의 글을 읽고 있을 때, 머리카락과 피부와 향수의 냄새 속에서, 내 마음속의 무엇인가는 이 같은 생활에서 내가 바라는 것이 무엇인지 그리고 어떤 결과가 될지를 확실하게 알고 있다. 말하자면 빼앗길 운명인 이 술잔은 비워지고, 구역질이 날 만큼 거듭하여 채워지게 마련인 더없이 비밀스럽고 더없이 수치스러운 정욕은 지겨워질 때까지 충족되다 사그라지고 말 것을 알고 있다. 그리고 오랫동안 좇아온 낙원이지만 완전히 피폐해지고 기억을 잃어버려 도망친 선술집에 불과했음을 깨닫고, 이 낙원에서 머잖아 떠나야 한다는 것을 알고 있다. 그렇다. 나는 미적지근한 포도주를 마시고 있는 것이다. 그리고 오랫동안 마음에 품어 온 목표를 파기하는 것이다.

내 인생의 한 시기에 내내 내 꿈을 부추긴 모든 것은 결국 이렇게 된다. 즉 소망이 조금 시들고 지치기 시작한 무렵의 어느 날 그 소망은 갑자기 충족되고, 그때까지 손이 닿지 않아 열렬히 추구해 오던 과일이 내 무릎 위에 떨어진다. 그런데 그 과일은 다른 모든 사과와 똑같은 사과일 뿐이다. 사람들은 그것을 가지고 싶다고 간절히 바라고, 그것을 손에 넣고, 먹는다. 그러고 나면 그 매력과 마력은 사라져 버린다.

그것이 내 운명이다. 나는 예전에 자유를 동경했는데, 그후에 그것을 삼켰다. 고독을 희구하던 시절이 있었다. 물론 그후 그것을 들이켰다. 명성과 육체적 쾌락을, 그저 싫증나기 위해 그리고 새롭고 색다른 갈증에 눈뜨기 위해 들이켰다. 젊은 시절 나는 결혼하여 가족을 가지기를 간절히 원했다.

스스로 그것을 얻을 수 있도록 소망할 용기조차 없을 정도였다. 결국 나는 사랑을 담아 마음을 기울여 아내와 아이들을 얻었다. 그리고 그 모든 것 역시 붕괴하여 사방으로 흩어져 버렸다! 탐욕스러운 젊은이의 상상 속에서 나는 얼마나 명성을 소망하고 꿈꾸었던가! 명성은 곧 찾아왔다. 그것은 돌연 거기에 있었다. 하지만 역시 금세 신물이 났다. 너무나 어리석고 번거로운 일이었다!

오래전 나는 직업의 의무가 없고 굶주리지 않으며 시골에 작은 집을 가진 생활을, 불안이 없는 검소한 생활을 소망했고 그 또한 찾아왔다. 돈을 손에 넣었다. 근사한 집을 짓고 여러 가지 식물을 심어 아름다운 정원을 가꾸었다. 그러나 어느 날 이 모든 것 역시 가치를 잃고 흩어지고 말았다. 아, 나는 젊은 시절 로마, 시칠리아, 스페인, 일본 등 먼 나라로 원대한 여행을 얼마나 동경하고 소망했던가! 그 역시 이루어졌다. 그것도 내 것이 되었다. 나는 여행을 했다. 자동차로, 배로 멀리 있는 여러 나라에 가서 세계를 돌아다니다 돌아왔다. 이 일도 먹어 버렸다. 그것은 이미 아무 매력이 없었다!

나는 지금 여인들에게서 똑같은 것을 경험하고 있다. 그녀들, 멀리 있던 사람들, 오랫동안 바라고 추구해 온 것, 도달할 수 없던 것이 지금 찾아왔다.

나의 어디가 좋아서 여자들이 나에게 끌리는지는 하느님만이 알고 있다. 나는 그녀들의 머릿결과 불안에 떠는 따뜻한 젖무덤을 애무한다. 그리고 신비롭게 여긴다. 예전에는 그토록 멀리에서 낙원처럼 나를 유혹하던 과일을 주저하며 손에 들고 맛보기 시작하고 있는 것을! 그 과일의 맛은 달콤하고 부드럽다. 내가 그것을 비난할 까닭이 없다. 하지만 그것은 나를 배부르게 한다. 질리게 한다. 그것을 나는 이제 깨달았다. 이어지는 수순은 내팽개쳐지는 것이다.

예전에는 남자 친구들을, 지금은 여자 친구들을 나에게 다가오게 하는 것이 무엇인지, 나는 늘 이상하게 여겼다. 나는 성실하지 않았기 때문이다. 그렇지만 나는 알고 있었고, 지금도 알고 있다. 그것이 무엇인지를, 그들을 나에게로 끌어당긴 것이 무엇인지를, 사람들이 나에게 느끼는 매력을 끊임없이 준 것이 무엇인지를. 그들 남자 친구나 여자 들 모두는 인생을 이상하고 격렬한 것으로 만드는 무엇인가를 내 마음속에서 냄새 맡고 있는 것이다.

그들은 변화하기 쉽지만 다루기 벅찬 내 마음속의 충동과 감정을 희미하게 감지한다. 그들은, 내 마음속의 목표는 항상 바뀌지만, 언제나 그 배후에 있는 난폭하고 뜨겁게 타오르는 갈망을 감지한다. 이 충동과 갈망은 나를 현실의 모든 영역으로 이끌어 가는데, 한 영역에서 필요한 것을 남김없이 퍼올려 그곳을 비현실적인 것으로 만들어 버리는 방법으로 전 세계를 돌아다닌다. 그리고 규명되지 않은 미지의 영역에 타오르면서 도망쳐 숨는다.

지금 봄의 늦은 밤, 나는 산에 올랐다 집으로 돌아왔다. 비가 뽕나무숲 속에서 조용히 노래를 부르고 있었다. 갈색 머리의 키 작은 여자는 작별을 고할 때까지 외투 안에서 나에게 매달려 있었다. 그녀의 체레지아 별장 옆에서 그녀가 지칠 줄 모르는 마지막 키스를 나에게서 빼앗고 있을 때, 나는 저 멀리 비구름 사이에서 푸른 하늘과 별이 모습을 드러내는 것을 보았다. 그 별들 가운데 하나는 나에게 행복을 가져오는 별, 목성이었다. 나를 지배하여 나의 지리멸렬한 생활을 거칠고 혼돈된 상태에서 신비의 영역으로 이끌어 줄 또 하나의 별, 신비에 찬 별인 천왕성은 보이지 않았다.

그러나 그 별은 언제나 거기에 있으며 언제나 조용하고 영적인 눈길로 나를 끌어당기고, 나를 빨아들인다.

ㅇ『헤세의 '황야의 이리'에 관한 자료(*Meterialien zu Hesses 'Der Steppenwolf'*)』
(1972)에 수록된 「*Aus dem Tagebuch eines Entgleisten*」(1922).

낙원의 꿈

푸른 꽃이 여기저기 향기를 피우고

연꽃은 새파래진 눈길로 나를 매료하며

어느 꽃잎에나 하나씩 주문(呪文)이 숨어 있다.

어느 가지에서나 뱀이 가만히 엿보고 있다.

꽃의 수술에서 젊고 단단한 신체가 뻗어

호랑이 같은 눈으로 꽃피는 늪지의 초록의 풀 사이에서

하얀 여인들이 눈을 가늘게 뜨고 엿보고 있다.

그녀들의 머리카락에서 붉은 꽃이 빛을 발하며 타고 있다.

성교와 유혹의 눅눅한 냄새가 난다.

아직 경험하지 않은 죄의 어두운 육욕의 냄새가 난다.

께느른한 틈 속에서 거역하기 어렵게

늘어선 과일이 만지고 애무해 달라고 유혹한다.

미지근한 한숨은 성(性)과 환희를 호흡하고

쾌락의 욕망을 찾아 부풀어 오른다.

여인들의 유방이나 배를 만지작거리는 사랑의 손가락 유희처럼

뱀들은 교활한 눈길로 희롱한다.

내 사랑을 찾아 다가오는 것은 이 여인도 저 여인도 아니다.

헤아릴 수 없는 여인들 모두 화려하게 피어나 유혹한다.

모든 여인이 나를 즐겁게 해주려고 가까이 다가오는 것을 느낀다.

육체의 숲 영혼의 세계

서서히 동경의 가장 행복한 슬픔이 부풀어 올라

긴장이 풀리고 나를 무수한 방향으로 펼친다.

나는 용해되어 여인이 되고 나무가 되고 호수가 되고

샘이 되고 연꽃이 되고 드넓게 펼쳐진 하늘이 된다.

내가 하나의 사물이라고 생각하고 있던 내 영혼이

산산이 분열하여 수천 개의 날개를 퍼득이며 날아간다.

나는 해체되어 다채로운 우주가 되어

세계와 하나가 된다.

○ 『시집』에 수록된 「*Paradies-Traum*」(1926).

제4장

예술 속 사랑의 변화

사랑의 전주곡

오월 상순의 ⋯⋯˚이 시기에는 뻐꾸기가 숲의 왕자다. 인가에서 멀리 떨어진 조용한 골짜기나 햇볕이 쨍쨍 내리쬐는 산꼭대기, 산속의 어두컴컴한 협곡 등 여기저기에서 구애하는 낮은 소리가 들린다. 그 소리는 봄을 알리고, 그 노래는 불사(不死)를 노래한다. 사람들이 뻐꾸기에게 여생을 묻는 것[1]은 이러한 까닭이 있는 것이다. 그 소리는 숲 전체에 따스하고 낮게 울려 퍼진다.

알프스의 남쪽 기슭인 이 지방에서 듣는 뻐꾸기 소리는 어린 시절 슈바르츠발트와 라인의 골짜기에서 들었던 소리와 같고, 오래전 우리 아이들이 어릴 때 보덴 호수에서 처음 들었던 소리와도 같다. 그 소리는 태양처럼, 숲처럼, 신록처럼, 길게 드리운 오월 구름의 흰빛과 보랏빛처럼 변하지 않고 언제나 같다.

해마다 뻐꾸기는 운다. 그 뻐꾸기가 작년의 그 뻐꾸기인지는 아무도 모른다. 또 우리가 어린아이일 때, 소년일 때, 청년일 때 들었던 그 뻐꾸기들은 어떻게 되었는지 아무도 모른다.

예전에는 뻐꾸기의 유쾌하고 낮은 울음소리가 행복한 미래를 약속하는 것처럼, 사랑을 찾는 것처럼, 행복을 향해 돌진하라는 호소처럼 들렸다. 그러나 지금은 과거에서 울려 오는 소리처럼 들린다. 그 호소를 듣는 사람이 우리건 우리의 아이들이건 손자들이건, 요람 속의 우리를 깨우든 우리의 묘지 위에서 노래하든, 뻐꾸기에게는 마찬가지다.

뻐꾸기는, 이 수줍은 형제는 좀처럼 사람의 눈에 띄지 않는다. 나는 그 이유만으로도 뻐꾸기를 사랑한다. 뻐꾸기는 쉽게 모습을 보이지 않는다. 그는 혼자 있기를 좋아한다. 많은 사람에게 뻐꾸기는 초록의 숲 속에서 울려 오는 마음을 흔드는 듯한 아름답고 낮은 울음소리에 불과하다. 소리는 몇천 번 들었지만 한 번도 보지 못했다. 어제 열두 살 정도 되어 보이는 아이들 한 무리에게 뻐꾸기를 본 적이 있느냐고 물었더니, 있다고 대답한 아이는 하나뿐이었다.

그러나 뻐꾸기를, 이 수줍은 형제를, 대부분의 사람에게 모습을 보이지 않는 나의 명랑한 숲의 사촌을, 기원을 알 수 없는 멋지고 상쾌한 몇 가지 이야기의 주인공인 뻐꾸기의 모습을 나는 가끔 목격했다. 모습은 보이지 않지만, 그는 숲의 왕자로서 두 달 동안 숲 전체를 지배한다. 울림이 좋은 소리로 사랑을 환기시키는 전령인 뻐꾸기는 결혼이나 가정이나 새끼의 양

육 따위에는 거의 관심을 보이지 않는다. 계속 노래를 불러라, 내 형제 뻐꾸기여. 너는 내가 좋아하는 동물 중 하나다.

나 자신은 맹수의 동족이지만, 물론 모든 동물과 친하게 지내고 있다. 나는 많은 동물과 잘 지내고 있다. 동물들은 대개 내성적인데 사람들에게 좀체 알려져 있지 않은 동물조차 나를 즐겁게 해준다 ······.

최근에 나는 뻐꾸기를, 그것도 한 마리가 아니라 암컷과 수컷 한 쌍을 볼 수 있었다. 은방울꽃을 따다가 좁은 골짜기 아래에서 그들을 목격한 것이다. 내가 거기에 꽤 오랫동안 마른 나무처럼 조용히 서 있었기 때문에 그들은 나를 알아차리지 못했다. 그들은 즐거운 듯이 높은 가지 사이를 누비며 날아올랐다가 내려오면서 서로의 뒤를 좇았다(그 밤나무숲 속에는 키 큰 물푸레나무가 자라고 있다). 그들은 환호의 소리를 내는 꽃장식처럼 아치를 그리며 즐겁고 부드럽게 날았다. 커다란 검은 새 한 쌍은 몸과 꼬리를 일직선으로 뻗어 나무에서 나무로 날아다니는가 하면, 갑자기 지상을 향해 수직으로 급강하하거나 로켓처럼 가지 사이로 날아드는 등 언제나 느닷없이 매우 거칠게 방향을 전환했다. 그리고 그러는 동안에도 이따금씩 눈 깜짝할 사이에 가지에 앉아서는 우쭐대며 요란한 소리를 질러대는 것이었다.

지금까지 사는 동안 해마다 뻐꾸기와 만난 것은 아니다. 모두 합해서 열두 번쯤 된다. 아마 이제부터는 더욱 만나기 어려울 것이다. 내 두 다리의 상태가 별로 좋지 않기 때문이다. 얼마 있지 않아 내성적인 형제 뻐꾸기는 내 자식들이나 손자들을 위해서만 노래하게 될 것이다. 손자들이여, 뻐꾸기 소리에 귀를 기울여라. 뻐꾸기는 많은 것을 알고 있다. 뻐꾸기에게서 배워라! 뻐꾸기의 대담하고 기쁨에 넘치는 듯한 봄의 비행을, 사랑을 구하는 따뜻한 유혹의 소리를, 정처 없는 방랑의 생활을, 속물을 경멸하는 자세를 배우는 것이 좋을 것이다!

ㅇ 『작은 기쁨(*Kleine Freuden*)』(1977)에 수록된 「밤나무숲의 5월(*Mai im Kas-tanienwald*)」의 일부로서 '*Ein Herold der Liebe*'.

ㅇ …… 부분은 엮은이에 의해 생략되어 있는 부분이다. 이하의 …… 부분은 동일하다.

1) 뻐꾸기에게 여생을 묻는 것 : 뻐꾸기에게 '앞으로 내가 몇 년을 살까?'라는 질문을 던졌을 때 뻐꾸기가 우는 횟수가 그 사람의 남은 여생이라는 이야기가 있다.

사랑

내 기쁨에 넘친 입술이 다시 원하고 있다,

내게 입을 맞추고 축복하는 그대 입술과 만나기를.

그대의 사랑스런 손가락을 나는 놓아주고 싶지 않다.

그리고 내 손가락과 희롱하며 맞잡고 싶다.

그대의 눈을 보며 내 눈의 갈증을 치유하고

내 머리를 그대의 머리카락 속에 깊숙이 묻고 싶다.

언제나 깨어 있는 내 젊디젊은 몸으로

그대 몸의 움직임에 충실히 따르겠다.

그리고 거듭하여 새로운 사랑의 불로

그대의 아름다움을 몇천 번이라도 새롭게 하겠다.

우리가 완전히 만족하고 둘 다 감사의 마음으로

모든 괴로움을 극복하고 행복한 마음으로 살아갈 때까지.

우리가 낮도 밤도 어제도 오늘도

사랑하는 자매처럼 아무런 소망도 없이 인사하고

현실의 모든 영위를 초월하고

영적인 존재가 되어 완전히 평화 속에 살아갈 때까지.

○『시집』에 수록된「*Liebe*」(1913).

카사노바

젊은 시절, 카사노바[1]에 대한 나의 지식은 막연한 소문 정도에 불과했다. 공인된 문학사에는 이 위대한 『회상록』의 저자는 등장하지 않았다. 그의 평판은 대개 전대미문의 유혹자로서, 탕아라는 것이었다. 『회고록』에 대해서는 외설스럽고 경박한 내용으로 가득 찬 악마가 쓴 작품이라고 알려져 있었다.

『회상록』은 독일어판이 한두 가지 있었지만 이미 절판된 낡은 책으로, 관심 있는 사람은 헌책방을 뒤져야 했다. 그리고 가지고 있는 사람은 자물쇠를 채운 책장 속에 감추어 두었다.

『회상록』을 처음 보았을 때, 나는 서른이 넘은 나이였다. 그때까지 내가 『회상록』에 관해 알고 있는 것이라곤 그랍베의 희극[2]에서 악마를 유인하는 미끼 역할을 하는 책이라고 한 것 정도였다. 그후 몇 종류인가 카사노바의 신판이 출간되었고, 독일어로는 두 종류가 나왔다. 그리고 이 작품과 저자에 대한 세상과 학자들의 평가는 판이하게 달라졌다. 『회상록』을 갖고 있는 것과 읽는 것은 더 이상 수치가 아니었고, 더욱이 다른 사람에게 감추어야 할 악덕은 아니게 되었다. 오히려 『회상록』을 모르는 것이 수치가 되었다. 비평가 사이에서 기피당하고 무시되던 카사노바는 점차 평가가 좋아져 마침내 천재로까지 높여졌다.

그건 그렇고 사실 나는 카사노바의 훌륭한 생명력과 문학적 업적은 높이 평가하지만, 그를 천재라고는 생각하지 않는다. 감정의 거장이며 연애와 유혹의 기술 면에서는 위대한 숙달자인 그에게는 영웅적 요소가 부족하기 때문이다. 특히 천재의 요소에 반드시 필요한 사회로부터의 고립과 비극적으로 소외된 존재라는 영웅적인 분위기가 그에게는 전혀 없는 것이다.

카사노바는 결코 복잡하고 개성 있는 인물도, 독특한 매력을 가진 인물도 아니다. 그러나 분명히 그는 믿어지지 않을 만큼 뛰어난 재능의 혜택을 받은 인물이다. 그리고 모든 진정한 재능은 감각적인 영역에 뿌리내린 것, 즉 육체 및 감각 분야에서의 타고난 재질에서 나온 것이어야 한다.

모든 것이 가능한 남자인 그는 민첩함, 훌륭한 교양, 유연한 적응 능력 덕분에 그 시대의 우아한 사교가의 전형적인 대표 인물이 되었다. 18세기 혁명 전 수십 년간의 문화인 고상하고 사교적이며 쾌활하고 경박하며 기예적인 일면을, 카사노바가 실로 놀라운 완벽함으로 구현하고 있는 것을 우리는 발견할 수 있다.

전 세계를 여행하는 품위 있는 게으름뱅이에다 향락주의자이고, 스파이에다 기업가이며, 도박꾼에다 때로는 사기꾼이고, 강인한 한편 성적 쾌락을 향유하는 섬세한 능력을 가지고 있으며, 여성들에게는 상냥한 한편 존경하는 마음을 넘치도록 갖고 있으며, 예의 바르며, 변화를 사랑하는 한편 성실한 연인이고 유혹의 명수로 불릴 만큼 멋진 이 인물은 우리 현대인으로서는 경이로울 정도로 다면성을 갖추고 있다. 하지만 이 모든 특성은 오로지 외부로 돌려지고 있는데, 바로 이 사실이 그가 일면적인 인간이라는 것을 보여 준다.

현대의 수준 높은 사상가가 그리는 이상적인 인간상은 '천재'도 사교계의 신사도 아니고 순수하게 내향적인 인간도 외향적인 인간도 아니며, 세상과의 관계와 자기 침잠 사이를 그리고 외향적 성격과 내향적 성격의 사이를 초월하여 양자를 조화시키며 오가는 인간일 것이다. 그렇지만 실제로는 매우 풍요로운 정신을 가지고 있었던 카사노바의 평생은 한결같이 사교 생활의 영역에서만 이루어지고 있다. 그리고 그를 한순간이나마 내성적으로 만들려면 대단히 강렬한 운명의 타격이 필요하며, 그렇게 되면 그는 금방 침울해지고 감상적이 되는 것이다.

매우 놀랍고 불쾌할 정도로 기이한 느낌을 갖게 하는 것은, 이 노회한 처세의 명수의 성격 안에는 고도의 지성과 소박함이 긴밀하게 공존하고 있다는 점이다. 그가 탁월한 지성을 갖추게 된 것은 강인한 육체와 어떤 힘든 일도 견딜 수 있는 체력 덕분이었다. 그러나 그뿐 아니라 오늘날 우리가 청소년을 순종시키기 위해서는 불가피하다고 여기는, 끝없이 활기를 뺏고 인간을 우둔하게 만드는 학창 시절을 보내지 않았던 환경 덕분이기도 했다.

그 시대의 대다수 남성들처럼 그 역시 대단히 젊어서 사교계에 발을 들여놓았고 독립해서 혼자 힘으로 살아가야 했다. 그는 사교계와 생활의 필요에 의해 여인들로부터 예의범절을 배우고, 엄격한 훈련을 받고, 순응하는 능력을 습득하고, 연기하는 것과 가면 쓰는 것을 배우고, 유혹하는 수법을 익히고, 배려의 감각을 갖추었다. 그리고 그의 천부적 재능과 충동이 모두 외부로 향해져 외적인 생활에서만 만족을 얻게 마련이어서 우아하고 예의 바른 사교술의 명수가 된 것이다.

그럼에도 불구하고 그는 철저하게 순진했다. 매우 호색적인 감각으로 자신이 경험한 사랑의 불장난을 처음부터 끝까지 들려주는 카사노바는, 무척 까다로운 성격의 현대인과 비교해 볼 때 순진한 어린양 그 자체다.

그는 무수한 소녀와 여인을 유혹했지만 사랑의 두려움, 사랑의 형이상학적인 측면에 흔들리는 일은 없었다. 사랑의 심연을 들여다보고 현기증을 느끼는 일은 결코 없었던 것이다.

한참 뒤 본의 아니게 고독한 처지가 되어 화려함도 여자도 돈도 정사도 없이 보헤미아의 둑스³⁾에서 보낸 만년에 이르러서야 비로소, 자신의 인생이 나무랄 데 없는 것이 아니었으며 인생이 그렇게 간단하지 않다는 사실을 깨달았다.

그리고 두 가지 매력, 즉 학교 교육에 의해 엉망이 되고 직업에 의해 활동 범위를 제한당한 현대인이 손에 넣을 수 없는 처세 달인의 재주와 그의 독특한 순진함(정말 사랑할 만한 멋진 소박함)으로 우리를 매료시키는 것이다. 소박함은 때로 그에게 크게 도움이 되었다. 왜냐하면 스스로 자신의 완강한 양심을 스스로 괴롭히게 되는 까닭은 처녀의 순결을 빼앗거나 부부 관계를 파괴했던 일뿐 아니라 생활을 즐기기 위한 여행이나 환락, 정사에 필요한 자금을 악랄한 사기나 부정 거래 같은 갖가지 방법으로 착취했던 일이었다.

그의 성실한 품행에 대한 모든 항의에 대해, 양심의 가책이 되는 모든 행위에 대해 그는 궤변으로 변명을 하거나 냉소적인 태도를 취하지 않고 그저 어린아이처럼 미소만 짓고 있다. 곳곳에서 약간 대담한 장난을 쳐 사람들을 속인 것을 털어놓고는 있지만, 그가 그런 행동을 할 수밖에 없었던 이유는 신만이 알고 있다. 말하자면 그것은 언제나 선량한 의도에서 일어났거나 일시적인 건망증 때문에 일어난 일이다. 그는 스스로 내린 심판에 대해서나 세상의 심판에 대해서나 자신을 정당화하는 데 성공했다.

오늘날 교활한 악덕 상인이나 양심이 없는 부당 이익자가 수두룩하고 닮고 닮은 호색한이 많이 있지만, 그런 무리는 우리의 관심을 끌지 못한다. 이 부류의 무리 중 가장 재능이 우수한 자조차 카사노바에 비하면 두 가지의 걸출한 특징을 갖고 있지 못하기 때문이다. 하나는 항상 그에게 영향을 준 매우 우아한 귀족 생활이라는 살아 있는 모범이고, 또 하나는 고도의 문학적 재능이다. 현대 베를린의 돈 후앙이나 암상인의 러브레터가 이 신사들이 예약 구독하고 있는 잡지 이상으로 고도의 정신적·언어적 문화를 제시할 것이라고는 나는 믿지 않는다.

그 외에 카사노바와 같은 부류의 현대인에 비해 카사노바가 뛰어난 점은, 더할 나위 없는 사교적 생활 문화라는 견고한 양식의 기반을 사회로부터 부여받고 있었던 점이다. 그의 생애 가운데 양식이 통일되어 있는 아름다운 경력은, 전혀 알려지지 않은 당시의 건축물이나 평범한 가구 따위와 똑같이 우리를 매료시키고 동경을 불러일으키는 힘을 가지고 있다. 당시에는 오늘날 우리 생활에는 완전히 결여되어 있는 양식의 통일성과 아름다움이 존재했던 것이다.

바로 이런 점에서 보더라도 오늘날의 독자가 카사노바의 작품을 읽고 타락할거라는 도덕가들의 염려는 필요 없고 터무니없는 걱정이며, 아무런 근거가 없다. 유감스럽지만 근거가 없는 것이다. 우리의 영웅이 타고 가는 배는 카사노바 개인의 독창성이나 비도덕성이 아니며 도리어 그 시대의 교양과 문화다. 이러한 기반 위에서는, 다시 말해 이러한 수준에서는 사소한 개인적인 장점으로 얼마든지 강렬한 인상을 줄 수 있다.

현대인이 카사노바의 작품을 읽고 일종의 비애를 느낀다면 그것은 그의 생활 환경, 아름답고 완전히 형상화된 문화에 대해 갖는 비애다. 아마 수십 년 전의 교양 있는 독자라면 그렇게 느꼈을 것이다. 그러나 오늘날에는 카사노바에게 있었고 우리의 아버지들도 가지고 있었으며 우리 자신의 청춘 시대에도 있었던, 청춘에게 커다란 매력을 준 또 하나의 것이 죽어서 과거의 것이 되어 버린 것처럼 생각된다. 그것은 다름 아닌 사랑에 대한 두려움이다. 우아하고 은근하고 경박하며 약간 유희적인 소년의 사랑과 같은 연모라고 하더라도 카사노바적인 사랑은 루소나 베르테르에 비할 수 없이 감정이 섬세한 사랑처럼, 스탕달의 작품에 나오는 주인공들의 정열적이고 운명적인 사랑처럼 오늘날에는 이미 가치가 사라져 버린 것으로 여겨진다.

비극적인 사랑을 하는 사람도, 사랑의 기술이 능한 연인도 더 이상 보이지 않는다. 다만 경박한 결혼 사기꾼이나 정신병자만 들끓는 것 같다. 오늘날에는 대단히 사려 깊고 지적인 재능이 있으며 생활력이 강한 남성이, 그 재능과 에너지를 돈벌이나 정치적 이념에 쏟아 붓는 것을 정당하고 정상적인 일로 받아들인다. 그 재능과 에너지를 여성이나 사랑을 위해 돌릴 수 있다는 것을 누구 한 사람 염두에 두지 않는다.

극단으로 시민적인 사고방식을 갖는 미국의 평균적인 시민층에서부터 극단의 사회주의 사상을 갖는 소비에트의 시민에 이르기까지, 진실로 '현대적인' 어떠한 세계관에서나 사랑은 인생의 부차적인 요소에 불과하다. 게다가 그것을 단속하는 데에는 위생학상의 이유만 있으면 된다.

그러나 오늘날 유행하고 있는 것 또한 세계의 연륜에서 보면 한순간밖에 지속되지 않는 온갖 유행과 똑같은 운명을 걸을 것이다. 하지만 내가 역사를 통해 알고 있는 바에 의하면, 사랑의 문제는 늘 새롭게 가장 현실적인 문제가 될 수 있다.

○ 『평론과 논문의 문학사(*Eine Literaturgeschichte in Rezensionen und Aufsä-tzen*)』(1969)에 수록된 「*Casanova*」(1925).

1) 카사노바 : 1725~1798, 이탈리아의 조반니 자코모 카사노바. 뛰어난 기지와 사교술로 유럽 각지의 궁정과 사교계에서 암약했다. 파란만장한 생애와 화려한 여성 편력을 프랑스어로 엮은 『회상집』(전 12권)은 18세기 풍속의 귀중한 기록이다.

2) 그랍베의 희곡 : 그랍베는 독일의 극작가. 1827년 발표한 작품 『익살, 풍자, 반어 및 깊은 뜻』의 제3막 제5장에 악마의 미끼로 감옥에 『회고록』을 넣는 장면이 나온다. 그랍베의 원래 원고에는 '콘돔'으로 되어 있었는데, 검열에 걸릴 것을 우려한 출판사 사장이 마침 출간된 카사노바의 『회상록』으로 바꿀 것을 제안하여 그랍베가 동의했다고 한다.

3) 보헤미아의 둑스 : 카사노바가 만년을 보내고 세상을 떠난 곳. 카사노바는 둑스성에서 발트슈타인 백작의 사서로 지내며 『회고록』을 집필했다.

유혹자

많은 출입구 앞에서 나는 기다리고 있었다.

몇 사람의 소녀들 귀에 나의 노래를 들려주었다.

많은 아름다운 여인을 나는 유혹하려고 했다.

여기저기서 나는 그것에 성공했다.

그리고 하나의 입술이 내 것이 되면 언제나

그리고 욕망이 충족되었을 때면 언제나

상대에게 품었던 행복의 환상은 무덤 속으로 가라앉고

나는 그저 실망한 손에 고기를 쥐고 있었다.

그것이 탐이 나서 온 마음으로 노력하여 얻은 입맞춤이

오랫동안 열렬하게 찾아온 사랑의 하룻밤이

드디어 내 것이 되었다 — 그러자 그것은 꺾여진 꽃이었다.

향기는 사라지고 최고의 것은 쓸모없는 것이 되었다.

몇 개의 침대에서 나는 슬픔에 가득 차 일어났다.

그리고 만족해 할 때마다 지긋지긋했다.

나는 쾌락에서 떠나 꿈을 동경을

그리고 고독을 격렬하게 추구했다.

오, 저주받으라, 무엇을 소유해도 행복해질 수 없을 줄이야.

모든 현실이 꿈을 파괴할 줄이야.

내가 그것을 추구하고 있는 동안 품고 있었던 꿈을

그렇게도 행복에 환희에 넘치던 꿈을!

손은 주저하며 새로운 꽃을 집으려 하고

새로운 구애에 나는 내 시의 가락을 맞춘다.

몸을 지켜라, 아름다운 여인이여, 그대의 옷자락을 여며라!

나를 매료시켜라, 괴롭혀라, 그러나 구애에는 응하지 말라!

○『시집』에 수록된 「*Verfubrer*」(1926).

댄스 파티의 밤

    모든 아가씨와 모든 학생은 알고 있는데도, 나는 ……° 줄곧 모른 채 있었던 하나의 경험이 이 댄스 파티의 밤에 나에게도 주어졌다. 축제의 경험, 파티의 열광, 군중 속에 개인이 매몰되는 신비, 군중의 환희와 신비로운 결합을 하는 경험이다. 나는 이 일에 대해 오가는 이야기를 자주 들었었다. 잔심부름을 하는 아이조차 그것을 알고 있었다. 그 이야기를 하는 사람의 눈이 빛나는 것을 보며 나는 한편으로는 얕잡아보고 한편으로는 부러워하면서 미소를 짓곤 했다.

    무방비 상태에 있거나 자기 자신에게서 해방된 사람의 빛나는 눈, 사람들과 같은 무리라는 환희 속에 그들과 융화되는 이의 미소와 반쯤은 제정신이 아닌 열광을 나는 다른 곳에서도 본 적이 있다. 고상한 사람이든 상스러운 사람이든 그 모습은 다르지 않다. 말하자면 술에 취한 신병들과 뱃사람들에게서, 극장의 공연이 화려한 성공을 거두었을 때의 위대한 예술가들과 전쟁터로 나간 젊은 병사들에게서나 똑같은 것을 보았던 것이다. 그리고 바로 얼마 전에도 나는 행복에 취한 사람의 빛나는 눈을 찬탄하는 마음으로 바라보고, 사랑하고, 경멸하고, 부러워했다 ……. 이 같은 미소, 아이처럼 빛나는 눈은 오직 젊은이들이나 아직 고도의 개성이 형성되지 않고 자아 확립이 되지 않은 민족에게만 가능하다고 나는 때때로 생각했다.

그러나 오늘, 이 행복한 밤, 나 자신이 바로 이 미소로 빛나고 믿어지지 않는 아이 같은 깊은 행복 속에서 헤엄치며 감미로운 꿈을, 연대감과 음악, 리듬과 포도주와 성욕이 하나가 된 도취감을 호흡하고 있었다. 예전의 나는 어떤 학생이 파티에 대한 보고에서 이 도취감을 찬미하는 것을 조소 속에서 시시한 우월감을 가지고 들었었다.

나는 이미 내가 아니었다. 내 개성은 소금이 물에 녹아들듯 축제의 도취 속에 녹아들었다. 나는 이 여인, 저 여인과 춤을 추었다. 그러나 내 팔에 안고 머리카락이 나를 쓰다듬는 것을 느끼고 그 향기를 내가 들이마신 여인만이 아니라 나와 같은 홀 안에서, 같은 댄스 안에서, 같은 음악 안에서 헤엄치는 동안 기쁨에 빛나는 얼굴이 커다란 환상의 꽃처럼 내 곁을 감돌고 지나간 모든 여인이 내 것이고, 나는 모든 여인의 것이며, 우리 모두 녹아들어 하나가 되어 있었다.

남자들도 그 일부였다. 그들 안에 내가 있고 그들 또한 나에게는 낯설지 않으며, 그들의 미소는 내 미소고, 그들의 구애는 내 구애고, 내 구애는 그들의 구애였다.

○『황야의 이리(*Der Steppenwolf*)』(1927) 중「*Ballnacht*」.
○ …… 부분은 엮은이에 의해 생략되어 있는 부분이다. 이하의 …… 부분은 동일하다.

카네이션

붉은 카네이션이 뜰에 피어 있다.
사랑에 빠진 향기를 태워 올리고
잠자려 하지 않고 기다리려 하지 않고
카네이션이 갖는 충동은 오직 하나
점점 성급하게, 열렬하게, 분방하게 피는 것이다!

나는 본다, 하나의 불꽃이 빛나고
바람이 그 붉은 불꽃을 지나가는 것을.
불꽃은 욕망 때문에 흔들린다.
이 불꽃이 갖는 충동은 오직 하나
점점 빨리 서둘러 타버리는 것이다!

내 피 안에 숨는 그대여,
사랑이여, 그대는 나를 꿈꾸고 있는가?
그대도 물방울이 되어 떨어지기를 원하지 않고
강이 되고 조수가 되어 흐르고
자신을 낭비하여 거품으로 사라지기를 원하고 있다!

○ 『시집』에 수록된 「*Nelke*」(1918).

생활에 반하여

마리아의 애무는 오늘 내가 들은 음악을 해치지 않았다. 애무는 음악에 어울리는 것으로 음악의 마무리였다. 내 키스가 그녀의 두 발에 다다를 때까지, 나는 천천히 이 아름다운 여자의 몸에서 담요를 벗겼다. 이윽고 내가 그녀와 나란히 누웠을 때, 그녀의 꽃 같은 얼굴은 다 알고 있다는 듯 나를 보고 상냥하게 미소 지었다.

이날 밤 마리아의 옆에서 나는 오래는 아니지만, 아이처럼 깊게 푹 잘수 있었다. 잠자는 틈틈이 나는 아름답고 쾌활한 그녀의 젊음을 즐기고 낮은 소리로 잡담을 나누면서 그녀나 헤르미네의 생활에 관해 가치 있는 많은 것을 듣고 알았다. 나는 이러한 부류의 사람과 생활에 대해서는 아는 게 아주 적었다. 전에 연극계 사람들 사이에서 비슷한 사람들, 여자를 그리고 남자를, 반은 예술가이고 반은 매춘부(賣春婦 · 賣春夫)인 사람들을 만난 적이 있다. 지금 비로소 나는 약간이나마 기이하고 단순 소박하며 퇴폐적인 생활을 들여다보았다.

이런 아가씨들은 대부분 가난한 집안 출신이다. 그러나 그녀들은 전 생애를 싼 임금으로 오로지 빵을 얻을 뿐 즐거움이라고는 없는 직업에 적응시키기에는 너무 영리하고 아름답기 때문에, 모두 임시방편의 일을 하거나 우아함과 애교를 밑천으로 생계를 꾸려 가고 있다. 좀더 자세히 말하면 때로는 몇 개월 동안 타이프라이터 앞에 앉고, 때로는 한동안 유복한 난봉꾼의 애인이 되어 용돈과 선물을 받고, 때로는 모피 코트를 입고 자동차에 타며 그랜드호텔에 살고, 때로는 다락방에서 살고 있었다. 사정에 따라 이런 부류의 여자들은 아주 좋은 조건으로 청혼이 들어오면 그것에 동요되어 결혼하는 경우가 있기는 하지만, 결혼에 집념을 불태우는 경우는 거의 없다.

그녀들 대부분은 성적인 욕망이 없었다. 그리고 마지못해 자신들의 상냥함을 흥정거리로 삼아 가능한 한 높은 값으로 팔았다.

마리아를 포함한 다른 아가씨들은 어처구니없이 성애 기술이 풍부해 사랑의 행위를 무척 좋아했으며, 적잖은 아가씨는 남녀 양성과의 성애에도 경험이 있었다. 그녀들은 오로지 사랑을 위해 살고, 돈을 얻는 공인된 애인 말고 다른 애인과도 열렬하게 정사를 계속했다. 부지런하고 열심히, 불안에 싸여 경솔하게, 영리하지만 무분별하게. 이 나비들은 어린아이인 것 같으면서도 생활을 어느 누구에게 의존하지 않고 어느 누구에게 몸을 파는 일 없이 행운과 좋은 날씨가 자신에게 안겨 줄 것을 기다리면서, 생활에 완전히 반해 빠져 있으나 일반 시민보다는 생활에 집착하지 않고 끊임없이 동화 속 왕자에게 이끌려 멋진 성으로 가기를 기다리면서, 무의식적으로는 자신의 생활이 언젠가 고난에 찬 슬픈 최후를 맞을 것을 끊임없이 확신하며 살고 있었다.

마리아는 그 멋진 최초의 밤과 그에 이어지는 며칠 사이에 새로운 사랑의 테크닉과 관능의 강렬한 즐거움뿐 아니라 세계를 이해하는 새로운 방법과 새로운 지식과 새로운 사랑을 나에게 가르쳐 주었다. 속세를 떠난 유미주의자인 나에게는 여전히 조악한 것, 금지된 것, 나 자신의 품위를 손상시키는 것으로 여겨지던 댄스를 즐길 수 있는 술집이나 유흥가, 영화관, 바, 호텔의 커피숍 등의 세계는 마리아와 헤르미네 그리고 그녀들의 동료에게는 세계 그 자체로서, 좋은 곳도 아니지만 나쁜 곳도 아니었다. 그 세계에서 동경에 가득 찬 그녀들의 짧은 인생은 탐스럽게 피어났고, 그녀들은 그 세계를 훤히 알고 있었다.

우리 같은 사람이 어느 작곡가나 시인을 사랑하듯이 그녀들은 어느 상표의 샴페인이나 어느 레스토랑의 특별 요리를 사랑했다. 우리가 니체나 함순[1]에 대해 갖는 것과 똑같은 열광과 감동과 공감을 댄스를 위한 새로운 음악이나 어느 재즈 가수의 감상적이고 달콤한 노래에 아낌없이 쏟아 부었다.

마리아는 잘생긴 색소폰 주자인 파블로의 이야기와 그가 그녀들을 위해 불러 준 미국 노래에 대해 이야기했는데, 그 이야기에는 감격과 찬탄, 사랑이 담겨 있었다. 그 감동은 교양 있는 누군가가 고상한 예술에서 맛본 기쁨에 대해 이야기할 때의 흥분보다 한층 강렬하게 나를 매료시켰다. 그 노래가 어떤 것인지에 상관없이 나는 기꺼이 마리아와 함께 열중하게 되었다. 그녀의 사랑이 넘치는 말, 동경에 찬 열광하는 눈빛은 내 미학을 찢어 커다랗게 균열을 만들었다 …….

마리아는 여태껏 내가 만났던 연인 중에서 최초의 진짜 연인인 것 같았다. 나는 언제나 사랑하는 여인들에게 정신과 교양을 요구했지만, 가장 재기 있고 최고의 교양을 가진 여인조차 내 안에 있는 이성에 응답할 수 없었고, 끊임없이 그에 모순되고 대립하고 있던 것을 완전히 알아차린 적이 없었다. 나는 나의 여러 가지 문제와 사고를 여인들에게 가져갔다. 그리고 책 한 권 읽은 적 없고 독서가 어떤 것인지 모르며 차이코프스키와 베토벤을 구별하지 못하는 여인을 한 시간 이상 사랑하는 일은 절대 불가능하다고 생각했었다.

마리아는 전혀 교양이 없었다. 그녀는 그러한 우회로와 여분의 세계를 필요로 하지 않았다. 그녀의 문제는 전부 관능의 영역에서 직접 빚어졌다. 타고난 육체적인 특징, 즉 특별한 자태, 신체의 색깔, 머릿결, 목소리, 피부, 쾌활한 성격으로 어떻게든 많은 관능과 사랑의 행복을 쟁취하는 것이 그녀의 기량이며 사명이었다. 그녀의 온갖 능력에 대해, 그녀의 몸매가 지닌 굴곡의 선에 대해, 그녀 몸매의 비할 바 없는 온갖 섬세한 조형에 대해 그녀를 사랑하는 사람이 답하고 이해하며 그녀의 유희에 응하여 상대방도 그녀를 행복하게 해주는 것을 보는 것, 상대방에게서 그러한 반응을 마법처럼 끌어내는 것, 그것이 그녀의 기량이고 사명이었다.

그녀를 상대로 멈칫거리며 춤추기 시작한 그때 나는 이미 그것을 감지하고, 멋지게 고도로 길러진 천재적인 육체적 감수성의 냄새를 맡고 그녀에게 매료되었던 것이다.

○ 『황야의 이리』 중 「*Ins Leben verliebt*」(1918).
1) 함순 : 1859~1952, 노르웨이의 '노벨 문학상' 수상 작가. 도시 인텔리의 문화를 부정하고 농민의 생활을 찬미하여 자신도 농경에 종사하면서 작품을 발표했다.

단상 20

자질구레한 장난감, 유행하는 물건, 사치품은 결코 값싼 잡동사니나 모조품도 욕심 많은 제조업자나 상인의 돈벌이를 위한 발명품도 아니며 오히려 정당한 권리를 가진 아름답고 다양한 것이다. 그리고 모두 사랑에 봉사하는 것, 감각을 세련되게 만들어 주는 것, 주위의 죽은 세계에 생기를 불어넣고 우리가 이 세계를 사랑할 수 있는 새로운 감각을 주는 것이다.

하나의 목적을 갖는 사물이 하나의 커다란 세계를 만들고 있음을 나는 배웠다. 분과 향수에서 댄스용 구두에 이르기까지, 반지에서 담배 케이스에 이르기까지, 혁대의 버클에서 핸드백에 이르기까지. 핸드백은 그냥 핸드백이 아니고 지갑은 그냥 지갑이 아니며, 꽃은 그냥 꽃이 아니고 부채는 그냥 부채가 아니다. 모든 것은 사랑의 소재이자 마술의 소재이고 자극을 위한 조형적 소재이며, 사랑의 사자이자 밀수업자이고 무기이며, 사랑의 승리의 함성이다.

—『황야의 이리』에서

단상 21

살아 있는 온갖 것은 분열과 모순에 의해 비로소 여유 있고 다양한 것이 된다. 도취에 대해 아무것도 알지 못한다면 이성과 분별은 도대체 무엇인가? 배후에 죽음이 숨어 있지 않다면 관능의 쾌락이란 도대체 무엇인가? 남녀 두 성의 영원히 용납되지 않는 적의가 없다면 사랑이란 도대체 무엇인가?

— 『나르치스와 골드문트』에서

단상 22

우리 세대에서는 성적 충동을 매우 엄격하게 억제하거나 저지했기 때문에, 그 반대의 경우보다 많은 사람의 인생이 쓸모없는 것이 되었다고 생각합니다. 그래서 나는 몇 권의 저서에서 억압된 성적 충동의 옹호자이며 구원자가 되었습니다. 그러나 현자들이나 종교가 우리에게 부과하는 수준 높은 요구에는 충분히 경의를 표하며, 이를 무시하는 일은 절대로 하지 않았습니다. 우리의 목표는 '자연을 희생하여 순수한 정신이 된다'는 것이 아닙니다. '선의, 사랑, 인간성을 희생하여 될 수 있는 한 야성적이고 제멋대로 생활한다'는 것도 아닙니다.

그런 것이 아니라 우리는 본능의 요구와 이성의 요구 사이에서 우리의 길을 찾아야 합니다. 그러나 우리 각자는 도상에서 경직된 중용의 길이 아닌, 자유와 구속이 들이마시는 숨과 뱉어 내는 숨처럼 교대하 독자적이고 유연성이 있는 길을 추구해야 합니다.

— 『서간 선집』에서

어머니에의 길

때론 황량한 잿빛 속에서
환희에 넘친 시간은 향기를 풍긴다.
다그마, 에바, 리제, 아델하이트,
여인들의 이름처럼 그윽하게.
때때로 소맷부리 틈에서
소녀의 피부의 하얀 섬광이 희미하게 반짝이고
가는 눈에서 사랑의 눈빛이 반짝인다.
짧은 기쁨이 부드럽게 머무는 때이다.
그리고 나는 그 순간이 짧음을 알고 있으면서도
쾌락을 열망하고
사랑의 눈길을 보내며
모든 여인의 가슴에서 사랑에 타오른다.

이제 나는 이렇게 아이가 되어 버려
끊이지 않고 계속되는 사소한 기쁨을
추구하여 달리고 남몰래 곳곳에서
어머니의 향기와 어머니의 젖무덤을 찾는다.

어서 오라, 한 다발의 사랑의 불꽃이여,

나는 입을 맞춘다, 그녀들의 갈색과 파란색 눈에.

구애의 희롱이여, 눈부신 정사여,

그대에게 인사한다, 영원의 어머니인 여인이여!

그대를 사랑하는 것은 죽음에 이르는 것.

나비 같은 나의 꿈은 곧 타버렸다.

나를 결코 암흑 속에서 파멸시키지 말고

불꽃 한가운데서 죽게 해다오!

○『시집』에 수록된「*Weg zur Mutter*」(1926).

자넨 열여덟 살이네. …… 사랑의 꿈과 사랑의 소망을 가져야 하지. 아마 그 꿈들은, 자네가 두려워하는 그런 것이겠지. 두려워하지 말게! 그것들은 자네가 지닌 최상의 것이야. 나를 믿어도 돼. 나는 꿈을 많이 잃어버렸다네. 자네 만한 나이에 사랑의 꿈들을 능욕했지. 그래서는 안 되는데. …… 아무것도 두려워해서는 안되고, 영혼이 우리 마음속에서 소망하는 그 무엇도 금지되었다고 해서는 안되지. …… 자신의 충동과 유혹을 존경과 사랑으로써 다룰 수 있어. 그러면 그것들이 그 의미를 내보이지. 모두 나름대로 의미가 있거든.

—『데미안』에서

예술 속 사랑의 변화

  나는 골드문트[1]처럼 여성과 단순히 성적 관계를 가지고 있습니다. 천성적으로 지니고 있는 친구들(즉 여자)의 영혼에 대한 경의와 예의범절로서 갖추게 된 경의가, 정욕에 무분별하게 몸을 내맡기는 것에 대한 두려움이 나를 억제하지만 않는다면, 나는 골드문트처럼 여자를 분별 없이 사랑하게 될 것입니다……°.

  나 역시 그렇지만, 골드문트가 여자에게 소망하고 있는 것, 아주 당연한 것조차 느낄 수도 성취할 수도 없는 것, 여자와 직접 성관계를 가질 때 관능의 쾌락과 조금 어색한 예의의 영역을 벗어나지 못하는 것에 대해서는 당신이 말하는 대로라고 생각합니다. 골드문트에게 여자와의 성적 쾌락은 여자의 마음까지 손에 넣기 위한 수단이거나 남녀가 서로에게 그때까지보다 가치 있는 사람이 되는 관계에 도달하기 위한 길이 아닙니다. 그는 예술에 의해, 길을 돌아감으로써, 현실에 사는 것의 보상 행위에 의해 비로소 여자에 대한 사랑을 고차원의 영역으로 끌어올립니다.

그것을 나는 정직하게 인정합니다. 나는 그저 살기 위해 사는 것은 거부합니다. 여자를 위해서만 사랑하고 싶지는 않습니다. 삶에 만족하기 위해 그리고 삶을 참고 견디기 위해 예술로 이르는 우회로가 필요하고, 예술가의 고독하고 독특한 즐거움이 필요합니다.

나는 이것이 인생과 인간의 방식으로서는 허약할 뿐더러 전혀 이상적인 것도 모범적인 것도 못 된다는 사실을 알고 있습니다. 하지만 그것이 내 방식입니다. 그것만이 내가 이해하고 표현할 수 있으며, 단 하나의 관점에서만 삶을 해명하려고 시도할 수 있는 방법입니다.

골드문트는 실제 경험을 통해 아무것도 배우지 못하고 반성하지 않으며 계속 여자에게 달려갑니다. 그러나 나에게 그것은, 한 마리의 벌이 몇 번씩 꽃으로 날아가 매번 알 수 없는 인력에 끌려 꿀 한 방울을 얻어 오지만 꽃과의 관계를 깊이 있게 만들거나 정신적인 것으로 만들지 않고 둥지에 돌아오면 꽃을 금방 잊고 꿀을 만드는 것과 같습니다.

벌은 그 행위를 의식에 분명하게 떠오르는 무언가 숭고한 충동에서 하는 것이 아니라 골드문트처럼 거역할 수 없는 힘에 이끌려 하는 것입니다. 벌의 행위는 벌 자신은 이해할 수 없는 생존의 의의이며, 벌통과 벌의 장래와 자손이 벌에게 요구하여 벌은 어떤 형태로든 그것에 봉사하고 헌신해야 하기 때문입니다.

마찬가지로 골드문트는 여자에게 봉사하는 것도 사랑을 정신적으로 높이기 위해 노력하는 것도 아닙니다. 단지 자신에게 가장 효과 있는 자연의 샘인 여자에게서 한 방울의 경험을, 한 방울의 쾌락과 고통을 마시고 때가 되면 자기의 일, 즉 자신의 꿈을 만드는 것입니다.

소크라테스라면 그렇게 하지 않을 것입니다. 그러나 모차르트는 골드문트를 연상시킵니다. 그리고 나는 모차르트가 없었더라면, 이 세상은 소크라테스가 없을 때보다 한층 초라할 것이라고 생각합니다.

바흐나 헨델이나 티치아노[2]도 그렇습니다. 그들은 모차르트와는 전혀 다른 타입의 사람들입니다. 그러나 그들 나름대로 벌의 법칙에 따라 살며 꿀을 만드는 의의에 대한 신앙을, 비록 의식에 떠오르지 않았을망정 그들이 경험한 것의 정수를 둥지에 보관하고 끊임없이 둥지를 채우는 것이 곧 벌의 행복이자 운명이라는 생존의 의의에 대한 은밀한 신앙을 가지고 있지 않았더라면, 그들은 자신의 인생을 참고 견뎌 낼 수 없었을 것이라고 나는 생각합니다.

○ 『서간 전집(*Gesammelte Briefe*) 제3권』(1982)에 수록된 「*Verwandlung der Liebe in Kunst*」.

○ ······ 부분은 엮은이에 의해 생략되어 잇는 부분이다.

1) 골드문트 : 헤세의 장편 소설 『나르치스와 골드문트』의 주인공. 골드문트는 애욕에 눈떠 수도원을 나와 여성 편력을 거친다.

2) 티치아노 : 1488?~1578, 이탈리아의 화가. 베네치아파로서 르네상스 시대에 왕성하게 활동했다.

신비에 가득 찬 사람

수없이 많은 여인들은 사랑을 하면 우리에게
관능의 열락 속에서 자신들의 비밀을 누설한다.
우리는 그것을 손에 쥐고 그녀들의 모든 것을 안다.
사랑은 속일 수 있다 하더라도
욕정 또한 속일 수 있다 하더라도
이 둘이 하나가 되면 거짓말을 할 수 없기 때문이다.

그대는 나와 함께 성사의 의식을 축하했다.
그리고 그대의 경우 욕정은 사랑과 하나라고 여겨졌다.
그런데도 그대는 내게 본능을 보이지 않았다.
그대는 자신의 걱정스런 존재의 수수께끼를
사랑의 행위 속에서 결코 내게 밝히지 않았다.
그대는 내게는 줄곧 비밀인 대로였다.

그리고 나서 그대는 돌연 나에게 싫증이 난 모습을 감추었다.
이것이 마지막으로 나를 괴롭혔다.
내 일부는 아직 그대에게 잡혀 있다.

멀리서 날씬한 그대가 가는 것을 보면

나는 그 냉정한 아름다운 여인에게 욕정이 일지도 모른다.

우리가 한 번도 연인 사이가 아니었듯이.

○ 『시집』에 수록된 「*Die Geheimnisvolle*」(1928).

사랑할 수 있는 사람은 행복하다

인생에서 발견한 작은 만족감이 나이를 먹음에 따라 차츰 김이 빠지고 따분한 것이 되어 가면서 어디에서 기쁨과 살아가는 근원을 찾아야 하는지가 더욱 분명해졌다. 사랑받는 것은 아무것도 아니고 사랑하는 것이 모든 것임을 체험했다. 우리의 존재를 가치 있게 만들고 기쁨으로 넘치게 만드는 것은, 우리의 감정과 감각 이외에 아무것도 아니라는 것이 점점 확실해졌다.

이 지상 어딘가에서 '행복'이라고 이름 붙일 수 있는 것을 보았을 때 그것은 언제나 여러 감정으로 만들어져 있었다. 돈은 아무것도 아니었다. 권력도 가치가 없었다. 돈과 권력을 가지고 있어도 마음이 비참한 사람은 얼마든지 있었다. 아름다움도 도움이 되지 않았다. 넘쳐나는 아름다움을 지녔어도 마음이 비참한 남녀를 많이 보았다. 건강도 생각보다 중요하지 않았다. 누구나 스스로 느끼고 있을 정도로 건강했다. 비록 병들었으나 목숨이 끝나기 직전까지 살아 있는 기쁨에 빛나는 경우도 있었고, 건강한 사람이 병에 걸릴까 두려워한 나머지 불안으로 점차 생기를 잃어 간 경우도 있었다. 그러나 한 사람의 인간이 여러 가지 강렬한 감정을 충분히 활용하고, 그것을 지나치게 좇거나 억누르지 않고 소중히 여기며 향수하는 곳에서는 도처에 행복이 있었다. 아름다움은 그것을 지닌 사람을 행복하게 만드는 것이 아니라 그것을 사랑하며 찬미하는 사람을 행복하게 만들었다.

언뜻 보기에 감정은 다양했지만 밑바탕에서는 하나였다. 모든 감정을 의지라고 부르든 아무래도 좋다. 나는 사랑이라고 부르겠다. 행복이란 사랑이다. 사랑할 수 있는 사람은 행복하다. 우리의 영혼에게 영혼의 존재를 감지하게 하고 살아 있음을 감지하게 하는, 우리 영혼의 움직임은 모두 사랑이다. 그런 까닭에 행복한 사람은 많은 사랑을 할 수 있는 사람이다. 사랑하는 것과 사랑에 애태우는 것은 다르다. 사랑이란, 사랑에 애태우는 욕구가 예지를 획득한 것이다. 사랑은 소유를 추구하지 않는다. 사랑은 다만 사랑을 원한다. 그렇기 때문에 세계에 대한 사랑을 사상이라는 그물 속에 넣고 흔들며, 쉴 새 없이 새로운 세계를 자기의 사랑의 그물 속에 짜 넣은 철학자는 행복했다. 그러나 나는 철학자가 아니었다.

외부에서 강요한 도덕과 도덕적 의무의 가르침에 따라 살 때 나는 전혀 행복하지 않았다. 내 마음 안에 존재하는 것을 느끼고, 마음속에서 만들어 내고 기르는 도덕적 의무의 이념에 따라 사는 것만이 나를 행복하게 해준다는 사실을 알고 있었기 때문이다. 이러한 상황에서 어떻게 나와는 거리가 먼 덕을 내 것으로 만들려고 할 수 있었을까! 그렇지만 나는 그것을 인식했다. 사랑의 계율은 예수에게서 얻은 것이든 괴테에게서 배운 것이든 다르지 않은데, 세상은 완전히 잘못 알고 있다! 그것은 계율이 아니었다.

애초 계율 따위는 존재하지 않는다. 계율이란 인식하는 사람이 인식할 수 없는 사람에게 전하여, 인식할 수 없는 사람이 이해하고 지각하는 진리다. 계율이란 잘못 이해된 진리인 것이다. 모든 예지의 근저에 있는 것은 '행복은 사랑에 의해서만 온다'는 것이다. 내가 지금 "네 이웃을 네 몸과 같이 사랑하라"[1]라고 한다면, 그것은 이미 변조된 교훈이다. 이렇게 말하는 것이 진리에 한결 가까울 것이다. "너 자신을 사랑하듯이 이웃을 사랑하라!" 이웃 사랑을 선행시키려 한 것은 아마도 근본적인 잘못이었을 것이다……°.

아무튼 우리의 마음속에서는 행복을 추구하며 외부와 조화를 이루려고 한다. 그러나 이 조화는 어떤 사물과 우리의 관계가 사랑 이외의 것이 되는 순간 깨진다. 사랑하는 의무라는 것은 없다. 다만 행복해야 할 의무가 있을 뿐이다. 우리가 살아가는 이유는 그 때문이다. 어떤 의무에 의해서도, 어떤 도덕에 의해서도, 어떤 규칙에 의해서도 우리는 행복해지지 않는다. 그것으로 우리가 행복해지는 것은 무척 드문 일이다. 인간은 행복하고 마음속에 조화를 가지고 있는 경우에만 선량할 수 있다. 말하자면 사랑하고 있는 경우뿐이다.

따라서 세계에게 있어, 그리고 내게 있어 불행이란 사랑하는 마음의 능력을 잃었기 때문에 생겨났다. 그래서 내게는 "마음을 돌이켜 어린아이들과 같이 되지 아니하면"²⁾이라든가 "하나님의 나라는 너희 안에 있느니라"³⁾ 같은 신약성경의 말이 돌연 진실로 느껴지면서 깊은 의미를 지니게 되었다.

이것은 세계에서 유일한 가르침이었다. 이것을 예수가 말했다. 석가모니가 말했다. 헤겔이 말했다. 제각기 자기의 신학 안에서 말했다. 누구에게나 이 세계에서 가장 소중한 것은 개개인의 마음속에 있는 것, 즉 그 사람의 영혼, 그 사람의 사랑하는 능력이다. 그것이 제대로 갖추어져 있으면 변변찮은 수수를 먹고 살든 사치스런 쿠키를 먹고 살든, 남루한 옷을 입든 보석으로 몸을 치장하든 상관없이 세계와 영혼이 완전히 조화를 이루어 세계는 선한 것이며, 나무랄 데 없는 것이다.

…… 인간이란 그 어떤 것도 자기 자신을 사랑하는 만큼 사랑하지 않는다. 인간은 그 어떤 것도 자기 자신을 두려워하는 만큼 두려워하지 않는다. 원시적인 인간의 신화와 계율과 종교와 마찬가지로, 개인적인 생활의 근거가 되는 자기애조차 인간에게 금지된 것으로 간주하여 비밀로 감추고 가면을 씌워야 하는 것으로 만든 기묘하게 번안된 계율과 겉보기의 계율은 이렇게 성립되었다. 다른 사람을 사랑하는 것이 자기 자신을 사랑하는 것보다 선하고 도덕적이며 숭고한 일로 여겨졌다. 자기애는 원시적 충동

으로, 이웃 사랑은 자기애와는 결코 나란히 발전할 수 없는 것으로 간주했다. 그렇기 때문에 가면을 쓰고 숭고해지고 세련되어진 자기애가 인간 사이의 이웃 사랑이라는 형태로 발명된 것이다.

…… 이렇게 해서 가족, 부족, 마을, 종교 단체, 민족, 국민은 신성한 존재가 되었다. …… 자기 자신에 대한 사랑을 위해서는 어떤 사소한 사회적 관습마저 밟고 넘어서는 것이 허용되지 않는 인간에게 공동체를 위해서는, 민족과 조국을 위해서는 무엇이든 더없이 잔혹한 행동조차 허용되었다. 보통 금지되어 있는 온갖 충동이 여기에서는 의무가 되고 영웅적 정신의 지위를 획득하기에 이르렀다.

인류는 지금 여기까지 도달해 있다. 어쩌면 민족이라는 우상은 시간과 함께 붕괴할 것이다. 그리고 새로 발견된 온 인류에 대한 사랑 안에서 오래된 본래의 가르침이 다시금 출현할 것이다.

이러한 인식은 서서히 도래하고, 인간은 이 인식을 향해 나선형을 그리며 뻗어 오른다. 그리고 이 인식이 도래하면, 인간은 그 인식에 단번에 도달한 것처럼 여겨진다. 그러나 이러한 인식은 아직 현실의 것이 아니다. 그 인식은 거기에 이르는 길 위에 있고, 많은 사람은 영원히 그 길 위에 머물러 있다.

○ 『작은 기쁨』에 수록된 「마르틴의 일기에서(*Aus Martins Tagebuch*)」의 일부로서 '*Wer lieben kann, ist glücklich*' (1918).
○ …… 부분은 엮은이에 의해 생략되어 있는 부분이다. 이하의 …… 부분은 동일하다.
1) "네 이웃을 네 몸과 같이 사랑하라" : 마태복음 19장 18절, 22장 39절.
2) "마음을 돌이켜 어린아이들과 같이 되지 아니하면" : 마태복음 18장 3절.
3) "하나님의 나라는 너희 안에 있느니라" : 누가복음 17장 21절.

신음하며 휘몰아치는 바람처럼

신음하며 휘몰아치는 바람처럼 밤새
나의 너를 원하는 욕망이 미쳐 날뛴다.
모든 동경이 눈을 뜨고 말았다 —
오, 나를 병들게 한 너
너는 나를 얼마나 알고 있을까?
가만히 늦은 밤의 불을 끈다.
열광의 시간에 눈뜨고 있기 위해
그리고 밤은 너의 얼굴이 되고
그리고 사랑을 이야기하는 바람은
잊지 못할 너의 웃음처럼 울린다.

○『시집』에 수록된 「*Wie der stohnende Wind*」(1910).

시인은 저녁에 무엇을 보았나

　남부의 한여름 태양이 석양을 붉게 물들이며 저물어가고 있었다. 붉게 물든 산 정상에 여름의 어스름이 드리워졌다. 들판에는 농작물들이 무더위에 익어가고 있었다. 키가 크고 잘 익은 옥수수가 들판에 가득했다. 이곳저곳에는 이미 추수가 끝난 곳도 많이 있었다. 시골길의 매캐한 먼지 냄새에 섞여 달콤하고 농익은 꽃향기가 들판과 정원에서 풍겨 나오고 있었다. 짙은 초록의 들판에는 한낮의 더위가 아직 남아 있었으며, 마을 건물들의 황금빛 첨탑은 석양의 어스름에 마지막 빛을 발하고 있었다.

　한 쌍의 연인이 뜨거운 길을 걸어 이 마을에서 저 마을로 가고 있었다. 이별을 아쉬워하며 느릿느릿 한가롭게 걸었다. 손을 잡기도 하고 어깨를 감싸 안기도 하면서. 하늘거리는 얇은 여름 옷을 입고 흰색 구두에 모자도 쓰지 않은 채 사랑에 취하여 걸어가고 있었다. 여자는 얼굴과 목이 희고 남자는 갈색으로 그을려 있었다. 둘은 모두 마르고 키가 컸다. 둘 다 시간 가는 줄 모르고 있었다. 남매 같았지만 아주 다르기도 하였다. 우정이 사랑으로 변하는 시간이었으며 유희가 운명이 되는 시간이었다. 그들의 웃음이 그것을 말하고 있었다. 그들은 너무 진지하여 거의 슬픔을 느낄 정도였다.

이 시간에 두 마을 사이의 그 길을 걸어가는 사람은 아무도 없었다. 농부들은 이미 일손을 놓은 후였다. 나무들 사이로 어느 농가가 환하게 보였다. 아직도 햇빛이 남아 있는 것처럼 보였다. 길을 가던 연인들이 그 농가 옆에 서서 가만히 포옹하고 있었다. 남자가 조심스럽게 여자를 데리고 나지막한 담장이 있는 길가로 갔다. 둘은 담장에 나란히 걸터앉았다. 마을에 들어가서 사람들을 만나고 싶지 않은 눈치였으며 더 이상 길을 가고 싶지도 않아 보였다. 그들은 패랭이꽃이 덮여있는 담장에 조용히 앉아 있었다. 먼지와 안개를 뚫고 아이들이 노는 소리, 엄마가 아이를 부르는 소리, 어른들이 웃으며 떠드는 소리, 낡은 피아노를 치는 소리가 마을에서 아득히 들렸다. 연인들은 서로에게 기대어 조용히 앉아 있을 뿐 아무 말도 하지 않았다. 나뭇잎이 어두워지고, 향기가 그들을 감싸고, 따뜻한 공기가 싸늘해지는 것을 함께 느끼고 있었다.

여자는 젊었다. 아주 나이가 어리고 아름다웠다. 얇은 옷에서 나온 긴 목은 가늘고 환하였으며, 폭이 넓고 길이가 짧은 소매 밖으로 나온 흰색 팔과 손은 가늘고 길었다. 그녀는 남자를 사랑했으며 그들은 아주 사랑한다고 믿었다. 그녀는 그 남자에 관해 많이 알고 있었다. 그들은 오랫동안 연인이었기 때문이다. 한 동안 그들은 그들의 아름다움과 그들의 집안에 관해서도 고려해 본 적이 있었으며, 악수하기를 주저하기도 하였으며, 짧게 장난삼아 키스를 한 적도 있었다. 그는 그녀의 친구였으며 어느 정도는 조언자이자 믿을 수 있는 친구이기도 했다. 그는 나이가 더 많았고 아는 것이 많았다. 때때로 그들은 우정의 하늘 위에서 희미한 번갯불이 번쩍일 때도 있었다. 그들 사이에는 단지 신뢰와 동료애만 있었던 것은 아니었다. 허영심도 있었고 이성 사이의 달콤한 적대감과 유혹도 있었다. 이제 그것이 다른 방향으로 불타고 있었다.

남자도 멋진 사람이었지만 소녀처럼 젊고 내적인 화려함은 없었다. 그는 소녀보다 훨씬 나이가 많았다. 그는 사랑에 실패한 적이 있었으며 불행을 당한 적도 있었다. 배를 타고 가다 파선한 적도 있었다. 그의 깡마른 갈색 얼굴에는 깊은 사색과 강한 자의식의 흔적이 뚜렷이 기록되어 있었다. 이마와 볼에는 운명의 주름살이 패여 있었다. 그러나 오늘 저녁 그는 부드럽고 헌신적으로 보였다. 그의 손은 소녀의 손을 장난치듯 만지다 팔과 목덜미를 부드럽게 스쳐 어깨와 가슴을 애무했다. 조용히 저물어가는 저녁 어스름에 소녀의 입술이 그의 얼굴로 다가올 때 오랫동안 잠자고 있던 욕정이 끓어오르기 시작했다. 그는 많은 다른 옛 연인들과도 그렇게 저녁을 보냈으며, 여인들의 어깨와 머리칼, 어깨와 엉덩이도 그의 손이 부드럽게 애무했었다. 그는 지금 배우고 경험했던 것을 되풀이하고 있는 것이다. 그에게 있어 이 순간의 격정적인 느낌은 소녀의 그것과는 다른 것이다. 그 느낌이 아름답고 사랑스런 것이긴 하지만 처음 경험할 때처럼 새롭고 신성한 것은 아니었다.

그는 생각했다. 나는 이 잔도 마실 수 있다. 이 잔도 감미로운 잔이다. 이 잔도 놀라운 잔이다. 아마 나는 이 젊은 피를 더 잘 사랑할 수 있을 것이다. 어떤 녀석보다 더 노련하고 세련되게 사랑할 수 있을 것이다. 십 년이나 십오 년 전에 내가 했던 것보다 더 잘 할 수 있을 것이다. 나는 어떤 사람보다 더 감미롭고 더 영리하고 더 친절하게 그녀로 하여금 첫 경험의 문지방을 넘을 수 있게 해줄 수 있다. 나는 어떤 누구보다도 귀하고 감사하게 이 귀한 포도주를 맛볼 수 있다. 그러나 도취의 시간이 지나면 권태로움이 뒤따르게 되어있다. 첫 번째 도취의 시간이 지나면 나는 그녀가 꿈꾸는 그런 애인으로 남을 수 없다. 그녀는, 내가 황홀감에서 깨어나지 않기를 바라겠지만 말이다. 나는 그녀를 흥분으로 떨게 만들 것이다. 나는 그녀가 우는 것을 볼 것이다. 그러나 나는 냉정하고 은근히 초조해질 것이다. 나는 그 순간 두려움을 가질 것이다. 이미 지금 그 순간을 두려워하고 있다. 그녀가 도취에서 깨어나 냉정을 되찾을 것이기 때문이다. 그녀의 얼굴이 더 이상 꽃처럼 아름답게 보이지 않을 것이기 때문이다. 소스라치게 놀라 잃어버린 처녀성을 후회하게 될 것이기 때문이다.

그들은 서로 몸을 껴안은 채 관능적 쾌락에 도취되어 잡초가 핀 담장에 말없이 앉아 있었다. 그들은 가끔 아주 유치한 말을 한마디씩 할 뿐이었

다. '사랑해! 자기야! 애기야! 자기 나 사랑해?'

그때 나뭇잎에 가려 이미 어둠이 드리우기 시작한 농가에서 한 아이가 나왔다. 작은 계집아이로 나이는 십여 세쯤 되어 보였다. 맨발에 다리는 마르고 갈색이었다. 검은색 짧은 옷을 입고 머리칼은 검고 길었으며 얼굴은 핏기가 없는 갈색이었다. 소녀는 약간 헝클어진 머리에 손에는 줄넘기를 들고 쭈뼛거리며 다가와 말없이 길에서 줄넘기를 하였다. 소녀는 재미있다는 듯이 그들이 앉아있는 곳으로 한 발짝씩 다가왔다. 그들이 있는 곳에 와서는 마치 그곳을 그냥 지나치기 싫은 듯이 더 천천히 걸었다. 불나비가 모닥불에 끌리듯 이곳에 무엇인가 마음을 끄는 것이 있는 모양이다.

키가 큰 소녀는 담장 건너편에서 친절하게 고개를 숙여 인사했다.

"부오나 세라."

"챠오, 카라 미아."

청년이 소녀에게 답례로 말했다.

소녀는 천천히 마지못해 그곳을 지나갔다. 그러면서도 못내 아쉬운지 오십 보 가량 걸어가서는 멈추어 섰다 다시 돌아와 연인들 옆을 지나갔다. 웃으면서 그들을 쳐다보며 농가의 마당으로 들어갔다. 남자가 말했다.

"참으로 귀여운 꼬마야!"

시간이 좀 더 지나고 어두움이 약간 더 짙어졌다. 그때 소녀가 다시 대문에서 나왔다. 잠시 서서 조심스레 길을 살피다 담장과 연인들을 자세히 살폈다. 그러다 갑자기 맨발로 길을 따라 빠르게 달려갔다 다시 돌아와 대문 앞에 섰다. 그렇게 하기를 세 번이나 되풀이 했다.

연인들은 소녀가 뛰는 모습을 말없이 지켜보았다. 짧은 치마가 가는 다리에 휘감기면서 뛰는 모습을 지켜보았다. 연인들은 소녀가 이렇게 뜀박질하는 것이 그들에게 보이려는 것임을 알았다. 소녀는 그들에게서 어떤 매력이 발산함을 느꼈을 것이며 나름대로의 사랑과 환희를 느꼈을 것이다.

소녀의 달리기는 이제 춤으로 바뀌었다. 몸을 이리저리 흔들면서 발걸음을 옮겨 그들 가까이로 왔다. 저녁에 한길에서 작은 꼬마 아이가 홀로 춤을 추었다. 소녀의 춤은 사랑을 구하는 것이었다. 소녀의 춤은 미래에 대한, 사랑에 대한 노래이자 기도였다. 소녀는 진지하고 헌신적으로 제(祭)를 지낸다. 이리저리 몸을 흔들다 어두운 뜰 안으로 모습을 감추었다.

여자가 말했다.

"우리에게 반했나봐."

"꼬마도 사랑을 느꼈나보군."

남자는 입을 다물었다. 그는 생각했다. 아마 이 소녀는 그렇게 춤을 추면서 앞으로 경험하게 될 어떤 것보다 더 아름답고 더 완전한 사랑을 경험했을 것이다. 아마 우리 둘도 지금 이미 최선의 진지한 사랑을 맛보았을 것이다. 앞으로 경험하게 될 것은 지금 경험한 것의 여운에 불과할 것이다.

남자는 일어나 담장에서 애인을 일으켜 세웠다. 남자가 말했다.

"늦었어. 가봐야 되겠어. 저기 갈림길까지 바래다줄게."

그들이 대문을 지나갈 때 농가와 뜰은 잠자는 듯 조용했다. 대문 위에는 석류꽃이 피어 저물어가는 밤에 그의 붉음을 화려하게 뽐내고 있었다.

그들은 서로를 껴안은 채 갈림길까지 걸었다. 헤어지면서 키스를 하고 각자 돌아서 갔다. 가다가 다시 돌아와 키스를 했다. 키스는 행복을 주지 못했다. 갈증을 더하게 할 뿐이었다. 여자가 급히 가기 시작했다. 그는 오랫동안 그녀의 뒤를 바라보고 서 있었다. 이 순간과 과거의 한 장면이 떠올랐다. 다른 여자와 밤에 이별하면서 나누었던 키스가 생각났다. 다른 여자의 입술과 다른 여자의 이름이 떠올랐다. 그는 감상에 젖어 집으로 돌아간다. 별들이 나무 위에서 쏟아져 내린다.

그날 밤 잠을 이루지 못하고 이런 결론에 도달했다. 과거를 떠올린다는 것은 무익하다. 앞으로도 많은 여인들을 사랑할 수 있을 것이다. 앞으로도 여러 해 동안 나의 눈은 밝고 나의 손은 부드러우며 나의 키스는 여자들에게 매력적일 것이다. 그리고는 이별해야 한다. 내가 오늘은 이렇게 자발적으로 이별할 수 있지만 언젠가는 실패와 절망 가운데 이별을 당해야 한다. 오늘 승리하고 내일 포기해야 한다면 그것은 여전히 치욕일 뿐이다. 그러므로 나는 이미 오늘 포기해야 한다. 오늘 이미 이별해야 한다.

나는 오늘 많은 것을 배웠다. 그리고 아직도 많은 것을 배워야 한다. 조용히 춤을 추며 우리를 기쁘게 해주었던 소녀로부터 배워야 한다. 연인들을 보았을 때 소녀의 가슴속에는 사랑이 꽃피었다. 소녀의 피속에는 때이른 쾌락의 물결이 흘렀을 것이다. 소녀는 춤을 추었다. 아직 사랑할 수 없기 때문이다. 나도 춤을 배워야 한다. 정욕을 음악으로 승화시켜야 하며 감성을 기도로 승화시켜야 한다. 그러면 언제나 사랑할 수 있을 것이다. 그러면 더 이상 과거를 불필요하게 떠올리지 않아도 될 것이다. 나는 이 길을 갈 것이다.

(1924)

꽃가지

꽃가지가 바람에 흔들린다.
끝없이 이리저리
내 가슴이 아이처럼 설렌다.
끝없이 위 아래로
밝은 날과 어두운 날 사이에서
의지와 좌절 사이에서

꽃이 떨어지고
가지에 열매가 맺힐 때까지.
유년시절 싫증난 가슴이
조용히 고백할 때까지
격정적인 인생의 유희가
재미있었고 헛되지 않았다.

나는 감정이나 감상을 비난하거나 증오하지 않고 자문한다.

"만일 감정이 없었다면 대체 무엇에 의해 살고, 어디에서 살아 있음을 느낄 수 있겠는가?"

돈이 채워진 지갑도 풍요로운 은행계좌도 우아한 바지에 세운 선도 사랑스러운 여자도 내가 그것에 아무것도 느끼지 못한다면, 내 마음이 감동하지 못한다면, 도대체 그것들은 나에게 무엇이겠는가? 아무것도 아니지 않겠는가. 타인의 감상은 미워할 수 있어도, 나 자신의 감상은 사랑할 뿐 아니라 약간은 내버려 둔다.

감정, 다정함, 예민한 감수성, 이것들은 하늘이 내게 내려 주신 것이며 이것들의 도움으로 살아가야 한다. 만약 내가 근육에 의지하는 레슬러나 복서라면, 아무도 나에게 근육의 힘을 하찮게 여기라고 요구하지 못할 것이다. 또 내가 암산을 잘하는 큰 사무실의 지배인이라면, 암산을 가치가 낮은 것으로 경멸하라고 감히 요구하지 못할 것이다.

그러나 현대는 시인에게 그것을 요구한다. 심지어 몇몇 젊은 시인은 스스로 자신에게 그것을 요구한다. 예전에는 다정다감함, 여자에게 빠져 드는 능력, 감정의 세계에서 사랑하고 열광하고 몰두하며 듣지 못하는 것과 신비로운 것을 체험하는 능력 따위를 시인의 본질을 구성하는 요소이자 시인의 장점으로 여겼으나, 이제는 그것들을 미워하고 수치스럽게 여기며 '감상적'이라고 부르는 모든 것에 저항하도록 요구한다.

좋다. 그렇게 하고 싶다면 그렇게 하라. 그러나 나는 그 대열에 끼지 않을 것이다. 나는 내 감정의 힘이 세상의 모든 위세 좋은 오만함보다 몇천 배는 마음에 든다. 그리고 전쟁의 세월 동안, 오만하고 과감한 무리의 감상에 동조하여 서로 죽고 죽이는 일에 열광하지 못하도록 해준 것은 오로지 내 감정이다.

— 『뉘른베르크 여행』에서

단상 25

이 세상을 통찰하고, 해명하고, 그것을 경멸하는 것은 위대한 사상가들의 일이다. 그러나 나에게 소중한 것은 이 세상을 사랑하는 것, 경멸하지 않는 것, 이 세상과 자신을 미워하지 않는 것, 이 세상과 자신과 만물을 사랑과 감탄, 외경의 마음으로 바라보는 것이다.

— 『싯다르타』에서

단상 26

사랑은 예술과 같다고 말할 수 있다. 다시 말해 가장 위대한 것만 사랑하는 사람은 가장 하찮은 것에 감격할 수 있는 사람보다 가난하고 열등하다.

예술도 그렇지만, 사랑이란 신비롭다. 사랑은 어떤 교양도, 어떤 지성도, 어떤 비평도 해내지 못하는 것을 가능케 한다. 즉 사랑은 아무리 멀리 떨어져 있어도 결합하며, 가장 오래된 것과 가장 새로운 것을 함께 놓을 수 있다. 사랑은 모든 것을 자기 중심에 결부함으로써 시간을 극복한다. 사랑만이 인간의 확실한 지주가 된다. 사랑만이 정당성을 주장하지 않는 까닭에 정당성을 가진다.

—「문학에서의 표현주의」에서

단상 27

우리 시대를 신뢰할 수 없게 될수록, 인간성이 점차 타락하고 고갈되어 간다고 확신할수록, 나는 혁명이 타락을 방지하는 수단이라는 생각을 하지 않게 되며 한층 깊이 사랑의 마력을 믿게 됩니다. 모든 사람이 소리 높이 찬성하는 일에 침묵하는 것은 이미 가치 있는 일입니다. 인간과 온갖 제도에 적의를 품지 않고 미소를 지으며 바라보고, 세계의 사랑의 결핍을 자그마한 개인의 영역에서 사랑을 키움으로써 메우는 것, 이를테면 성의를 다해 일하고 끊임없이 인내하며 조소 혹은 비판으로 행하는 값싼 복수를 단념하는 것은 우리가 할 수 있는 사소한 몇 가지 수단입니다.

단상 28

세상과 인생을 사랑하는 것, 괴로울 때에도 사랑하는 것, 태양의 모든 빛을 감사의 마음으로 받아들이는 것, 괴로움 속에서도 미소를 잊지 않는 것, 이것이 모든 진정한 문학의 가르침입니다. 이 가르침은 시대에 뒤지는 법이 없으며 오늘날에는 지금까지의 어느 시대보다 더 더욱 필요 불가결한 것으로서, 이 가르침에 감사하지 않을 수 없습니다.

—『슈토름 뫼리케 왕복 서간』에서

깊은 생각

정신은 성스럽고 영원하다.

우리의 모습이며 도구인 정신에

우리의 길은 통해 있다. 우리의 깊은 속 동경은

정신이 되어 정신의 빛 안에서 빛난다.

그러나 우리는 흙에 맺어져 죽어야 하는 존재로서 만들어져 있다.

우리 피조물의 위에는 대지의 무게가 덮쳐 누르고 있다.

부드러운 어머니처럼 대지는 우리를 감싸고

대지는 우리에게 젖을 먹이고 요람과 무덤에 눕혀 준다.

그런데도 자연은 우리를 진정시켜 주지는 않는다.

어머니 같은 자연의 매력을

불멸하는 정신의 불꽃이 아버지처럼 무너뜨리고

아이를 어른으로 만들어

순진함을 없애고 우리를 다툼과 선악의 구별에 눈뜨게 한다.

이렇게 어머니와 아버지 사이를

이렇게 육체와 정신 사이를

피조물 중 가장 나약한 아이는 주저하며 나아간다.

흔들리는 영혼인 인간은

다른 어떤 생물도 지니지 못한 고뇌의 능력을 갖고

지고에 도달하여 믿고 희망하는 사랑을 손에 넣을 능력을 가진다.

인간의 길은 어렵다. 그 양식은 죄와 죽음이다.

종종 어둠에 빠져 들어 때로는

창조되지 않은 편이 나았을 정도다.

그러나 머리 위에 영원히 그의 동경이고

그의 운명인 빛과 정신이 빛난다.

그리고 우리는 느낀다. 인간, 이 위험에 노출된 존재를

신이 특별한 사랑으로 사랑하고 있음을.

그런 까닭에 우리 방황하는 동포들은

싸움 속에서도 더욱 사랑할 수 있는 것이다.

그리고 재판하지도 증오하지도 않고

인내심 강한 사랑만이

사랑하는 사람의 관용만이

우리를 신성한 목표로 보다 가까이 인도한다.

ο『시집』에 수록된 「*Besinnung*」(1933).

이러한 질문을 해서 고통을 호소하는 잘못은 오로지 자기 자신만 얻을 수 있는 것을, 온몸과 마음을 기울여 자기 마음으로밖에 얻을 수 없는 것을 외부로부터 선물받기를 원하는 데 있습니다. 인생에 의미가 있어야 한다고 우리는 희망합니다. 그러나 인생은 우리 자신이 줄 수 있는 만큼의 의미만 가지고 있습니다. 개인은 불완전할 수밖에 없으므로, 인간은 종교와 철학에서 위로를 받고 이 문제에 대한 해답을 찾아내려고 했습니다.

이들의 대답은 모두 같습니다. 인생이 의미를 갖는 것은 다만 사랑에 의해서 입니다. 말하자면 '사랑하고 헌신할수록 우리의 인생은 의미 깊은 것이 된다……'는 것입니다.

위로받고 싶어 자연 속을 거닐다가 당신은 자연이 그저 '수동적으로 무관심하게' 누워 있음에 실망합니다. 그런데 당신은 자연에 대해 얼마나 관심을 가졌습니까? 자연이 얼마나 고생하고 있는지, 갑충에서 나무에 이르기까지 온갖 생물이 어떻게 싸우고 일하고 괴로워하고 결핍을 견디고 있는지, 개체가 싸움과 희생 아래 자연 전체에 얼마나 순응하고 전체의 법칙에 따라야 하는지를 당신은 보지도 느끼지도 않습니다. 자연이 당신에게 그러하듯이 당신은 자연에 대해 관심을 갖지 않았습니다. 여기에 문제가 있는 것입니다. 그리고 그것에 대해 나는 더 이상 한마디도 하지 않겠습니다. 그에 대해서는 당신 자신이 깊이 생각해야 합니다.

—『서간 선집』에서

단상 30

소유와 권력을 추구하는 모든 노력은 우리의 에너지를 빼앗고 우리를
가난하게 만든다. 그러나 작은 희생, 헌신, 사소한 배려, 약간의 사랑
은 우리를 한결 풍요롭게 만든다. 이것은 고금을 통해 인생의 신비로
우면서도 간단한 비밀이다. 그것을 인도인은 알고 있었고 가르쳤다.
그 뒤 현명한 그리스인이, 그 다음에는 예수가, 그후 수천 명의 현인과
시인이 가르쳤다. 그들과 동시대의 부자와 왕 들은 잊혀지고 사라져
버린 반면, 그 현인과 시인 들의 작품은 시대를 초월하여 여전히 살아
있다. 예수건 플라톤이건 실러건 스피노자건 그대들은 누구의 가르침
이든 신봉해도 좋다.

누구의 가르침에서나 사람을 더없이 행복하게 만드는 것은 권력도 소
유도 인식도 아닌 사랑이라는 사실은 선명하게 드러난다. 자기 이익을
포기한 행위, 사랑 때문에 단념했든 동정에서 비롯된 것이든 자기 포
기는 모두 베풂의 행위이며, 일종의 자기 약탈처럼 보인다. 하지만 그
것은 더욱 풍요로워지는 것이며, 더욱 위대해지는 것이며, 앞으로 그
리고 위로 나아가는 유일한 길이다. 그것은 하나의 오래된 노래다. 나

는 서툰 가수이자 설교자다. 그러나 진리가 스러지는 일은 없어 지금 사막에서 설교되건 시로 읊어지건 신문으로 인쇄되건, 어느 시대나 어디에서나 진리로서 통용된다.

—「크리스마스에」에서

단상 31

신약성경의 가르침을 율법으로 해석하지 않고 영혼의 비밀에 대한 매우 심원한 지식의 표명이라고 해석한다면, 지금까지 알려진 가장 현명한 말로서 모든 처세술과 행복의 가르침을 짧은 한마디에 담은 말은 "네 이웃을 네 몸과 같이 사랑하라"이다. 말이 나온 김에 덧붙이면, 이 말은 구약성경에도 실려 있다.

자기 자신을 사랑하는 만큼 이웃을 사랑할 수 없다면, 에고이스트, 욕심 많은 인간, 자본가, 부르주아가 되어 돈과 권력을 거머쥘 수는 있으나 진정으로 즐거운 마음을 가질 수 없어 영혼의 섬세하고 감미로운 기쁨은 맛볼 수 없다.

또는 자기 자신보다 이웃을 더 사랑할 수 있다면, 가련하고 열등감이 있으며 모든 것을 사랑하고 싶다는 욕구가 넘쳐흐르고는 있으나 자기 혐오와 자학이 가득 차 있어, 자기 자신을 태울 불을 매일 자기 손으로 지피는 지옥에 살고 있는 셈이다.

그에 비해 자기에게나 타인에게나 빚을 지지 않고 사랑할 수 있는 사랑, 누구에게서도 사랑을 훔치지 않고 자기 자신을 사랑하는 사랑, 자아를 제한하거나 억압하지 않고 타인을 사랑하는 사랑이 있다. 이것이 균형 잡힌 사랑이다!

모든 행복의 비밀, 더없는 행복의 비밀이 이 말 안에 담겨 있다. 이 말을 인도인 식으로 생각하면, "이웃을 사랑하라. 이웃은 너 자신이다!"라는 의미로 풀이할 수 있다. '타트 트바므 아스이(그것은 너다. 범아일여(梵我一如)'의 그리스도교적인 번역이다. 모든 예지는 이토록 간단하게, 이처럼 오랫동안, 이처럼 정확하게 의심의 여지없이 언어로 표현되고 있다!

왜 이 예지가 아주 드물게 좋은 시대에밖에 우리의 것이 되지 않는 것일까? 왜 언제나 우리의 것이 되지는 않는 것일까?

—『요양객』에서

단상 32 _____

사랑의 길을 걷는 것이 이처럼 어려운 까닭은, 세상에서 사랑이 믿어지지 않고 있기 때문이며 사랑이 곳곳에서 불신에 맞닥뜨리기 때문입니다.

—「사랑의 길」에서

단상 33

세계는 부정(불공평)이라는 병에 걸려 있습니다. 그뿐 아니라 세계는
사랑, 인간성, 동포애의 결핍이라는 매우 무서운 병에 걸려 있습니다.
나는, 수천 명의 사람이 무리 지어 행진하고 무기를 들고 기르는 동포
의식은 군사적 형식으로도 혁명이라는 형태로도 받아들일 수 없습니
다.

—『서간 선집』에서

전쟁 4년째에

비록 저녁이 춥고 슬프며
비가 소리 내며 내릴지라도
나는 지금 이 시간에
역시 나의 노래를 부른다.
누가 들어줄지
나는 모르지만.

세계가 전쟁과 불안 속에서 질식할지라도
몇 군데에서
아무도 그것에 눈길을 멈추지 않을지라도
역시 사랑은 가만히 불타고 있다.

○ 『시집』에 수록된 「*Im vierten Kreigsjahr*」(1917).

어떤 사람이 자기 자신에게 많을 것을 요구한다면, 나는 그것을 이해하고 시인합니다. 그러나 그가 이 요구를 타인에게까지 확대하고 자기의 인생을 선을 위한 '투쟁'으로 삼는다면, 그에 대한 판단을 포기하지 않을 수 없습니다. 나는 투쟁이나 집단 행동 같은 반대 운동을 전혀 존중하지 않기 때문입니다. 이 세계를 바꾸려고 하는 모든 의지는 전쟁과 폭력으로 통하는 것임을 알고 있다고 굳게 믿기 때문입니다. 그러므로 나는 어떤 반대 운동에도 가담하지 않습니다. 궁극의 결과를 시인하지 않기 때문입니다. 그리고 지상의 부정과 악의는 치유하기 어려운 것이라고 생각합니다.

우리가 변화시킬 수 있고 변화시켜야 하는 것은 우리 자신입니다. 우리의 성급함, 이기주의(정신적 이기주의), 피해 망상의 경향, 사랑과 관용의 부족 등입니다. 그 이외의 어떠한 세계 변혁이든 가장 좋은 의도에서 나온 것이라 할지라도 나는 무익한 것이라고 생각합니다.

—『서간 선집』에서

단상 35

부드러움은 단단함보다 강하다.

물은 바위보다 강하다.

사랑은 폭력보다 강하다.

— 『싯다르타』에서

평화를 맞으며
— 바젤 방송국의 종전 축하 방송에 부쳐

증오의 꿈과 유혈에 의한 도취에서 눈떠
전쟁의 전광과 생명을 빼앗는 소란으로
아직도 눈은 보이지 않고 귀는 들리지 않으며
온갖 잔학 행위에 익숙해져
지친 전사들은
그들의 무기를 버리고
그들의 무서운 나날의 일을 멈춘다.

'평화다!' 라는 소리가 울려 퍼진다.
마치 동화나 아이의 꿈에서처럼.
'평화다.' 그리고 마음은
기뻐하지 않는다. 기쁨보다 눈물이 마음에 가깝다.

우리 가없은 인간은
선도 악도 이룰 수 있다.
동물이며 신들이다! 얼마나 무겁게 슬픔이,
수치가 오늘 우리를 짓이기는가!

우리는 희망한다. 가슴속에
사랑의 갖가지 기적의 예감이
타오르는 듯한 예감이 살아 있다.
동포여! 우리 앞에는 정신에의
사랑에의 귀환 가능성이 열려 있다.
그리고 모든 것을 빼앗긴
낙원에의 문이 열려 있다.

의욕을 가져라! 희망하라! 사랑하라!
그렇게 한다면 대지는 다시금 그대들의 것이다.

○ 『시집』에 수록된 「*Dem Frieden entgegen*」(1945).

단상 36 _____

악은 언제나 사랑이 부족한 곳에서 발생합니다

— 『서간 전집』에서

단상 37 _____

상상력과 감정 이입 능력은 사랑의 두 가지 형태일 뿐입니다.

— 미공개 서간에서

단상 38 _____

독자들에게 권하고 싶은 것이 있다면, 그것은 '사람을 사랑하는 것,
나약한 사람도 도움이 되지 않는 사람도 사랑하는 것 그리고 그들을
심판하지 않는 것' 입니다.

— 『서간 선집』에서

단상 39 _____

다른 사람들이 당신이 좋아하는 책이나 예술 작품의 가치를 인정하지
않을 때, 그것에 항의하거나 그 책을 변호하려는 것은 헛된 일입니다.

사람은 자기가 사랑하는 것의 편을 들고 그것을 표현해야 하지만, 사랑의 대상에 대해 논쟁해서는 안 됩니다. 논쟁으로는 아무것도 만들어지지 않습니다. 시인의 책은 설명도 변호도 필요하지 않습니다. 그것은 더할 나위 없이 강인한 인내로 기다릴 수 있습니다. 그리고 조금이라도 가치 있는 것이라면, 그것들은 계속 살아 있을 것입니다.

— 『서간 선집』에서

단상 40

죽음의 부름은 사랑의 부름이기도 합니다. 우리가 죽음을 긍정한다면, 죽음을 삶으로 변신한 위대하고 영원한 형식의 하나로 받아들인다면, 죽음은 달콤한 것이 될 것입니다.

— 『서간 전집』에서

1877년 7월 2일 독일 남부 뷔르템베르크주의 소도시 칼브에서 아버지 요하네스 헤세의 맏아들로 태어남. 요하네스 헤세는 에스토니아 태생의 선교사로서, 출판 사업을 하는 한편 신교전도출판협회의 지도자. 어머니 마리아 군데르트는 저명한 인도학자인 헤르만 군데르트의 딸로 인도에서 출생. 헤세의 아버지와 결혼은 두 번째 결혼이었음. 헤세의 형제로는 두 살 위의 누나, 세 살 아래의 여동생, 다섯 살 아래의 남동생이 있으며, 어머니가 첫 결혼에서 낳은 형이 둘 있음.

1881년(4세) 부모와 함께 스위스 바젤로 이주.

1883년(6세) 전에는 러시아 국적이었으나 스위스 국적을 취득.

1886년(9세) 다시 칼브로 돌아와 초등학교에 입학.

1889년(12세)

2월 바이올린을 배움.

12월 처음으로 시를 씀.

1890년(13세) 괴팅겐에서 라틴어 학교에 다니며 뷔르템베르크 지방 시험을 준비. 헤세는 스위스 국적을 포기하고 아버지 요하네스는 뷔르템베르크 주정부로부터 시민권을 취득.

1891년(14세)

7월 주정부 시험에 합격.

9월 마울브론 신학교에 입학하여 기숙사 생활을 시작.

1892년(15세)

2월 이때 이미 '시인 이외는 아무것도 되고 싶지 않다'고 생각하여 신학교에서 도망.

5월 결국 신학교를 자퇴.

6월 자살을 기도하나 미수에 그치고 슈테텐 정신 병원에서 9월까지 요양.

11월 칸슈타트 고등학교 입학.

1893년(16세)

10월 칸슈타트 고등학교 퇴학. 에스링겐의 서점에서 견습 점원으로 일하지만 3일 만에 그만둠. 아버지의 신교 전도 출판 일을 도움.

1894년(17세)

6월 칼브에 있는 시계 공장의 견습공이 되어 다음해 9월까지 일함.

1895년(18세)

10월 튀빙겐의 헤켄하우어 서점에 견습 점원으로 취직. 이때부터 산문을 쓰기 시작.

1898년(21세)

10월 견습을 끝내고 정식 점원이 되며 첫 번째 시집 『낭만의 노래(*Roman-tische Lieder*)』를 자비 출판.

1899년(22세)

6월 산문집 『한밤중 후의 한 시간(*Eine Stunde hinter Mitternacht*)』 출간.

9월 스위스 바젤로 이주하여 라이히 서점에서 서적 분류 조수로서 1901년까지 근무. 「고슴도치(*Schweingel*)」라는 습작 소설을 썼으나 원고를 분실.

1900년(23세)

1월 『스위스일반신문』에 기사와 서평을 쓰기 시작하여 신문에 실림. 이 무렵 「얼음 위에서(*Auf dem Eise*)」를 집필.

12월 『헤르만 라우셔의 유작과 시(*Hinterlassene Schriften und Gedichte von Hermann Lauscher*)』를 출간.

1901년(24세)

3~5월 플로렌스, 제노바, 피사, 베니스 등 처음으로 이탈리아를 여행.

8월부터 1903년 봄까지 바젤의 바텐빌 고서점에서 근무.

1902년(25세)

4월 어머니가 세상을 떠남. 이해에 발표한 『시집(Gedichte)』을 어머니에게 헌정. 바젤의 목사 딸 엘리자베트를 사랑함.

1903년(26세)

4월 서점 점원 생활을 그만두고 집필에만 몰두. 베를린의 피셔 출판사로부터 집필을 의뢰받고 쓴 소설 『페터 카멘친트(Peter Camenzind)』를 탈고. 두 번째로 이탈리아 여행을 함.

5월 아버지의 반대를 무릅쓰고 아홉 살 연상인 피아니스트 마리아 베르누이와 약혼.

1904년(27세)

2월 『페터 카멘친트』가 출판되자 호평을 받고 일약 명성을 얻게 되며 '비엔나 농민상'을 수상.

4월 『보카치오(Boccaccio)』와 『프란츠 폰 아시시(Franz von Assisi)』 출간.

8월 마리아 베르누이와 결혼하고 보덴 호수 근교의 가이엔호펜에 농가를 빌려 살며 집필활동에 전념.

1905년(28세)

10월 『수레바퀴 아래서(Unterm Rad)』를 피셔 출판사에서 출간.

12월 장남 브루노 탄생. 이해에 「추억(Erinnerungen)」을 집필.

1906년(29세) 여름에 이탈리아를 여행.

10월 빌헬름 2세의 권위에 도전하는 진보적인 주간지 『3월(März)』 창간에 참여하여 공동 편집자로 1912년까지 활동. 이해에 「어느 소년의 편지(Brief eines Junglings)」 「사랑(Liebe)」

집필.

1907년(30세)

봄 가이엔호펜에 집을 짓고 이사.

4월 중단편집 『이 세상(*Diesseits*)』 출간. 이해에는 정원 일에 열중하고 「사랑의 희생(*Liebesopfer*)」 발표. 「그 여름의 저녁(*An jenem Sommerabend*)」 집필.

1908년(31세)

10월 단편집 『이웃 사람들(*Nachbarn*)』 출간. 이해에 「인생의 권태(*Taedium Vitae*)」 발표.

1909년(32세)

3월 둘째아들 한스 하이너 탄생.

11월 스위스의 취리히, 독일, 오스트리아 등으로 강연 여행. 이해에 「한스 디어람의 수업시대(*Hans Dierlamms Lehrzeit*)」 발표.

1910년(33세) 가을에 『게르트루트(*Gertrud*)』 출간.

1911년(34세)

7월 시집 『도중에서(*Unterwegs*)』 출간.

9월 셋째아들 마르틴 탄생.

9~12월 화가 한스 슈투르첸에거와 인도, 말레시아, 수마트라 등 아시아를 여행. 가정 생활의 파탄을 막기 위해 연말에 귀국.

1912년(35세)

9월 독일을 떠나 가족과 함께 스위스 베른 교외로 이주하여 친구이자 화가인 알베르트 벨티가 살던 집으로 이사한 후 평생 스위스에서 살게 됨. 단편집 『우회로(*Umwege*)』 출간.

1913년(36세)

봄에 동방 여행기 『인도에서. 인도 여행의 기록(*Aus Indien. Aufzeichnungen einer indischen Reise*)』출간.

3~4월 이탈리아 여행. 이해에 「회오리바람(*Der Zyklon*)」발표.

1914년(37세)

3월 결혼 문제를 주제로 한 장편 소설 『로스할데(*Roßhalde*)』출간.

7월 제1차 세계대전이 발발하자 자원 입대하려 8월에 징병 검사를 받지만 복무 부적격 판정을 받음.

11월 『뉴취리히신문』에 논설 '오, 친구들이여, 제발 그렇지 않은 어조로'를 게재하여 커다란 반향을 불러일으킴. 연말에 시집 『고독한 자의 음악(*Musik des Einsamen*)』출간.

1915년(38세)

7월 『크눌프. 크눌프 삶의 세 가지 이야기(*Knulp. Drei Geschichten aus dem Leben Knulps*)』출간. 이해 여름부터 1919년까지 베른 주재 독일공사관에 설치된 '독일포로후생사업소'에서 일함.

8월 로맹 롤랑이 내방한 이후 평생 친교를 맺음.

10월 『뉴취리히신문』에 '다시 독일에서'를 게재. 헤세는 자신의 평화주의를 굽히지 않고 독일, 스위스, 오스트리아의 신문·잡지에 전쟁을 비판하는 내용의 정치 기사와 호소문 및 공개 서한 등을 발표함으로써 독일 국민에게 반감을 사 '매국노' '병역 기피자'라는 비난을 받음. 한편 독일의 신문·잡지에서는 그의 글을 싣기를 거부함. 이해에 단편집 『길가에서(*Am Weg*)』와 『청춘은 아름다워라(*Schön ist die Jugend*)』출간.

1916년(39세)

1월 『독일전쟁포로신문 일요판』『독일전쟁억류자신문』의 편집에 종사. 다시 징병 검사를 받지만 불합격.

3월 아버지 세상을 떠남. 아내의 정신 분열증이 악화하고 셋째아들 마르틴은 병에 걸려 입원.

4～5월 심각한 신경 쇠약에 시달려 카를 구스타프 융의 제자인 랑 박사에게 정신 요법 치료를 받음. 수채화를 그리기 시작.

1917년(40세)

12월 '독일인 전쟁 포로를 위한 문고'를 설립하여 1919년까지 22권의 소책자를 출판. 시대 비판적 출판을 금지하라는 경고를 받고 에밀 싱클레어라는 가명으로 신문과 잡지를 간행.

1918년(41세) 『수채화가 있는 시집』을 제작·판매하여 전쟁 포로 위문 자금을 만듦. 이해에
「사랑할 수 있는 사람은 행복하다(Wer lieben kann, ist glucklich)」가 수록된 『마르틴의 일기에서(Aus martins Tagebnch)』 집필.

1919년(42세)

1월 『차라투스트라의 귀환. 어느 독일인이 독일 젊은이에게 보내는 한마디(Zarathustras Wiederkebr. Ein Wort an die deutsche Jugend von einem Deutsche)』를 익명으로 발표했다가 다음해에 실명으로 출간.

4월 전쟁 포로를 원조하는 일을 끝냄.

5월 가족과 헤어져 혼자 스위스 테신의 몬타뇰라로 옮겨 가 1931년까지 카무치 별장에 거주하는 한편 국적도 스위스로 바꾸고 재출발을 시도. 수채화에 열중함.

6월 『데미안. 한 젊음의 시적 이야기(Demian. Die Geschichte einer Jugend)』를 에밀 싱클레어라는 익명으로 출간하여 호평을 받아 신인으로 오해되어 '폰타네 문학상'을 수상. 하지만 다음해 9판부터 실명을 밝히며 이 상을 되돌려 줌. 『작은 정원(*Kleiner Garten*)』 『동화집 (*Märchen*)』 출간.

7월 가수 루트 벵어를 알게 됨.

10월 R. 볼테레크와 공동으로 월간지 『비보스 보코(*Vivos voco*)』를 창간하여 발행.

1920년(43세)

1월 바젤에서 첫 번째 수채화 개인전을 엶.

2월 테신주로부터 거주 허가증을 받음.

5월 세 편의 단편을 엮은 『클링조르의 마지막 여름(*Klingsors letzter Som-mer*)』 출간.

10월 수채화를 곁들인 여행 소설 『방랑(*Wanderung*)』과 색채 소묘를 곁들인 시집 『화가의 시들(*Gedichte des Malers*)』, 도스토예프스키에 대한 에세이인 『혼돈을 들여다보기(*Blick ins Chaos*)』 출간.

11월 로맹 롤랑 내방.

1921년(44세)

2월과 5월 창작 위기를 맞아 융에게서 정신 분석을 받음.

6~7월 루트 벵어 집을 방문. 그녀의 아버지가 루트와의 결혼을 강요함.

8월 아내와 이혼에 대해 거론. 『시선집(*Ausgewählte Gedichte*)』과 『테신에서 그린 수채화 11점(*Elf Aquarelle aus dem Tessin*)』 출간.

1922년(45세)

1월 에밀 노르데와 수채화 전시회를 엶.

5월 T. S. 엘리엇 내방.

9월 「픽토르의 변신(*Piktors Verwandlungen*)」 집필.

10월 '인도의 시'라는 부제가 붙은 소설 『싯다르타(Siddhartha)』 출간.

1923년(46세)

7월 4년 전부터 별거중이던 부인 마리아와 이혼.

9월 취리히 근교의 바덴 온천에서 좌골 신경통 치료 후 해마다 온천을 찾음. 이해에 『싱클레어의 수첩(Sinclairs Notizbuch)』 출간.

1924년(47세)

1월 루트 벵어와 결혼.

11월 베른주 시민권 취득.

1925년(48세)

봄 『요양객(Kurgast)』 출간.

11월 시 낭독을 위해 독일의 뮌헨, 아우구스부르크, 뉘른베르크 등을 여행. 이해에 「카사노바(Casanova)」를 집필하고 루트 벵어에게 바친 사랑의 동화 「픽토르의 변신」 발표. 베를린의 피셔 출판사에서 단행본으로 된 『헤세 전집』을 출간하기 시작함.

1926년(49세)

1월 정신 분석 재개.

2월 여행기 『그림책(Bilderbuch)』 출간. 여류 예술사가 니논 아우스랜더와 친교.

11월 프로이센 예술아카데미 회원으로 선출됨.

1927년(50세)

1월 부인 루트가 이혼을 원함.

4월 『뉘른베르크 여행(Die Nürnberger Reise)』 출간.

5월 두 번째 부인 루트 벵어와 합의 이혼.

6월 히피들의 성서가 된 『황야의 이리(*Der Steppenwolf*)』 출간.

7월 쉰 번째 생일을 기념하여 후고 발이 집필한 『헤르만 헤세. 그의 생애와 작품(*Hermann Hesse. Sein Leben und sein Werk*)』이 출간됨. 여름에 니논 아우스랜더와 만남.

1928년(51세)

3월 니논과 독일 여행.

4월 시집 『위기. 일기 한 토막(*Krisis. Ein Stück Tagebuch*)』 출간. 여름에 수필집 『관찰(*Betrachtungen*)』 출간.

1929년(52세)

1월 시집 『밤의 위로(*Trost der Nacht*)』 출간. 여름에 산문 『세계 문학의 도서 목록(*Eine Bibliothek der Weltliteratur*)』 출간.

1930년(53세)

7월 『나르치스와 골드문트(*Narziß und Goldmund*)』 출간.

11월 프로이센 예술 아카데미 탈퇴.

1931년(54세)

여름에 「싯다르타」 「어린이의 영혼」 「클라인과 바그너」 「클링조르의 마지막 여름」을 한데 엮은 소설집 『내면에의 길(*Weg nach innen*)』 출간.

7~8월 카무치 별장을 떠나 친구가 몬타뇰라에 지어 준 '헤세 저택'으로 옮겨 가 평생 이 집에 살게 됨.

11월 평생의 반려자가 되는 니논 아우스랜더와 결혼.

1932년(55세) 『동방 순례(*Die Morgenlandfahrt*)』 출간. 이해부터 「유리알 유희(*Glasperlenspiel*)」를 집필하기 시작하여 1943년 완성.

1933년(56세)

1월 나치스가 제1당이 되고 히틀러가 독재 정권을 장악하나 헤세는 나치즘과 유대인 박해에 반대.

3월 브레히트, 토마스 만, 로맹 롤랑 등이 내방. 이해에 단편집 『작은 세계(*Kleine Welt*)』 출간.

1934년(57세) 시선집 『생명의 나무에서(*Vom Baum des Lebens*)』 출간. 스위스 작가 협회 회원이 됨. 페터 주르캄프가 피셔 출판사와 함께 독일의 가장 권위 있는 문학 계간지인 『디 노이에 룬트샤우(*Die Neue Rundschau*)』를 인수하고 헤세는 이 잡지에 「유리알 유희」를 발표하기 시작.

1935년(58세)

2월 중단편집 『우화집(*Fabulierbuch*)』 출간.

11월 동생 한스 자살.

1936년(59세)

3월 스위스의 가장 권위 있는 문학상인 '고트프리트 켈러상' 수상.

9월 전원 시집 『정원에서 보낸 시간(*Stunden im Garten*)』 출간.

1937년(60세)

2월 『신시집(*Neue Gedichte*)』을 출간하는 외에 이해에는 『기념첩(*Geden-kblätter*)』과 시구로 씌어진 회상기 『불구 소년(*Der lahme Knabe*)』을 출간.

1938년(61세) 스위스에서 망명자를 위해 진력함.

1939년(62세) 제2차 세계대전 발발. 헤세의 작품은 독일에서 '원치 않는 문학'이 되어 작품이 출판되는 데 필요한 종이 사용이 금지됨. 『수레바퀴 아래서』 『황야의 이리』 『관찰』 『나르치스와 골드문트』『세계 문학의 도서 목록』등이 더 이상 독일에서 발행될 수 없게 됨. 히틀러 집권 12년 동안 481권의 문고본밖에 판매되지 않음. 주르캄프와의 합의 하에 단행본으로 된 『헤세 전집』을 스위스 취리히에 있는 프레츠 & 바스무트 출판사에서 계속 간행키로 함.

1942년(65세) 최초의 시 전집 『시집(*Die Gedichte*)』이 취리히에서 출간됨.

1943년(66세) 11월 최후의 대작 『유리알 유희』가 스위스에서 두 권으로 출간.

1944년(67세) 비밀 경찰이 헤세 작품의 독일 출판업자인 페터 주르캄프를 체포.

1945년(68세) 제2차 세계대전이 종전됨. 단편과 동화를 모은 『꿈의 흔적(*Traumfahrte*)』 출간. 가을에 시집 『꽃피는 가지(*Der Blutenzweig*)』 출간.

1946년(69세)

8월 독일 프랑크푸르트시에서 수여하는 '괴테상' 수상.

9월 '노벨 문학상' 수상.

12월 전쟁과 정책에 관한 수상집인 『전쟁과 평화(*Krieg und Frieden*)』를 취리히에서 출간한 후 독일의 주르캄프 출판사에서 헤세의 작품을 다시 간행하게 됨.

1947년(70세)

7월 고향인 칼브의 명예 시민이 됨. 베를린 대학에서 명예 박사학위를 받음.

1949년(72세) 누나 아데레 사망. 『테신의 수채화』 출간. 회상집 『겔바스아우』 출간.

1950년(73세)

7월 실스마리아에 체류. 이곳이 마음에 들어 매년 여름이면 머묾. 브라운슈바이크시의 '빌헬름 라베 문학상' 수상.

1951년(74세)

3월 『후기 산문(*Spate Prosa*)』과 『서간 선집(*Briefe*)』을 주르캄프에서 출간.

1952년(75세)

5월 75세 탄생일을 기념하여 여섯 권으로 된 『전 작품집(Gesammelte Dich-tungen)』이 출간됨.

7월 75세 생일 축하 모임이 독일과 스위스의 각지에서 열림. 이때의 축사와 강연이 『헤세에의 감사』로 출간됨. 가을에 『두 개의 목가』출간. 이해에 네프코프가 지은 『헤르만 헤세. 전기 1952(Hermann Hesse. Biographie 1952)』가 출간됨.

1954년(77세)

4월 '서독 평화 공로상' 수상.

5월 『픽토르의 변신』과 『헤르만 헤세와 로맹 롤랑의 서신 교환집(Brief-wechsel : Hermann Hesse-Romain Rolland)』 출간.

1955년(78세)

10월 회고록 『과거를 불러내다』 출간. 독일 서적 협회의 '평화상' 수상. 니논에게 헌납한 후기 산문집 『주문(呪文, Beschwörungen)』 발표.

1956년 바덴뷔르템베르크 지방의 독일예술발전협회에 의해 '헤르만 헤세상' 재단이 설립됨.

1957년(80세)

5~10월 실러국립박물관에서 헤세전 개최.

7월 80세 기념 사업으로 『전 작품집』 여섯 권을 『전 저작집(Gesammelte Schriften)』이라고 이름을 바꾸고 일곱 권으로 증보하여 출간됨.

1961년(84세) 네 번째 시선집 『단계(Stufen)』 출간. 12월 백혈병이 위험한 상태가 되지만 회복됨.

1962년(85세)

7월 몬타뇰라의 명예 시민이 됨. 85세 생일에 많은 선물과 900통이 넘는 축복의 편지를 받음.

8월 8일 밤, 침대에서 모차르트의 피아노 소나타를 들음.

8월 9일 아침, 자택에서 잠자던 중에 뇌출혈로 세상을 떠남.

8월 11일 몬타뇰라의 성아본디오 교회 묘지에 매장됨.

사랑할 수 있는 사람은 행복하다
Wer lieben kann, ist glücklich

┃ 초판 인쇄 2003년 4월 10일 ┃ 10쇄 인쇄 2009년 7월 10일 ┃ 개정1쇄 발행 2014년 1월 29일 ┃ 지은이 헤르만 헤세 ┃ 엮은이 폴커 미헬스 ┃ 옮긴이 임용호 ┃ 펴낸이 임용호 ┃ 펴낸곳 도서출판 종문화사 ┃ 인쇄 영재문화사 ┃ 제본 한영문화사 ┃ 출판 등록 1997년 4월 1일 제22-392 ┃ 주소 서울시 중구 충무로 4가 진양빌딩 673 ┃ 전화 (02)735-6893 팩스 (02)735-6892 ┃ E-mail jongmhs@hanmail.net ┃ 값 12,500원 ┃ ⓒ 2014, Jong Munhwasa printed in Korea ┃ ISBN 978 89-87444-00-0 03850 ┃ 잘못된 책은 바꾸어 드립니다.